À PROPOS DE L'AUTEUR

Ellie MacDonald a exercé des métiers aussi variés que chauffeur de taxi, démarcheur téléphonique et, plus récemment, enseignante. Heureusement, son choix s'est fixé sur l'écriture avant qu'elle n'ait le temps d'expérimenter la taxidermie ou la chasse aux tempêtes. Elle a voyagé à travers les cinq continents, nagé avec des éléphants, plongé dans des massifs de coraux, visité des colonies de lépreux, escaladé des moulins et des cascades, mais son endroit préféré reste l'Angleterre de la Régence. Elle vit actuellement à Manitoba, au Canada. « Le club des gouvernantes » est sa première série publiée. N'hésitez pas à vous rendre sur son site anglophone : www.elliemacdonald.com.

Le club des gouvernantes

Collection : VICTORIA

Titres originaux :
PARTIE 1 : THE GOVERNESS CLUB : CLAIRE
PARTIE 2 : THE GOVERNESS CLUB : BONNIE

Tous droits réservés, y compris le droit de reproduction de tout ou partie de l'ouvrage, sous quelque forme que ce soit.

Toute représentation ou reproduction, par quelque procédé que ce soit, constituerait une contrefaçon sanctionnée par les articles 425 et suivants du Code pénal.

HARPERCOLLINS FRANCE
83-85, boulevard Vincent-Auriol, 75646 PARIS CEDEX 13
Service Lectrices — Tél. : 01 45 82 47 47

www.harlequin.fr

ISBN 978-2-2803-8531-2 — ISSN 2493-013X

ELLIE MACDONALD

Le club des gouvernantes

Traduit de l'anglais (États-Unis) par
Marianne Jackson

Victoria

HARLEQUIN

Pour ma famille. Merci pour votre soutien et vos silences éloquents.

CLAIRE

Prologue

— Une seule d'entre vous peut-elle affirmer sans mentir qu'elle n'y a jamais pensé ?

La question fut suivie d'un silence. Toutes détournèrent le regard, gênées, leur tasse de thé au bord des lèvres. Chacune se refusait manifestement à admettre que cette idée leur avait, en effet, traversé l'esprit.

— Tu exagères, répondit enfin l'une d'elles, le ton gentiment réprobateur.

— Qui peut réellement souhaiter une telle vie ?

— La condition de gouvernante n'a rien de déshonorant ! protesta une autre.

— Bien entendu ! Mais on ne peut nier que, dans notre cas, ce travail nous rabaisse. Nous ne sommes pas nées pour être au service des autres.

— On ne peut pas véritablement parler de service…

— Quel mot pourrait être plus juste, au contraire ? Nous sommes bien payées pour fournir un service, non ? Nous ne nous appartenons pas ; on nous dicte nos faits et gestes. Je ne compte plus les fois où l'on m'a convoquée à un dîner parce qu'il manquait une convive. Et je devrais considérer cela comme un grand honneur, alors que mes employeurs savent pertinemment que j'ai été reçue à des tables bien plus prestigieuses que la leur !

— Cette agressivité ne te sied guère.

— Et cette façon de dire que nous sommes payées pour fournir un service ne me plaît pas du tout ! Cela me donne l'impression de faire un travail avilissant, comme si j'étais une…

— Dis-le, ma chère. Une *putain*. Nous recevons une rétribution en échange d'un service, exactement comme le fait une putain.

— Ma demi-journée de congé touche à sa fin, une longue marche m'attend, et je dois être de retour pour le repas des enfants. Pourvu que j'arrive avant la pluie ! s'excusa Sara en enfilant ses gants, avant de quitter prestement la pièce.

— Louisa, quelle mouche te pique ? Ton raisonnement ne tient pas debout ! C'est toute la classe ouvrière qui est payée contre un service. Les personnes constituant un sujet d'opprobre ne représentent qu'une minorité. En outre, leur triste réputation est due à la nature du service qu'elles fournissent, non au fait qu'elles reçoivent une rétribution.

— Je ne voulais pas vous offenser, répondit Louisa avec un soupir, avant d'avaler une gorgée de thé.

— Nous le savons bien. Sara aussi, j'en suis sûre, la rassura Claire en lui tapotant le bras.

— Pourquoi cet emportement soudain, ma chère ? demanda Bonnie. Tu n'as pas des opinions si tranchées, d'ordinaire.

— Les Waldron ont donné une réception, la semaine dernière. Et un ami de mon frère faisait partie des invités, avoua Louisa en regardant fixement sa tasse.

— Juste ciel !

— Lorsqu'il m'a vue, il a semblé ravi. Sincèrement ravi. J'ai accepté ses compliments et ses platitudes avec un certain plaisir, car cela m'a rappelé ma vie d'avant. Mais lorsqu'il s'est fait plus pressant, menaçant même, j'ai compris quelles étaient ses intentions véritables. Il m'a dit alors que... il a dit... que je ne devrais pas être étonnée, que cela faisait partie de mes fonctions.

— Est-ce que tu... Est-ce qu'il...

— S'il est une chose dont je sais gré à mon frère, c'est de m'avoir appris à me défendre contre les assiduités importunes de la gent masculine, répondit Louisa avec un petit sourire.

Tandis que ses amies laissaient échapper en chœur un soupir de soulagement, elle poursuivit son argumentaire :

— Nous ne pouvons tout de même pas nous résigner à une telle vie ! Nous avons été élevées avec d'autres aspirations.

— Mais comment faire ? demanda Bonnie. Aucune de nous ne gagne suffisamment d'argent pour vivre de façon indépendante, et nos chances de faire un beau mariage ont décliné encore plus rapidement que notre rang dans la société.

— Du reste, nous n'avons guère l'occasion de rencontrer des messieurs qui nous permettraient de regagner notre position dans le monde, ajouta Claire. Nos employeurs sont mariés, et leurs amis nous considèrent au mieux comme un divertissement, lorsqu'ils daignent remarquer notre présence. Nous ne pouvons plus nous fier aux hommes de la noblesse.

— Pourquoi donc aurions-nous besoin d'un époux pour échapper à notre situation ? Et depuis quand l'autonomie est-elle synonyme de solitude ?

— Je ne suis pas certaine de te suivre, avoua Bonnie.

— Tes démarches concernant Ridgestone ont-elles été fructueuses ? s'enquit Louisa en se tournant vers Claire.

— Pas encore, mais le notaire de mon père... je veux dire mon notaire... reste optimiste, répondit Claire, visiblement étonnée par la question.

— Et nous avons toutes mis nos gages de côté, n'est-ce pas ? Même Sara, j'en suis sûre.

Comme ses amies acquiesçaient d'un signe de tête, Louisa poursuivit, plus déterminée que jamais :

— Alors, nous pouvons le faire !

— Quoi donc ?

— Mettre nos ressources en commun pour vivre en toute indépendance, sans pour autant être isolées, ni avoir à nous marier. Imaginons que nous continuions à épargner pendant trois ans encore, cinq tout au plus. Cela donnerait à Claire le temps nécessaire pour recouvrer, si cela se révèle possible, la propriété de Ridgestone. Pendant ces quelques années, chacune amasserait un petit pécule. Nous pourrions alors subvenir à nos besoins, sans vivre dans le luxe auquel nous avons été habituées par notre naissance, certes, mais confortablement tout de même. Si Ridgestone revient aux mains de Claire, nous aurons déjà un toit. Et dans le cas contraire, en regroupant nos économies, nous pourrons acquérir un logis assez grand pour nous quatre.

— Mais pour entretenir une maison, il faut également de l'argent. Comment ferons-nous, si nous ne percevons plus de gages ? demanda Bonnie.

— Nous pourrions donner des cours particuliers à de jeunes gens ayant besoin d'une préparation pour entrer à l'école. Nous exercerions en qualité de professeurs, et non plus de gouvernantes. Personne ne déciderait pour nous ! expliqua Louisa, le visage radieux, enchantée de son ingéniosité.

— On croirait entendre Mary Wollstonecraft, cette femme écrivain qui prône l'égalité des sexes, observa Bonnie, méfiante. Ne me dis pas que tu as encore lu ses livres et ses brochures ?

— Qu'y a-t-il de mal à vouloir autre chose de la vie ? En quoi le fait de jouir des mêmes droits que les hommes et de cesser de vivre sous leur coupe serait-il immoral ?

Claire et Bonnie se regardèrent, soudain songeuses.

— J'imagine que c'est faisable, susurra Claire.

— L'idée est séduisante, renchérit Bonnie.

— Je préférerais de loin vivre avec mes trois amies en étant maîtresse de mon destin, plutôt que d'avoir les Waldron sur le dos jusqu'à la fin de mes jours ! déclara Louisa avec fougue.

— Je crois bien que tu nous as gagnées à ta cause ! commenta Claire avec un sourire amusé.

Sa remarque provoqua l'hilarité générale.

— Mais c'est un projet qui demande réflexion, tempéra Bonnie. Il ne faut rien laisser au hasard. Qui sait ce qui peut arriver en cinq ans ?

— Justement, nous avons cinq ans devant nous pour tout préparer.

— Et Sara ? Pensez-vous qu'elle voudra faire partie du club ? demanda Claire.

— Nous avons cinq ans pour la convaincre, répondit Louisa. J'aime bien cette idée : former un club. Les hommes et les femmes de la haute société ont leurs cercles fermés, qui nous sont interdits. Pour une fois, voilà un club auquel eux n'auront pas le droit de participer. D'ailleurs, nous devrions le déclarer strictement réservé aux gouvernantes.

— Un club des gouvernantes ? répéta Bonnie avec un sourire.

— Absolument ! Et il nous faut une devise, déclara Louisa.

— Que proposes-tu ? demanda Claire en riant.

Louisa réfléchit un moment.

— Ce n'est peut-être pas très original, mais que diriez-vous de « Toutes pour une et une pour toutes » ?

Ce fut au tour de Bonnie de rire.

— Allons, Louisa, nous ne défendons pas la monarchie française !

— Non, répondit celle-ci avec solennité. C'est notre vie que nous défendons.

Ainsi naquit le club des gouvernantes.

Chapitre 1

Juin 1822

— Miss Bannister ! Miss Bannister !

À ces cris, six paires d'yeux suivirent la bonne qui traversait en hâte la pelouse, en direction du bosquet.

— Miss Bannister !

Cette fois, elle accompagna son appel d'un grand geste de la main, afin de s'assurer qu'on l'avait remarquée.

Claire se tourna alors vers ses élèves.

— Continuez vos croquis, les enfants, pendant que je parle avec Lucy. Miss Allison, quelle jolie nuance de violet vous avez choisie pour les cheveux !

Du haut de ses quatre ans, la petite fille lui adressa un sourire radieux, tandis que Claire se levait pour aller à la rencontre de la bonne.

— Miss, répéta Lucy en haletant, quand elles se trouvèrent face à face, y a un monsieur de Londres qu'est là pour vous, dans le petit salon de Mrs Morrison.

— Que dites-vous ? demanda Claire, interdite.

— Un monsieur de Londres ! Il dit qu'il a rendez-vous avec vous, ainsi qu'avec Mr Fosters et Mrs Morrison. Ils sont tous là-bas à vous attendre.

— Que veut-il donc ?

— J'en sais rien, Miss, ils m'ont rien dit. Mais dépêchez-vous : v'là un moment que je vous cherche, et ils doivent commencer à s'impatienter.

— En effet.

Tout en se dirigeant vers le manoir, Claire se retourna pour jeter un coup d'œil sur le petit groupe installé sous l'arbre.

— Surveillez les enfants pendant mon absence, voulez-vous ? Je reviens dès que possible.

— Bien, Miss, répondit Lucy en esquissant une rapide révérence.

Que pouvait bien lui vouloir un « monsieur de Londres » ? s'interrogea Claire, hâtant le pas. Le seul Londonien qu'elle connaissait était Mr Baxter, le notaire de son père. Pourquoi ferait-il tout ce chemin pour venir la voir au lieu de lui faire parvenir une lettre, comme à l'ordinaire ? Il fallait que l'affaire soit urgente au point de ne pouvoir être couchée sur papier. Peut-être s'agissait-il de Ridgestone ?

À cette pensée, elle releva ses jupes et courut jusqu'au petit salon. Cinq années s'étaient écoulées depuis que son père était mort et qu'elle avait été contrainte de quitter la maison de son enfance. Mais elle s'était promis de retourner un jour à Ridgestone, et n'avait pas renoncé à ce projet.

Les jardins à la française d'Aldgate Hall s'effacèrent un instant pour laisser place au souvenir du tapis de verdure qui entourait la demeure familiale des Bannister. Au lieu de s'ouvrir sur la spacieuse salle de bal, les portes de la terrasse dévoilèrent l'intimité d'une petite bibliothèque, et la vive clarté du couloir se mua en une lueur douce et chaleureuse. Claire sentit même l'odeur de sa chère maison, tandis qu'elle se précipitait jusqu'au petit salon de l'intendante.

Après s'être arrêtée un instant pour reprendre son souffle

et arranger ses cheveux, elle frappa à la porte et pénétra dans la pièce, la tête haute, contenant à grand-peine son excitation.

À son entrée, un homme se leva d'un bond en reposant brusquement sa tasse sur sa soucoupe. Quelques gouttes de thé vinrent s'écraser sur la nappe immaculée de Mrs Morrison, provoquant chez cette dernière un froncement de sourcils, ainsi qu'un raclement de gorge réprobateur de Mr Fosters, le majordome. Le cœur serré, Claire constata le jeune âge du visiteur et examina ses cheveux ébouriffés et ses vêtements fripés. Aucun doute possible, cet homme n'était pas Mr Baxter. Peut-être un nouvel associé ? À cette idée, elle reprit un peu espoir.

— Vous avez demandé à me voir, Mrs Morrison ? demanda-t-elle en s'inclinant légèrement.

L'intendante, une femme osseuse, prit une profonde inspiration qui imprima à son visage tendu une expression plus sévère encore.

— Oui. Voici Mr Jacob Knightly, dit-elle en désignant l'inconnu de la main. Lord et Lady Aldgate l'ont engagé comme précepteur pour leurs fils.

— Un précepteur ? On ne m'avait pas informée qu'ils recherchaient…

— Vous n'avez pas à être informée de quoi que ce soit, l'interrompit Mr Fosters.

Claire baissa immédiatement la tête, joignant humblement les mains devant elle.

— Je vous demande pardon. C'était une remarque déplacée.

Fermant les yeux, elle inspira profondément pour chasser sa déception. Une fois de plus, les images de Ridgestone se dissipèrent dans son esprit.

Mrs Morrison poursuivit les présentations.

— Mr Knightly, voici Miss Bannister, la gouvernante.

— Miss Bannister, je suis enchanté de faire votre connaissance, dit celui-ci en s'inclinant.

Machinalement, Claire exécuta une révérence.

— Moi de même, monsieur.

Se redressant, elle leva les yeux pour se livrer à un examen plus approfondi du nouveau venu. Ce Mr Knightly ne devait pas avoir trente ans. Il portait ses cheveux bruns suffisamment longs pour ne pas suivre la mode de l'époque. Quelques boucles tombaient çà et là sur son front, et une courte barbe adoucissait son visage marqué par une mâchoire carrée. Il la dépassait presque d'une tête et sa redingote trop ample, surmontée d'une modeste cravate, laissait deviner de larges épaules. En poursuivant son inspection, Claire remarqua que sa chemise commençait à jaunir avec l'âge. Quant au sobre gilet marron qui la recouvrait, il ne suffisait pas à cacher le fait que son propriétaire était loin d'être à l'aise financièrement. Son pantalon, légèrement trop court, laissait paraître des chaussures au cuir usé. En somme, Mr Jacob Knightly était l'image même du jeune érudit contraint, par manque de moyens, de devenir précepteur.

Si l'on exceptait sa bouche. Et son regard. Malgré son manque d'expérience en la matière, Claire ne put s'empêcher de remarquer que ses lunettes, loin d'affadir le bleu pâle de ses yeux, le mettaient en valeur. Tout comme elles accentuèrent la lueur d'approbation qu'il n'eut pas le temps de cacher, lorsqu'il prit acte de sa présence. Même lorsque cette étincelle disparut, ses lèvres charnues restèrent étirées en un demi-sourire qui confinait à l'arrogance — trait de caractère que l'on ne s'attend guère à trouver chez un précepteur.

Seigneur ! Non seulement il était beau, mais il le savait.

Or, aux yeux de Claire, il n'y avait pas pire qu'un homme trop sûr de son charme. Si son intelligence était à la hauteur de sa beauté, cela pouvait expliquer sa suffisance sans pour autant la rendre plus tolérable.

Mettant fin à ses conjectures, Mrs Morrison donna ses instructions.

— Conduisez Mr Knightly à l'étage et montrez-lui la chambre qui sera la sienne, ainsi que la nurserie. C'est vous qui connaissez le mieux cette partie de la maison, je vous charge donc de l'informer de nos horaires et de nos attentes. Préparez-vous également à le présenter aux enfants. Je suis certaine que Lord Aldgate souhaite que l'instruction de ses fils commence sans tarder.

— Certainement. Mr Knightly, si vous voulez bien me suivre.

Elle quitta la pièce, le nouveau venu sur les talons. Avant d'emprunter l'escalier de service, elle s'arrêta brièvement devant la porte de la cuisine.

— Mrs Potter, voici Mr Knightly, le nouveau précepteur. Il s'installe au manoir aujourd'hui.

La cuisinière, affairée à hacher des légumes, leva les yeux sans s'interrompre dans sa tâche.

— Bonjour, Mr Knightly. Le petit déjeuner est servi à six heures et demie. Vous prendrez le déjeuner et le dîner avec les enfants ; Miss Bannister vous indiquera les heures de leurs repas.

— Bien, m'dame, répondit-il d'un ton amusé.

Comme Claire s'apprêtait à monter les marches, Mr Knightly demanda :

— Où se trouve la nurserie ?

Sa voix grave résonna dans la cage d'escalier.

— Au deuxième étage, au-dessus de l'aile réservée à la

famille et sous les chambres des domestiques, répondit-elle. Vous serez logé juste à côté.

— Je suppose que c'est… l'usage.

— Avez-vous des bagages ? demanda-t-elle en se tournant vers lui.

Elle regarda avec insistance ses mains, qui ne tenaient qu'un chapeau élimé.

— N'y a-t-il pas un valet pour…

Il s'interrompit, confus, puis reprit, l'air penaud :

— Oh ! bien sûr… Je vous prie de m'excuser.

Il tourna les talons, et Claire attendit patiemment. Il reparut quelques instants plus tard, une grosse valise à la main.

— Bagages récupérés ! annonça-t-il avec un grand sourire.

Elle continua à monter l'escalier, tout en l'instruisant de sa charge.

— Il y a cinq enfants : trois filles et deux garçons, Peter et Michael. Des jumeaux. Ils ont sept ans…

— À cet âge, il est plus que temps de commencer leur instruction, commenta-t-il.

Décidément, cet homme était d'une présomption !

— Leur instruction a commencé à mon arrivée, monsieur Knightly, corrigea-t-elle.

— Naturellement. Dites-moi, s'agit-il de vrais jumeaux ?

— Oui. Mais n'ayez aucune inquiétude. À leur naissance, Lord Aldgate a coupé un morceau du lobe de l'oreille droite de Michael, le cadet, afin que l'on puisse distinguer facilement les deux frères. Il voulait éviter tout risque de méprise ou de tricherie plus tard.

— Un procédé radical !

Essoufflé par la montée, il parlait avec quelque difficulté.

À l'étage, Claire ouvrit une porte et pénétra dans la nurserie.

— Miss Sophie a onze ans, Miss Mary, neuf, et Miss Allison, quatre. Les enfants dorment dans les chambres qui se trouvent de l'autre côté du couloir, mais ils prennent leur repas et reçoivent leurs leçons ici.

À cet instant, l'une des portes situées à l'extrémité du couloir s'ouvrit à la volée, et une bonne parut, les bras chargés d'ustensiles de ménage.

— Voici Lucy. C'est elle qui s'occupe de la nurserie. Elle est chargée d'aider les enfants lors des repas, de les surveiller et d'entretenir les lieux. Et voici votre chambre.

Elle lui en indiqua la porte et s'écarta pour le laisser entrer. Il pénétra dans la pièce d'un pas lourd, le visage rougi par l'effort. Dans un bruit sourd, il posa sa valise sur le sol avant de se redresser en laissant échapper un gémissement. Comme il rencontrait son regard, il étouffa aussitôt sa plainte et lui tourna le dos pour jeter un coup d'œil autour de lui.

Lorsqu'il lui fit face à nouveau, la stupeur et l'incrédulité se lisaient sur son visage.

— Quelque chose ne va pas ? La chambre ne convient pas ?

— Si, si, seulement… je ne m'attendais pas à cela.

Il se dirigea vers la fenêtre et écarta le mince rideau. La vue se résumait à une section de toit qui recouvrait l'aile inférieure, tout comme dans la chambre de Claire, située de l'autre côté du mur.

Après une profonde inspiration, il se tourna vers elle.

— Si vous voulez bien m'excuser, monsieur Knightly, je dois aller retrouver les enfants, dit-elle. Ils dînent à cinq heures et demie et se couchent à neuf heures ; nous aurons plus de temps pour converser ensuite.

— Jacob, lui dit-il, alors qu'elle s'apprêtait à franchir la porte. Je m'appelle Jacob.

Claire se contenta de tourner la tête.

— Bienvenue à Aldgate Hall, *monsieur Knightly.*

Jacob la regarda sortir en souriant, enchanté par le spectacle de ses hanches qui se balançaient dans sa robe de mousseline grise. Lorsque l'intendante et le majordome lui avaient annoncé qu'il allait rencontrer la gouvernante, il s'était attendu à voir une vieille chouette rondouillarde et mal fagotée. Le genre de personne qui hante les cauchemars des petits garçons, mais certainement pas cette belle et pimpante jeune femme. Certes, elle ne ressemblait pas aux joyaux de la haute société qu'il avait l'habitude de côtoyer, mais lorsqu'elle avait fait irruption dans le petit salon, le visage empourpré, ses yeux verts brillants d'excitation, elle lui était apparue rayonnante de beauté.

Son sourire se mua cependant en grimace, tandis qu'il contemplait à nouveau la pièce. Grands dieux, on osait appeler cela une chambre ? Il était prêt à parier qu'en écartant les bras, il pourrait toucher simultanément les deux murs. Il essaya, pour s'en assurer.

Avec un profond soupir, il laissa retomber les bras le long de son corps. Au moins, l'endroit était-il propre.

S'approchant de la table de toilette, il s'aspergea le visage pour se débarrasser de la poussière du voyage. Jamais il n'aurait soupçonné qu'une charrette tirée par un cheval fût un moyen de transport aussi salissant ! Levant les yeux vers le petit miroir déformé, il adressa un sourire cynique à son reflet. Si ses amis le voyaient ! Pas un seul d'entre eux ne croirait le comte de Rimmel capable de se placer volontairement dans une telle situation. Lui-même devait bien reconnaître que sa présence à Aldgate Hall avait tout de la farce. Pourtant, cette demeure lui paraissait l'endroit idéal : après tout, c'était à la vue de tous que l'on était le mieux caché. Les gens ne voyaient que ce qu'ils voulaient bien voir.

À cette pensée, il se remémora sa première bévue : s'être figuré qu'un valet allait porter ses bagages jusqu'à sa chambre. Il lui faudrait adopter l'état d'esprit d'un domestique, s'il voulait que son plan ait la moindre chance de réussite. Il était heureux que Miss Bannister ait attiré son attention sur cette maladresse. Peut-être avait-elle d'autres choses à lui enseigner…

Il se jeta sur le lit étroit et croisa les mains derrière la tête. Le moindre de ses mouvements provoquait des grincements qui résonnaient dans la petite pièce, mais il les entendait à peine, occupé qu'il était à se représenter la ravissante silhouette de la jeune femme. S'il avait été écolier, cette gouvernante aussi jolie que convenable n'aurait pas manqué de nourrir son imagination. Un sourire lui fendit à nouveau le visage tandis qu'il envisageait de réaliser ses rêves de jeune garçon.

Après tout, même s'il était en exil volontaire, rien ne lui interdisait de s'amuser un peu…

Chapitre 2

Le craquement qui fendit le silence arracha une grimace à Claire. Elle scruta rapidement le couloir, s'apprêtant à remonter les marches de l'escalier quatre à quatre, au cas où le majordome, alerté par ce bruit inattendu, déciderait d'inspecter les lieux. Elle avait reçu de Lady Aldgate la permission de disposer de la bibliothèque, mais Mr Fosters imposait aux employés du manoir des règles strictes, et il n'avait aucune indulgence pour ceux qui s'aventuraient hors de leur chambre après les heures de travail.

Lorsqu'elle fut certaine qu'on ne l'avait pas entendue, elle se fustigea en silence, tout en poursuivant son chemin. Elle savait pourtant que la troisième marche grinçait, mais, l'esprit occupé par le nouveau précepteur, elle n'y avait pas prêté attention.

Mr Knightly s'était éclipsé pendant qu'elle mettait les enfants au lit. À en juger par l'absence de lumière sous la porte de sa chambre, il s'était couché tôt, non sans avoir produit une forte impression sur le personnel féminin de la maison. Seules Mrs Morrison, Mrs Potter et elle-même semblaient insensibles à son charme. Les autres domestiques portant jupon avaient bu ses paroles, tandis qu'il narrait avec force détails des anecdotes rapportées de Londres. Pour sa part, elle avait trouvé son attitude des plus rebutantes ; il respirait l'orgueil et la condescendance. Était-il donc si important qu'elle devrait s'estimer chanceuse de partager sa table ?

Les charnières parfaitement huilées de la porte n'émirent aucun son lorsqu'elle pénétra dans la bibliothèque. Sans hésiter, elle se dirigea alors vers le rayon des romans, dans le but de trouver un récit plus intéressant que la suite décevante du *Robinson Crusoé* de Daniel Defoe. Après avoir rangé l'ouvrage sur l'étagère, elle caressa avec délectation le dos des livres qui s'y trouvaient alignés.

Voyons, que choisir ? Indécise, elle continua à parcourir de ses doigts la rangée de couvertures de cuir. Son châle glissa de ses épaules tandis qu'elle s'appuyait sur une jambe, penchant la tête pour lire les titres, et elle poussa un soupir d'impatience.

— Voulez-vous des conseils de lecture ?

Surprise par la voix grave qui s'élevait derrière elle, elle laissa échapper un petit cri perçant. C'est alors qu'à la lueur de sa bougie, que le tremblement de sa main faisait vaciller, elle découvrit le visage de Jacob Knightly à quelques mètres d'elle.

— Bonté divine, me faire une frayeur pareille ! Vous avez perdu la tête ! s'exclama-t-elle, en portant la main à son cœur.

— Un précepteur sans tête, ce serait bien ennuyeux, répondit-il avec un petit rire.

Devant cette plaisanterie facile, Claire reprit un peu ses esprits.

— Je n'aime guère que l'on surgisse derrière moi de la sorte, Mr Knightly.

— Je ne cherchais pas à vous surprendre. J'étais assis là, parfaitement visible, lorsque vous êtes entrée.

D'un geste, il désigna un fauteuil rembourré qui se trouvait dans un angle, près d'une fenêtre.

Remise de son effroi, Claire passa devant lui pour gagner le fond de la pièce.

— Fosters interdit au personnel de rôder dans les couloirs la nuit. Il n'aime pas cela.

Un chandelier allumé près du fauteuil dispensait juste assez de lumière pour lire. Mr Knightly devait être installé là depuis un long moment.

— Sachez que l'usage veut qu'on emporte le livre choisi dans sa chambre. Vous n'êtes pas censé le lire sur place.

Apercevant sur une petite table un verre à moitié rempli d'un liquide ambré, elle se tourna brusquement vers lui.

— Êtes-vous en train de boire le scotch de Lord Aldgate ? demanda-t-elle, tout en jetant des regards furtifs vers la porte restée ouverte.

— On m'a assuré que je pouvais disposer librement de la bibliothèque, répondit-il en haussant les épaules.

Après avoir fermé la porte, il se dirigea vers un fauteuil sur lequel était posé un livre ouvert, qu'il prit dans ses mains.

— Des ouvrages, certes, mais pas du mobilier, encore moins des alcools ! Vous surestimez la générosité des Aldgate.

— Eh bien, ils auraient dû le préciser.

Sans paraître le moins du monde inquiet, il agita son livre devant elle.

— Avez-vous lu ce roman, *Tom Jones,* ou *Histoire d'un enfant trouvé* ? Je vous le recommande chaudement, dit-il en lui fourrant l'ouvrage dans les mains.

— Ne changez pas de sujet. Voulez-vous perdre votre place ?

— Pourquoi parlez-vous à voix basse ?

— Je vous l'ai dit, Fosters interdit au personnel de se promener la nuit dans la maison.

Elle jeta un nouveau regard vers la porte, comme si elle pouvait voir au travers.

Jacob Knightly pencha la tête vers elle avec un air de conspirateur.

— Je crois que nous n'avons rien à craindre, chuchota-t-il. Je suis à peu près certain d'avoir entendu le bonhomme ronfler quand je suis passé devant sa chambre, tout à l'heure. Et puis, continua-t-il à voix haute, en se redressant, il ne tient qu'à nous de veiller à ne pas nous faire attraper.

— Ne pas se faire attraper ne signifie pas qu'il n'y a pas eu transgression.

— En effet. Mais cela signifie qu'il n'y aura pas punition.

Prenant le verre entre ses doigts, il le leva à son adresse, avant d'en vider le contenu d'une traite.

— N'avez-vous pas conscience de ce que vous risquez ? Vous pourriez perdre votre place, et moi la mienne, simplement parce que je me trouve ici avec vous.

— Dans ce cas, peut-être devriez-vous partir. Je ne voudrais surtout pas que votre réputation soit éclaboussée par ma faute, déclara-t-il en lui tournant le dos.

Claire fulminait, mais sa bonne éducation l'empêchait de livrer à cet homme le fond de sa pensée. Serrant le roman dans ses mains, elle quitta la pièce d'un pas décidé. Comme il l'avait suggéré, mieux valait qu'elle parte ; elle risquait trop gros en prolongeant cette discussion. C'était d'ailleurs la première phrase sensée qu'il avait prononcée depuis son arrivée.

*
* *

Le lendemain soir

Claire referma la porte de la chambre des filles aussi doucement qu'elle le put, et posa la tête contre le battant avec un soupir de lassitude. Après une journée éprouvante, Miss Allison s'était enfin endormie. Une piqûre de guêpe, suivie d'une chute dans la boue, avait mis la benjamine de la fratrie dans une colère noire pour le restant de la journée. En outre, sa mauvaise humeur avait provoqué l'agacement de ses frères et sœurs, ce qui n'avait fait qu'aggraver la situation. Quant à Mr Knightly, il ne lui avait été d'aucun secours ! Il n'avait pas daigné apparaître avant midi et, même alors, avait fait preuve d'une totale ignorance en matière de communication avec les enfants.

— Tenez, Miss.

Lucy l'attendait dans la nurserie.

— J'vous ai préparé du thé. J'ai même fauché quelques biscuits à Mrs Potter. Après la journée qu'vous avez passée, vous en avez bien besoin !

— Lucy, vous êtes une perle.

Claire lui adressa un sourire fatigué mais reconnaissant en acceptant la tasse fumante qu'elle lui tendait. Après la première gorgée, elle fut prise d'une quinte de toux.

— Lucy, il n'y a pas que du thé dans cette tasse !

— Comme j'vous ai dit, vous en avez bien besoin, répondit la bonne avec un grand sourire.

Elles se regardèrent en gloussant.

— Vous n'osez pas enfreindre les règles de Fosters en ce qui concerne les déplacements dans les couloirs la nuit, mais vous ne voyez rien de mal à agrémenter votre thé d'un doigt de liqueur ?

Le rire de Claire s'éteignit tandis qu'elle découvrait Jacob Knightly debout dans l'encadrement de la porte de sa chambre, un livre à la main. Il ne portait ni redingote ni cravate, juste son gilet ouvert sur sa chemise. Avec une nonchalance qui semblait lui être coutumière, il s'approcha, tout sourires, et s'installa sur une chaise.

— Ne vous interrompez pas pour moi. Mais servez-moi la même chose.

Lucy et Claire échangèrent un regard interrogateur, puis Lucy s'exécuta. Claire continua de siroter son thé en regardant sans le voir le plateau posé sur la table.

— Je me suis toujours demandé ce que les gouvernantes et les servantes pouvaient bien faire, une fois leur travail terminé. J'ai hâte d'être mis dans le secret ! Merci, mon petit.

Il promena le regard sur elles.

— Et maintenant, quel est le programme ?

Claire s'éclaircit la gorge.

— S'agit-il de votre premier emploi ?

— Pourquoi cette question ? D'où vous vient cette impression ?

— Dois-je vous dresser une liste ?

— Suis-je donc si facile à déchiffrer ? Et moi qui croyais que les gouvernantes enseignaient les bonnes manières !

À nouveau, Claire et Lucy échangèrent un regard dont le sens n'échappa pas à leur visiteur.

— Pardonnez-moi. Je me suis montré impoli. Commencez par le début, je vous en prie.

— Pardon ?

— À quoi voyez-vous qu'il s'agit de mon premier emploi ?

Elles échangèrent un nouveau regard entendu.

— Voulez-vous bien arrêter cela ? J'ai l'impression que vous pratiquez la transmission de pensée à mon sujet !

— Qu'est-ce que c'est donc que ça, la prans… crans… ? demanda Lucy en se penchant vers Claire.

— La transmission de pensée. Cela signifie qu'on se parle par l'esprit, sans prononcer un mot, lui répondit-elle.

— Mazette, ça existe, une chose pareille ? Ma foi, p'têt'bien qu'on fait de la cransmission de pensée, alors ! conclut Lucy en lui souriant par-dessus de sa tasse de thé.

Après avoir vidé la sienne, Claire donna au précepteur les explications qu'il demandait.

— Premièrement, vous êtes ici depuis une semaine, et à aucun moment vous n'avez eu le comportement d'un subordonné.

— Que voulez-vous dire par là ?

— Vous vous promenez dans ce manoir comme s'il vous appartenait, et vous vous attendez à ce que chacun fasse vos quatre volontés.

— Pas du tout !

— Comment avez-vous obtenu cette tasse de thé ? Vous a-t-on invité à vous joindre à nous ?

Pendant un instant, il la considéra, le menton dans la main.

— Je vois ce que vous voulez dire.

— Deuxièmement, vous vous mettez dans tous vos états dès que vous devez faire quelque chose tout seul.

— Des exemples ?

— Le premier matin, vous ne vous êtes pas réveillé à l'heure et vous avez manqué le petit déjeuner. Ensuite, vous avez reproché à Lucy, aux autres domestiques et à moi-même de ne pas vous avoir tiré du lit ! Il y a trois jours, vous avez dû porter vous-même votre linge à la buanderie, et vous vous en êtes plaint tout l'après-midi à la nurserie ! Quant à l'autre soir, dans la bibliothèque…

Elle s'interrompit. Elle n'avait raconté à personne la façon dont il s'était approprié la bouteille de scotch.

— Devant Fosters et Mrs Morrison, vous ne montrez pas la docilité qu'exige votre position.

— Peut-être est-ce parce que je suis convaincu que le système des classes est obsolète, répondit-il avec un haussement d'épaules. L'avenir est à l'égalité.

Claire éclata de rire.

— Vous ne croyez pas une seconde à l'égalité des classes, à ce que je vois !

Il se tourna alors vers Lucy.

— Et vous, n'avez-vous donc pas d'avis sur la question ? Auriez-vous avalé votre langue ?

Lucy esquissa un mouvement de recul.

— Combien de fois faut-y vous dire les choses ? Je n'fais pas de jolies phrases comme Miss Claire, mais j'pense tout pareil qu'elle !

— Ma parole, c'est une conspiration ! se récria-t-il en s'effondrant sur sa chaise.

Claire se mordit les lèvres pour se retenir de rire.

— Certainement pas. Simplement, c'est écrit sur votre visage ! Et ce que vous venez de faire en est une nouvelle preuve : vous trouvez tout naturel d'obtenir ce que vous voulez. Vous n'avez pas l'habitude que l'on vous contrarie, n'est-ce pas ?

Il la regarda à peine.

— Pourquoi êtes-vous donc devenu précepteur ? De toute évidence, ce métier ne vous sied guère.

— D'après vous, rien ne me sied. Je ne suis pas assez docile.

— Vous rendez-vous compte que vous pleurnichez comme les jumeaux, en ce moment même ?

— J'm'en vais ranger ça, lâcha Lucy qui se levait en emportant le plateau. Croyez-moi, y a des fois où y vaut mieux se taire que d'parler à tort et à travers !

Sur ces mots, elle les quitta ; ils la regardèrent partir sans mot dire, laissant s'installer entre eux un silence de plus en plus épais. Refusant de se laisser entraîner dans une nouvelle chamaillerie, elle lissa ses jupes et se leva.

— Bonne nuit, Mr Knightly, dit-elle avant de se diriger vers la porte d'un pas vif.

— Attendez !

La voix grave l'arrêta juste avant qu'elle ne referme la porte.

— Mr Knightly, je ne suis pas d'humeur à…

— Ecoutez, la coupa-t-il avant de se lever à son tour en se passant la main dans les cheveux. Je n'ai pas le choix. J'ai besoin de cette place de précepteur, même si, comme vous l'avez souligné avec une belle éloquence, je fais preuve d'une incompétence flagrante.

— Je n'ai même pas eu le temps d'effleurer la question de vos qualités d'enseignant !

— Il est inutile de vous moquer, répliqua-t-il, manifestement irrité.

— Mais tellement tentant…, ajouta-t-elle sans parvenir à réprimer un petit sourire narquois. Il est évident que l'humilité n'est pas dans votre nature.

— Au moins, je fais des efforts, maugréa-t-il avec un air si fâché qu'elle retrouva son sérieux.

Il en faisait, en effet, et elle devait au moins lui accorder ce mérite. Elle résolut donc de l'écouter.

Du reste, il semblait réellement désemparé : il faisait maintenant les cent pas en se tenant la tête à deux mains. Ce changement d'attitude la prit au dépourvu ; jamais elle n'avait vu un homme dans un tel état d'agitation.

— Ecoutez, dit-il enfin. Vous devez absolument m'aider.

— Je *dois absolument* vous aider ? répéta-t-elle, interloquée.

— Oui. Je vous l'ai dit, j'ai besoin de cette place. Il m'est impossible de retourner à Londres pour le moment. Je préfère vous épargner les détails.

— Je vois. Cependant, je ne comprends pas très bien en quoi cela m'oblige à vous aider.

— Je croyais pourtant avoir été clair ! Vous me donnerez des conseils, afin que j'apprenne à évoluer dans le monde de la servitude.

— J'ai l'impression de parler avec un enfant de sept ans, soupira Claire en croisant les bras.

— Pourquoi dites-vous cela ?

— Je vais vous donner un conseil à titre gratuit, sans obligation ni promesse d'autres enseignements. C'est bien compris ?

D'un geste magnanime, il l'enjoignit à poursuivre.

— Les gens de maison reçoivent des ordres de leurs employeurs du matin au soir. Au sein même de la domesticité, les employés de rang inférieur subissent en outre l'autorité de ceux qui leur sont supérieurs, et sont tenus de leur obéir. Or, même s'ils ont l'habitude de se sentir négligeables et rabaissés, ce sont des êtres humains et ils préfèrent être traités en tant que tels.

— Je ne vous suis pas, avoua-t-il, perplexe.

— Demandez, Mr Knightly, n'exigez pas. Surtout lorsque vous vous adressez à des domestiques qui font partie de la même sphère que vous. Ce que je cherche à vous faire comprendre, c'est que je peux, peut-être, vous donner des conseils qui vous permettront de « naviguer dans le monde de la servitude », mais j'apprécierais que vous me demandiez mon aide au lieu de l'exiger, tout en estimant naturel que je vous l'accorde.

— Mais je ne…

— Et tâchez d'éviter de vous ridiculiser à nouveau en me forçant à vous signaler vos erreurs ! Je ne prends aucun plaisir à ce jeu. Je suis certaine que vous êtes comme tout le monde : vous n'aimez pas que l'on mette le doigt sur vos défauts, même si vous me le demandez.

— Nom d'une pipe, vous maîtrisez le rôle de la gouvernante sur le bout des doigts, vous ! Vous arrive-t-il de vous détendre, ou passez-vous tout votre temps à discipliner vos semblables ? J'ai l'impression de me trouver devant un tribunal. Et d'avoir commis bien des fautes.

Claire prit une profonde inspiration. Il avait raison. Elle n'avait pas à le traiter de la sorte.

— Je vous demande pardon. Je ne voulais pas me montrer aussi désobligeante.

— J'ai la fâcheuse tendance à faire ressortir les pires instincts des personnes que je côtoie, répondit-il avec un sourire désabusé. On me l'a souvent dit.

— Cela n'excuse pas pour autant mon attitude. Et même si cette tendance est avérée, j'imagine qu'une telle réputation doit être bien lourde à porter. Je m'efforcerai de ne pas ajouter à votre peine.

Ce fut au tour de Knightly de la considérer en silence. L'espace de quelques battements de cœur, il ne fit rien d'autre que la dévisager, ses yeux bleu clair emplis d'incrédulité. Et pour la première fois depuis l'arrivée de cet homme, Claire sentit l'effet de ce regard l'envahir tout entière. Au lieu de la lueur étudiée qui lui déplaisait tant, elle y lut une vulnérabilité inattendue, une sincérité qui la toucha profondément.

*
* *

Miss Bannister et Jacob restèrent silencieux un long moment. Puis il s'éclaircit la voix et, sans parvenir à dissimuler tout à fait sa gêne, répondit :

— Merci. J'apprécie vos efforts.

Du plus loin qu'il se souvînt, il ne s'était jamais senti aussi désarçonné. Il avait l'habitude d'essuyer le mépris, le rejet des autres : personne ne le prenait jamais au sérieux. Mais cela ? Cette femme venait tout bonnement d'admettre qu'elle l'avait traité injustement. Elle n'avait pourtant rien dit de pire que ce qu'il avait entendu sa vie durant ! Qu'est-ce que cela signifiait ?

Soucieux de recouvrer une contenance, il fit appel aux nobles manières que son éducation de gentilhomme avait ancrées en lui dès la naissance. Avec une légère révérence, il désigna la chaise que Claire venait de quitter.

— Voulez-vous bien vous asseoir, afin que nous discutions de notre projet ?

Elle se redressa en tirant un peu sur sa jupe. Si sa soudaine prévenance avait éveillé ses soupçons, elle n'en montra aucun signe. Après avoir franchi les quelques pas qui la séparaient de la table, elle s'assit sur le bord de la chaise en croisant les mains sur les genoux. C'était une attitude qu'il avait observée chez bien des dames avant elle, et il comprit soudain d'où elle venait. Devant l'évidence de sa découverte, il ne put s'empêcher de se sentir un peu stupide. Cependant, il chassa aussitôt ce sentiment et prit place en face d'elle.

— Miss Bannister, je me rends compte que j'ai beaucoup de difficultés à m'adapter aux nouvelles circonstances dans lesquelles je me trouve. Je vous serais donc infiniment reconnaissant de m'accorder votre aide.

— Je serais ravie de vous l'apporter, dans la mesure de mes possibilités, répondit-elle en hochant la tête.

— Je vous en remercie, dit-il en se retenant d'imiter son geste. Comme vous l'avez justement remarqué, je n'ai guère d'expérience de la servitude. Quoique n'ayant pas vécu de manière particulièrement privilégiée (ce mensonge eut quelque peine à franchir ses lèvres), je n'ai jamais eu besoin de travailler pour d'autres ni de servir quelqu'un. Je ne sais pas comment me comporter dans une telle situation.

— Déchoir de son rang n'est pas chose facile, commenta-t-elle en regardant ses mains.

Intrigué par cette remarque, il demanda aussitôt :

— Comment êtes-vous devenue gouvernante ?

Après quelques instants d'hésitation, elle répondit, d'une voix douce mais assurée :

— J'ai tout d'abord été dame de compagnie. Pendant près d'un an. Mais… certains événements m'ont contrainte à chercher un nouvel emploi. Lady Aldgate est la deuxième dame que l'agence de Londres m'a fait rencontrer. Je lui ai plu, et me voici. C'était il y a quatre ans.

Ce n'était pas la réponse qu'il attendait.

— Et pourquoi êtes-vous devenue dame de compagnie ? J'imagine que ce n'était pas le rêve de votre vie.

— Voici un deuxième conseil, répondit-elle avec un regard dur. Ne dépréciez pas les choix des autres. C'est un conseil universel, qui vous servira en toutes circonstances, et pas seulement pour survivre dans le monde de la servitude. Vous n'avez pas la moindre idée des rêves ni des ambitions des personnes à qui vous vous adressez.

— Je ne vous connais que depuis une semaine, mais je vous ai présenté plus d'excuses que je ne l'ai fait à quiconque ma vie durant.

— Peut-être est-ce le signe que votre comportement gagnerait à être modifié.

— Votre ambition était-elle de devenir dame de compagnie ou gouvernante ?

— Ces deux emplois n'ont strictement rien de déshonorant.

— Mais était-ce vraiment ce que vous attendiez de la vie ? insista-t-il, trouvant qu'elle se défendait un peu trop vivement.

— Non, admit-elle enfin après un long silence.

Il attendit qu'elle s'explique, mais elle n'en fit rien.

— C'est tout ? Vous ne m'en direz pas davantage ?

— Je croyais que nous devions parler de vous.

— Je ne tomberai pas dans le piège, grommela-t-il. Si je vous donne raison, je passe pour un fat. Mais vous contredire serait faire preuve d'une insistance déplacée. Dans les deux cas, je suis perdant.

— Comment se fait-il que nous soyons constamment en train de nous chercher querelle ? Je n'ai pourtant pas pour habitude d'être aussi offensive.

Il avait son idée sur la question. Il n'avait pas cessé de penser à elle depuis leur rencontre, et il était toujours fermement résolu à la séduire. Depuis leur brève discussion dans la bibliothèque, c'était la première fois qu'il avait l'occasion de lui parler seul à seule, et il avait attendu ce moment avec une impatience grandissante.

Tout au long de la semaine, il l'avait observée, de plus en plus captivé par le moindre rire qu'il la voyait échanger avec les enfants ou Lucy. Pendant les repas, il avait bien du mal à détacher les yeux de sa digne posture. Jusqu'à présent, jamais il ne s'était attardé sur les pommettes d'une femme, mais les siennes, doucement arquées, lui donnaient un air aussi noble qu'attendrissant. On eût dit une impératrice romaine gratifiant ses sujets de sa présence. Mais son sourire chaleureux venait balayer le moindre soupçon de dédain ou de froideur. Ceux qui avaient la chance de le recevoir étaient aussitôt conquis. Il aurait tout donné pour que ce sourire lui soit adressé !

La fascination qu'elle exerçait sur lui, ajoutée à cette conversation dans la nurserie, avait fait germer dans son esprit une idée qui commençait à le tourmenter : Claire Bannister était plus qu'une femme à séduire. Fort heureusement, il n'était pas homme à s'embarrasser de pensées aussi vertueuses !

Chapitre 3

Jacob contemplait avec un irritant sentiment d'impuissance les visages ahuris des deux garçons qui lui faisaient face. En dépit de plusieurs tentatives, il ne parvenait toujours pas à leur faire comprendre le concept qu'il s'efforçait de leur inculquer.

— C'est pourtant simple : l'énergie potentielle s'applique à un objet qui n'est pas en mouvement. Elle est stockée à l'intérieur de cet objet. Lorsqu'elle est libérée, que ce soit par des moyens internes ou externes, ledit objet s'anime. Cette énergie n'est donc plus potentielle, mais réelle.

— J'ai faim. Quand est-ce qu'on mange ? demanda Michael.

— J'ai très envie de faire pipi, déclara Peter.

— Je vais t'aider à faire pipi, moi ! cria Michael en se jetant sur son frère pour le chatouiller.

Tous deux roulèrent sur le sol, les corps emmêlés.

— Non, non ! Arrête de me chatouiller ! Je vais faire pipi, arrête ça tout de suite !

Les rires de Peter résonnaient dans la petite salle de classe, bientôt rejoints par ceux de Michael, ce qui fit monter d'un cran le niveau sonore.

— Assez ! tonna Jacob en les séparant. Vous n'êtes pas du

tout concentrés. Un tel comportement mérite des coups de bâton. Et, croyez-moi, je manie le bâton comme personne ! Qu'y a-t-il encore ? demanda-t-il devant les visages cramoisis des jumeaux.

— Il m'a fait pipi dessus, gémit Michael en désignant son frère du doigt.

Baissant la tête pour examiner leurs deux pantalons, Jacob constata, en effet, qu'ils étaient pareillement souillés. Excédé, il ouvrit avec fracas la porte qui menait à la nurserie et cria :

— Miss Bannister, je vous prie !

Claire accourut dans un froissement de jupes. Il montra du doigt les deux enfants.

— Occupez-vous de cet… incident.

Elle découvrit la situation avec des yeux éberlués, tandis que les jumeaux se taisaient, embarrassés. Après avoir évalué la situation, les lèvres serrées, elle promena sur eux un regard sévère, marquant sa déception, avant de leur indiquer leur chambre.

— Vraiment ! À sept ans, voilà le spectacle que vous offrez ? C'est répugnant !

Les garçons marmonnèrent des excuses à leur attention avant de quitter la pièce, la mine boudeuse.

Resté seul, Jacob se dirigea vers la fenêtre et l'ouvrit grand pour chasser la désagréable odeur qu'avait laissée cet épisode. Les yeux fermés, il appuya la tête contre la vitre et respira l'air frais à pleins poumons. Pourquoi diable s'était-il fourré dans une telle situation ? Jamais il n'aurait cru que le travail d'un précepteur fût aussi frustrant. S'était-il montré aussi borné, lorsqu'il était écolier ? Sans doute que oui… Le seul souvenir qu'il avait de ces années, c'était son envie désespérée de sortir au grand air, au lieu de rester enfermé dans la salle de classe.

Il leva les yeux vers le ciel bleu qu'aucun nuage ne troublait, et contempla le reflet du soleil dans le petit étang, les arbres qui frémissaient dans la douce brise. Un jour comme celui-ci l'aurait mis au supplice, quand il était petit : il y avait tant à faire dehors ! Peut-être devrait-il laisser les deux canailles s'ébattre en liberté ? Après tout, il n'était pas un véritable précepteur, loin de là ! D'ailleurs, il n'avait pas l'intention de demeurer à Aldgate Hall plus d'un mois.

Le visage de Claire Bannister s'imposa soudain à lui : cette bouche pincée, ce regard brillant où se mêlaient sévérité et déception… Seules les gouvernantes et les mères le maîtrisaient avec un tel art. Il entendait même sa voix, ce ton raisonnable qu'elle avait coutume d'employer : « À mon sens, l'enseignement le plus précieux que je puisse leur apporter, c'est qu'il ne faut jamais renoncer. Je tiens à leur apprendre qu'à force de détermination et d'efforts ils peuvent atteindre leurs buts. »

Il releva la tête en laissant échapper un rire amer. Renoncer ! C'était ce qu'il savait faire de mieux, selon son père. Quelqu'un lui avait-il jamais enseigné la persévérance, comme le faisait Claire ? Aucun nom ne lui vint à l'esprit.

« Mettez-vous dans la peau d'un enfant. » C'était le conseil qu'elle lui avait donné la veille au soir. « Essayez de vous souvenir de ce qui vous aurait plu, à leur âge. Dans ce domaine, peu de chose a changé, en vingt ans. Il y a fort à parier que votre idée leur plaira. Et dans le cas contraire, vous aurez appris quelque chose sur eux. »

Il dirigea à nouveau son regard vers les arbres. Un sentiment inconnu s'empara alors de lui, et il songea que cette fois, peut-être, il n'échouerait pas.

En quelques enjambées, il fut devant la porte.

— Messieurs, nous allons grimper aux arbres ! annonça-t-il.

Il plaça les jumeaux au pied de l'arbre.

— À cet instant, vous êtes immobiles, vous ne bougez pas. Mais cela ne signifie pas qu'il ne se passe rien. En ce moment même, vous êtes emplis d'une énergie potentielle. Savez-vous ce que « potentiel » veut dire ?

— C'est comme une promesse ! répondit gaiement Peter.

— C'est exact. En ce moment même, vous êtes emplis d'une promesse d'énergie, d'une promesse de mouvement. Dans le langage scientifique, cela s'appelle l'énergie potentielle. Dès que vous entrez en mouvement, toutefois, on ne parle plus d'énergie potentielle mais d'énergie réelle. Comprenez-vous ce que cela signifie ?

— Que c'est pour de vrai ? suggéra Peter.

— Que c'est pas des blagues ? renchérit Michael.

— Si l'énergie potentielle désigne une promesse de mouvement, et que cette promesse est tenue lorsqu'elle devient de l'énergie réelle, que s'est-il passé, à votre avis ?

— Ça a bougé ?

— Bien ! On peut parler d'énergie réelle lorsqu'un objet s'est animé. Donc, comme je vous le disais, vous êtes, en cet instant, emplis d'énergie potentielle. Maintenant, je veux que vous vous hissiez jusqu'à la première branche, en transformant cette énergie potentielle en énergie réelle.

— Vous voulez dire qu'on doit grimper à l'arbre ? demanda Peter.

Michael, lui, avait déjà commencé péniblement son ascension le long du tronc. Au bout de quelques minutes, tous deux se trouvèrent perchés sur la première branche, le dominant de quelques centimètres.

— Je vous félicite, messieurs. Rappelez-moi : que fait un objet doté d'énergie potentielle ?

— Il ne bouge pas.

— Et lorsque cette énergie est réelle ?

— Il bouge, comme quand on grimpe à un arbre.

— Excellent !

C'était un beau progrès. Jacob sentit une chaleur réconfortante se répandre dans sa poitrine.

— Ces deux phénomènes constituent de l'énergie. À présent, nous allons parler d'une force un peu particulière. Pour cela, vous allez devoir changer de position.

Avec son aide, les jumeaux se trouvèrent rapidement suspendus à la branche par les mains.

— Quelle impression avez-vous, lorsque vous êtes ainsi ?

— L'écorce me fait mal aux mains ! se plaignit Michael.

— C'est normal. Un autre jour, nous étudierons la morphologie des arbres. Pour l'instant, essayez de remonter sur la branche à la force de vos bras.

Tous deux eurent beau se démener, ils réussirent tout juste à se soulever un peu, sans parvenir à regagner leur position.

— Mr Knightly, j'ai mal aux bras ! se plaignit Peter.

— Pourquoi avez-vous mal aux bras ? Pourquoi ne parvenez-vous pas à vous hisser sur la branche ?

— J'essaie, mais c'est trop dur ! C'est comme si on me tirait vers le bas !

— Exactement ! C'est la force dont nous allons parler maintenant.

Avec douceur, il les déposa l'un après l'autre sur le sol. Ensuite, ils s'assirent tous les trois sur l'herbe, tandis que les jumeaux frictionnaient leurs membres endoloris.

— Vous avez tous deux senti que quelque chose vous tirait vers le bas, lorsque vous étiez suspendus à la branche. Ce quelque chose, c'est une force que l'on nomme *gravité*. Elle est invisible à l'œil nu, mais elle attire vers le bas tous les objets présents sur la Terre. Vous voyez ces feuilles et ces branches ? La plupart d'entre elles sont dirigées vers le sol. C'est parce que la gravité les retient fermement et les tire vers le bas.

— Est-ce que la Terre a des bras invisibles ? demanda Michael.

— Si l'on veut, répondit Jacob en éclatant de rire. La gravité, c'est comme si la Terre attrapait un objet pour le faire redescendre sur le sol. Plus l'objet est gros, plus la gravité a de prise sur lui, et plus il lui est difficile de s'éloigner.

— Est-ce pour cette raison que les oiseaux volent et que nous en sommes incapables ? s'enquit Michael. Parce que nous sommes plus gros qu'eux ?

— En partie. Nous parlerons des différences entre l'anatomie humaine et celle des oiseaux une autre fois.

Levant les yeux, il aperçut les sœurs des jumeaux et Claire, un panier de pique-nique à son bras, qui avançaient dans leur direction.

— Et si vous faisiez une démonstration de la gravité à Miss Bannister ?

Aussitôt, les garçons s'élancèrent au-devant du petit groupe avec des cris de joie. C'était à qui parlerait le plus fort pour répéter la leçon qu'ils venaient d'apprendre. Malgré la distance qui les séparait, Jacob sentit très nettement le regard de Claire sur lui.

Il se contenta de sourire.

*
* *

Jacob se leva de sa chaise comme Claire pénétrait dans la pièce, suivie de Miss Allison, propre comme un sou neuf, et de ses deux grandes sœurs. Constatant que les jumeaux n'avaient pas quitté leur siège, il s'éclaircit la gorge pour attirer leur attention.

— Levez-vous, messieurs.

Les garçons s'exécutèrent avant de se ruer vers la table, où Lucy était en train de disposer les assiettes pour le repas du soir. Jacob les saisit alors par le collet et les tint ainsi fermement, rendant toute lutte inutile.

— Lâchez-moi ! protesta Peter.

Sans répondre, Jacob attendit que Claire et les fillettes aient pris leurs places. Lorsqu'elles furent assises, il relâcha les jumeaux, non sans les avoir secoués un peu.

— Qu'avons-nous fait de mal ? demanda Michael sans cacher son mécontentement. Pourquoi nous avez-vous attrapés ainsi ?

— Je ne vous ai pas demandé de vous lever pour vous installer à table, expliqua alors Jacob d'une voix calme mais ferme. N'avez-vous pas vu que des dames étaient entrées dans la pièce ? Un homme bien élevé reste debout tant que les dames ne se sont pas assises.

Les jumeaux le regardèrent, perplexes.

— Des dames ? Où donc ?

Il désigna la table d'un signe de tête.

— Ce ne sont pas des dames ! s'esclaffa Peter. Ce sont des filles !

Jacob alla s'installer à sa place, à une extrémité de la table, face à Claire qui occupait l'autre. Les garçons le suivirent.

— Ce sont des dames car elles sont filles d'un lord,

tout comme le fait d'être fils d'un lord fait de vous des gentilshommes.

— Une dame ne tire pas la langue, Miss Mary, observa Claire.

Lucy commença à servir le dîner, tandis que Claire remplissait les tasses d'un thé léger.

— Mais ils ont dit que nous étions des filles ! protesta la petite.

— Est-ce un mensonge ? N'êtes-vous pas une fille ?

— Si, mais…

— Pas de « mais ». Si vous voulez que vos frères vous considèrent comme une dame, vous devez vous comporter comme telle.

— Il en va de même pour vous, fit remarquer Jacob aux jumeaux. Il ne suffit pas d'être bien né pour être un gentilhomme. Vous devez apprendre à vous conduire convenablement, et à traiter les autres avec égards. Notamment à témoigner du respect aux dames en vous levant lorsqu'elles entrent dans une pièce et en attendant qu'elles soient assises pour prendre place à votre tour.

— Je ne vois pas en quoi c'est une marque de respect, grommela Peter en regardant fixement son petit pain, qu'il s'employait à réduire en miettes.

— Et pourtant, vous devez vous comporter ainsi, si vous voulez être respecté, poursuivit Jacob.

Il rencontra le regard de Claire et ajouta, sans la quitter des yeux :

— En outre, vous semblez oublier qu'il se trouve une autre dame, dans cette pièce.

À cette remarque, Claire se figea et ses joues s'empourprèrent délicieusement. Il savoura l'effet produit par son compliment. Ne l'avait-on donc jamais qualifiée ainsi ?

— Je vous prie de m'excuser, dit-elle en se levant. Je vais voir si Lucy a besoin d'aide.

Sa voix avait perdu son timbre sec et assuré, autre signe que son commentaire l'avait troublée.

— Faut-il aussi que nous nous levions chaque fois qu'elles le font ? gémit Peter, constatant que Jacob se tenait debout.

Son frère et lui poussèrent un soupir résigné avant de l'imiter, tandis que Claire quittait la pièce, sa robe bruissant au rythme rapide de ses pas.

— Et les filles, que font-elles pour nous ? s'enquit Michael. Elles n'ont que des avantages ! L'autre jour, j'ai vu papa offrir un collier de perles à maman. Et elle, tout ce qu'elle lui a donné, c'est un *baiser* ! dit-il en levant les bras d'un air scandalisé.

— C'est normal, pour une fille, intervint Mary. C'est comme cela qu'on fait les bébés, ajouta-t-elle d'un ton docte et supérieur.

— Beurk ! fit Peter.

— Je n'embrasserai jamais une fille ! renchérit Michael. C'est dégoûtant, de coller ses lèvres sur la bouche de quelqu'un ! Papa et maman ont même mis la langue. Ça me donne envie de vomir !

— Est-ce que nous allons avoir un nouveau petit frère ou une nouvelle petite sœur ? demanda Mary à Jacob.

Pris de panique, il ne sut que répondre ni comment modifier le cours périlleux qu'avait pris la conversation.

— Ce n'est pas en s'embrassant qu'on fait les bébés ! s'écria Sophie en levant les yeux au ciel.

— Je suis une cigogne, s'écria Allison, qui battait des bras, sa serviette dans la bouche. Regardez, j'apporte un bébé !

— Si, c'est en s'embrassant ! insista Mary. Elizabeth Pike

me l'a dit l'autre jour, à l'église. C'est pour ça que les gens mariés s'embrassent.

— Elizabeth Pike n'est même pas capable de nouer correctement un ruban dans ses cheveux ! Pour faire des bébés, il faut que le mari et la femme s'embrassent, se tiennent les mains et se trouvent tous les deux seuls dans une pièce.

Se laissant glisser de sa chaise, Allison se mit à courir autour de la table en agitant les bras et en poussant des cris stridents, pour parfaire son imitation.

— Moi, je ne me lève pas pour elle, décréta Peter en fronçant les sourcils. C'est peut-être une fille, mais elle n'est encore qu'un bébé, pas une dame.

Avec une moue butée, il se fourra un gros morceau de biscuit dans la bouche, sans prêter attention aux miettes qui se répandaient autour de lui.

— Elizabeth a quatre grandes sœurs, dont une est mariée. Elle en sait bien plus que toi sur la façon dont on fait les bébés, dit Mary à Allison, en la foudroyant du regard.

— Ils faisaient comme ça, dit Michael en offrant à la tablée une démonstration proprement épouvantable de l'art du baiser.

Jacob avait le tournis en songeant à la rapidité avec laquelle le dîner avait tourné au chaos le plus complet. Claire avait à peine tourné le dos que la pagaille s'était installée. Il aurait couru la chercher pour lui demander son aide, s'il n'avait craint que les petits chenapans ne saccagent la nurserie en son absence. Non, il devait parvenir seul à rétablir le calme.

Pour attirer leur attention, il tapa du poing sur la table. Les assiettes et les couverts s'entrechoquèrent, et le thé s'échappa des tasses, tachant la nappe qui n'en était pas à son premier outrage.

— Il suffit ! dit-il d'une voix grave et autoritaire.

— Vous ne devriez pas taper comme cela sur la table, fit observer Sophie.

— Elle pourrait se casser, ajouta Michael.

— Ça ferait du désordre, poursuivit Peter.

— Et à quoi cela nous mènerait-il ? demanda Mary en adoptant un ton raisonnable.

— À la mort, répondit Allison sous la table, décidée à apporter sa contribution à la conversation. Et la mort, c'est pas bien.

Jacob prit alors une longue et profonde inspiration.

— Voici ce que nous allons faire…

Claire n'en croyait pas ses yeux. À son retour dans la nurserie, elle trouva ses occupants, tous âges confondus, assis autour de la table dans un silence absolu. Le repas suivait son cours, tandis qu'ils s'observaient mutuellement d'un air soupçonneux, lèvres serrées, s'efforçant visiblement de rester muets. Les convives de sexe masculin s'étaient levés à son arrivée, avec réticence en ce qui concernait les deux plus jeunes, sans faire entendre cependant la moindre protestation.

Que se passait-il donc ? Elle s'assit, promenant son regard d'un enfant à l'autre. Personne ne disait mot. Allison sourit et ouvrit la bouche, mais, semblant soudain se souvenir de quelque chose, la referma aussitôt.

Claire tourna les yeux vers Jacob, assis en face d'elle à l'autre bout de la table.

— Que…

— Elle a parlé ! s'écria Peter d'une voix triomphante. Miss Bannister a parlé ! Elle a perdu !

Les autres enfants se joignirent à lui et le silence laissa immédiatement place à un vacarme assourdissant.

— Qu'ai-je donc perdu ? demanda Claire à Jacob.

— Nous jouions au roi du silence, lui expliqua Sophie en essayant de couvrir les voix de ses frères.

— Le premier qui parle a perdu ! ajouta Mary.

— Et vous avez parlé ! Vous avez perdu, vous avez perdu, vous avez perdu ! entonnèrent en chœur Peter et Michael.

Seule Allison, les lèvres tremblantes, ne partageait pas l'allégresse générale.

— Je ne veux pas que Miss Bannister perde ! dit-elle, les larmes aux yeux.

— Hum, hum.

Jacob parvint à rétablir le calme en posant sur tout ce petit monde un regard sévère.

— Comme ces demoiselles l'ont indiqué, dit-il à l'intention de Claire, dans ce jeu, la première personne qui prend la parole perd. Toutefois, reprit-il, coupant Peter qui s'apprêtait à poursuivre son chant de victoire, vous ne vous trouviez pas dans la pièce lorsque nous avons commencé. Vous ne pouviez donc pas savoir que nous jouions au roi du silence. Par conséquent, on ne peut considérer que vous avez perdu.

— Quoi ? protesta Peter.

— Est-il possible de perdre à un jeu auquel on ne participe pas ? demanda Jacob, bien décidé à lui faire entendre raison.

— Je suppose que non, marmonna le petit garçon, en s'effondrant sur sa chaise.

— Dans ce cas, c'est Peter qui a parlé le premier ! fit remarquer Sophie. C'est lui, le perdant !

— Certainement pas ! se récria l'intéressé, qui retrouva aussitôt son aplomb.

— Peter a perdu! Peter a perdu! scandèrent les deux filles aînées.

— Assez, mesdemoiselles!

La voix nette de Claire couvrit les leurs, et le chant se tut aussitôt.

— Je n'ai pas perdu! protesta Peter en lançant à ses sœurs des regards furibonds.

— Un gentilhomme accepte la défaite avec grâce et honore ses dettes avec dignité, l'informa Jacob.

— C'est horrible, d'être un gentilhomme.

— Cependant, reprit Jacob sans faire cas de sa remarque, compte tenu des circonstances et en ma qualité de juge suprême, je vous dispense du gage convenu.

— Mesdemoiselles, sachez que, si les mauvais perdants ne sont jamais respectés, il n'y a rien de plus exécrable qu'un mauvais gagnant.

— Qu'est-ce que cela veut dire, « exécrable » ? demanda Sophie.

— Détestable au plus haut point, répondit Claire. Un tel comportement exige des excuses.

Les fillettes s'exécutèrent donc à contrecœur.

— À présent, je crois que nous n'avons plus rien à faire ici. Levez-vous et allez vite dans vos chambres. La journée a été longue, et un moment de calme avant le coucher fera le plus grand bien à tout le monde.

Malgré leurs protestations, les enfants durent quitter la nurserie pour regagner leurs chambres respectives. Tandis que Claire fermait la marche, Jacob contempla les oscillations charmantes de sa jupe, le dos bien calé contre le dossier de sa chaise.

— Quel était le gage réservé au perdant ? demanda-t-elle par-dessus son épaule, avant de quitter la pièce.

— Administrer un massage à mes affreux pieds calleux avant d'aller au lit ! répondit Jacob, la mine réjouie.

Le rire argentin de Claire emplit la pièce. Il résonnait encore une fois la porte refermée, et Jacob ne put retenir un sourire radieux.

Chapitre 4

Une nouvelle surprise attendait Claire lorsqu'elle revint dans la nurserie, après avoir couché les enfants. Mr Knightly se trouvait là, accroupi devant le feu dont il était occupé à ranimer les braises. Des coussins étaient disposés autour de l'âtre, et elle remarqua un plateau contenant une miche de pain, du fromage, du jambon, quelques friandises, ainsi qu'une carafe de vin et deux verres. Une fourchette à long manche, qui lui était familière, était appuyée contre la cheminée.

En entendant ses pas, il se retourna et se leva, le tisonnier à la main.

— Bonsoir, Miss Bannister, dit-il en exécutant une révérence digne d'un courtisan.

Seigneur, qu'il était bel homme ! La lumière du feu sur son visage ajoutait encore à son charme. Hormis quelques bougies restées allumées, seules les flammes qui rougeoyaient éclairaient la pièce. Son profil baignait dans des teintes orangées, et les ombres accentuaient les reliefs de son superbe visage aristocratique. Claire avait beau savoir que l'adjectif *superbe* n'était pas associé à la gent masculine, d'ordinaire, aucun autre ne lui semblait plus approprié à ce moment précis.

Elle regrettait seulement que le reflet de la lumière sur ses lunettes ne l'empêche de contempler ses doux yeux bleus.

— Que signifie tout cela ? parvint-elle enfin à demander.

— Vous n'avez presque rien avalé au dîner, répondit-il en souriant. J'ai pensé que vous aviez peut-être encore faim.

La bienveillance qu'elle lut sur son visage eut, en partie du moins, raison de sa méfiance. Elle s'approcha.

— Comment avez-vous obtenu ce plateau ? demanda-t-elle en s'installant sur les coussins. D'ordinaire, la cuisinière ne prépare plus rien, une fois que les enfants ont mangé. Elle rechigne même à nous faire du thé.

— Elle n'aime peut-être pas qu'on lui demande du travail supplémentaire. Son aide, en revanche, est plus accommodante.

— C'est vrai qu'il vous suffit de sourire aux dames pour obtenir ce que vous voulez, fit observer Claire avec une moue ironique.

— Jusqu'à présent, cela fonctionne plutôt bien, en effet, répondit-il, l'air assez satisfait de lui.

— Je tiens à vous prévenir, monsieur, que cela ne fonctionnera pas avec moi.

— Permettez-moi de vous contredire.

Devant son regard interrogateur, il s'expliqua :

— Vous êtes assise sur les coussins, n'est-ce pas ?

Claire s'apprêtait à protester avec indignation mais, comme il esquissait un timide sourire, elle rendit les armes et lui sourit en retour.

— Je préfère cela, dit-il avec douceur.

Il la regardait maintenant avec une intensité qui la mit mal à l'aise.

— Avec un tel sourire, vous pourriez amener un homme à faire des folies. N'en soyez pas avare.

Claire sentit une chaleur cuisante lui monter aux joues. Son visage était sûrement écarlate, et cela n'avait rien à voir avec le fait d'être assise près du feu.

— Quel genre de folies ?

— Vous recherchez les compliments ? la taquina-t-il. Eh bien, par exemple, se procurer un plateau de victuailles à une heure indue et étaler des coussins devant une cheminée.

— Jamais je n'ai demandé…

— Je sais.

Elle ne parvenait pas à détacher son regard du sien. Ce satané feu l'empêchait de discerner clairement ses yeux, pourtant, elle sentait leur emprise la gagner peu à peu.

— Êtes-vous obligé de porter ces lunettes ? lâcha-t-elle sans réfléchir, avant de se reprendre. Je vous demande pardon. Vous en avez forcément besoin, puisque vous les portez en permanence.

— En réalité, elles ne me sont aucunement indispensables, dit-il en les ôtant, avant de les plier et de les glisser dans la poche de sa chemise. Elles sont en verre ordinaire : je les porte uniquement pour être pris au sérieux dans mon rôle de précepteur. Un simple accessoire qui m'aide à forger l'image que je souhaite donner…

Son regard enfin mis à nu laissa Claire estomaquée. Le jour de son arrivée, la teinte bleu pâle de ses yeux lui avait évoqué la glace. Mais à présent qu'elle découvrait la gaieté qu'ils renfermaient, l'intérêt avec lequel ils se posaient sur elle… Trouve-t-on la moindre chaleur dans la glace ? Non, cette couleur lui faisait maintenant songer à la nuance bleutée d'un œuf d'étourneau. Tout comme ce dernier contient la promesse d'une nouvelle vie, les yeux de Jacob Knightly étaient un présage. Mais de quoi ?

Recouvrant ses esprits, elle repensa à ce qu'il venait de dire.

— Pourquoi voulez-vous à tout prix vous donner une image de sérieux ? Vous êtes bel et bien précepteur, vous n'avez pas besoin de projeter une fausse idée de ce que vous êtes.

Il garda longuement le silence, l'air contrarié, comme s'il venait de commettre un impair, ou une maladresse.

Elle tendit le bras vers lui.

— Passez-moi donc la fourchette. Je vais faire griller le pain.

Il s'empara de l'ustensile, mais refusa de le lui donner.

— Pas question : c'est moi qui vous invite. Je me charge du travail.

— Je n'appellerais pas cela du travail : il s'agit de tenir une tranche de pain au-dessus des braises, rien de plus.

— Détrompez-vous ! Lorsque je prépare des toasts, cela va beaucoup plus loin. C'est tout un art !

— Un art ? répéta-t-elle, moqueuse.

— Absolument !

Il se saisit d'une tranche de pain et d'un couteau, et précisa :

— Sachez que, durant mes années d'études, mes toasts étaient renommés dans toute l'école. Il n'était pas rare que des camarades viennent me supplier de leur en préparer aux petites heures de la nuit. J'ai même reçu l'un de mes professeurs, un soir.

Elle éclata de rire en l'imaginant dans sa prime jeunesse, servant à son professeur un toast au fromage.

— Et ce monsieur a-t-il apprécié vos talents de cuisinier ?

Il lui lança un regard outré destiné à lui faire comprendre le ridicule de sa question.

— Bien entendu ! Cependant, le but n'était pas de l'impressionner, mais plutôt de lui faire oublier que, une fois de plus, je n'avais pas fait mon travail.

Après avoir beurré un côté de la tranche de pain, il piqua

celle-ci à l'aide de la fourchette. Claire observa ses mains tandis qu'il serrait doucement le manche entre ses doigts, promenant l'ustensile métallique au-dessus des flammes. Elle se demanda quel effet cela ferait de sentir ces doigts se promener sur sa joue à cet instant : seraient-ils glacés comme le métal, ou brûlants comme le feu ? Elle s'efforça aussitôt de chasser cette pensée.

— La diversion s'est-elle révélée efficace ?

— Hélas non ! répondit-il avec un sourire penaud qui lui arracha un rire.

— Ce petit jeu a dû vous mettre dans le pétrin ! À juste titre, d'ailleurs.

— Ne me jugez pas aussi hâtivement, ma chère, protesta-t-il avec une sévérité affectée. Je parierais qu'enfant, vous étiez loin d'être une élève modèle avec vos propres gouvernantes.

Cette remarque fit perdre à Claire toute sa bonne humeur.

— Vous pensez donc que j'en ai eu plusieurs ?

Elle s'installa plus confortablement sur la pile de coussins, à demi allongée.

— Je croyais que toutes les filles faisaient fuir plusieurs gouvernantes, au cours de leur enfance.

— Qui vous dit que j'en ai seulement eu une ?

— Pour commencer, répondit-il en retirant la première tranche de pain des braises, avant de répéter l'opération avec une deuxième, vous avez de l'instruction. Cela vient forcément de quelque part.

— Ma mère ou une école auraient pu se charger de mon éducation.

Il s'interrompit dans sa tâche pour la regarder droit dans les yeux.

— Cela a-t-il été le cas ?

La franchise de son regard, comme la spontanéité de sa

question, la touchèrent en plein cœur. Il était dangereux lorsqu'il était sincère. Mais elle préférait de loin ce Jacob à celui dont les manières arrogantes l'avaient tant agacée. Néanmoins, elle devait rester sur ses gardes.

— Non, avoua-t-elle en se redressant. Vous avez raison. Mais je n'ai eu qu'une gouvernante.

— Vous avez donc été une élève modèle.

Il retira du feu la deuxième tranche de pain. Claire le regarda placer un morceau de fromage puis une fine tranche de jambon sur le premier toast, avant de refermer le tout avec le second. Mais au lieu de lui tendre le sandwich ainsi formé, il le déposa sur la fourchette pour le passer à nouveau au-dessus des braises.

— Pas une élève modèle. Disons plutôt que j'ai eu une gouvernante patiente.

— Que s'est-il passé ?

— Que voulez-vous dire ?

— Si vos parents étaient assez fortunés pour engager une gouvernante, pourquoi avez-vous été contrainte par la suite d'exercer vous-même ce métier ?

— Je n'aime guère la tournure que prend cette conversation. Le moment n'est pas approprié.

Jacob tira le sandwich du feu et le disposa sur une assiette, qu'il lui tendit.

— Faites attention, c'est chaud. Laissez-le refroidir un peu.

Elle souleva son assiette et souffla doucement sur le sandwich. Puis, sans plus attendre, elle mordit dedans.

— Mais c'est brûlant !

— Je vous avais prévenue ! répondit-il, en lui servant un verre de vin.

Elle l'accepta avec un sourire espiègle.

— Je n'ai aucune patience, surtout lorsqu'il s'agit de

gourmandises. Mais vous disiez vrai : ce toast est délicieux. Je n'en ai jamais préparé d'aussi bon.

— Cela vous apprendra à mettre ma parole en doute !

Il commença à confectionner un deuxième sandwich.

— À ma décharge, il faut dire que vous ne vous êtes guère montré digne de confiance, à votre arrivée au manoir.

Il se figea aussitôt. Sans qu'elle se l'expliquât, il régna soudain dans la pièce une tension palpable.

— Que voulez-vous dire ? demanda-t-il d'un ton nonchalant.

— Puis-je être franche ?

— Je vous en prie.

Elle avala une nouvelle bouchée, savourant le goût du fromage fondu et du jambon sous sa langue.

— De prime abord, vous avez fait preuve d'une arrogance très déplaisante. Cela ne vous a aucunement rendu sympathique.

— De prime abord ? Cela veut-il dire que votre impression a changé ? demanda-t-il en se rasseyant face à elle, son toast à la main.

— Vous avez fait des progrès. Votre compagnie est devenue plus tolérable, admit-elle en souriant.

— Vos flatteries ne connaissent pas de limites, répondit-il avec humour.

Comme il aimait voir cette étincelle dans son regard ! Plus tôt, lorsqu'elle avait soufflé sur son sandwich, arrondissant les lèvres comme pour un baiser, il avait senti son pouls s'accélérer. Et maintenant, son rire un peu rauque résonnait au plus intime de son corps. Des images d'elle, nue dans son lit, tout contre lui, riant de ce même rire, affluèrent dans son esprit. Diable, qu'il faisait chaud dans cette nurserie !

— Vous dites que j'ai fait des progrès, mais vous n'êtes toujours pas prête à vous confier à moi, n'est-ce pas ?

Il lui fallait ramener la conversation sur un terrain moins éprouvant pour ses sens. En outre, depuis leur dernière conversation, il attendait une nouvelle occasion de l'interroger sur son passé.

— Pourtant, insista-t-il, quel meilleur moment pour partager des souvenirs, si pesants soient-ils ? Ici, il n'y a que vous, moi et le feu.

Elle semblait hésiter, les yeux baissés sur le sandwich qu'elle n'avait pas encore terminé.

— Je le reconnais, c'est par pur égoïsme que je vous questionne, Claire : vous m'intriguez. Je désire mieux vous connaître, mais surtout, je veux gagner votre confiance.

Elle leva vers lui un regard voilé d'incertitude. Il se rendit compte alors qu'il s'était trompé sur la couleur de ses yeux. Plutôt que le vert de la mousse, c'était plutôt celui de l'herbe, ou de l'émeraude, ou les trois à la fois. Ces différentes nuances s'agençaient harmonieusement, chacune donnant aux autres l'occasion d'être mises en valeur. Lorsque Claire riait, l'émeraude scintillait, joyeuse. Lorsqu'elle était en colère, l'herbe se faisait plus dense. Et lorsqu'elle était sereine, la douceur de la mousse prenait le dessus.

À présent, le doute, la confusion qu'il lisait dans ce regard lui donnaient une tonalité qu'il n'avait encore jamais vue, mais qui lui serrait le cœur et s'insinuait jusque dans ses veines. À cet instant, il aurait tout fait pour chasser cette expression de ses yeux pour toujours. Mais comment y parvenir ? Il n'en avait pas la moindre idée. Dieu ait pitié de lui, il ne voulait plus jamais qu'elle ressente cela ! *Il* ne voulait plus jamais ressentir cela !

D'ordinaire peu enclin aux sentiments compassionnels, il

était secoué par le trouble qu'elle produisait sur lui. Il avait l'impression que tous deux partageaient la même émotion.

Après avoir fourré le reste de son sandwich dans sa bouche, il s'essuya les mains et se versa un peu de vin. Il lui fallait prendre un peu de distance.

— Vous êtes libre de garder vos secrets, si vous le souhaitez. Cela m'est parfaitement égal.

Son verre rapidement vidé, il s'en servit un autre, puis fit l'erreur de poser les yeux sur Claire. Le visage tourné vers le feu, elle semblait perdue dans ses pensées. La lumière s'accrochait à ses cheveux bruns parsemés d'éclats dorés. Quelques mèches échappées de sa coiffure tombaient sur sa joue veloutée, que le rougeoiement des flammes caressait.

Sans prendre le temps de réfléchir, il tendit la main et ramena ces mèches rebelles derrière son oreille. Lorsqu'elle se tourna vers lui, il lui parut alors tout naturel de prendre son visage dans le creux de ses mains.

Seigneur, qu'elle était belle !

Claire retint sa respiration et ferma les yeux, tandis que de son pouce Jacob suivait la courbe de sa pommette. Elle n'était pas ignorante des relations entre les hommes et les femmes, mais il y avait si longtemps qu'on ne l'avait touchée ! Être entourée d'enfants en permanence avait de quoi décourager le plus téméraire des hommes. Il y avait tant d'années qu'elle n'avait plus été l'objet des attentions d'un galant qu'elle ne s'était même pas rendu compte que cela lui avait manqué.

Lorsqu'elle sentit bouger les coussins qui l'entouraient, elle ouvrit à demi les yeux. Jacob était là, tout près. Les yeux fixés sur elle, déterminé, il glissa un bras autour de ses épaules et, doucement, lui releva le menton du bout des doigts. Son visage à un souffle du sien, il la contempla quelques instants, avant d'approcher sa bouche de la sienne.

Elle ne pouvait se méprendre sur ses intentions. Que lui arrivait-il donc ? *Voulait*-elle vraiment que cela lui arrive ? Certes, il était bel homme, et elle n'avait pas menti, plus tôt, en affirmant que sa compagnie lui était devenue plus agréable. Mais l'estimait-elle au point d'encourager des relations plus étroites avec lui ?

Cet instant d'indécision faillit bien lui ôter toute possibilité de choix. Mais au dernier moment, elle tourna la tête, et la bouche de Jacob, au lieu de rencontrer la sienne, se posa sur sa joue. Le contact de ses lèvres chaudes et fermes sur sa peau fit naître en elle un tourbillon de sensations, qui se répandirent jusque dans son ventre. Comme il continuait à déposer de petits baisers le long de sa pommette, elle ferma à nouveau les yeux. Instinctivement, elle inclina la tête pour lui permettre de poursuivre ses caresses jusqu'à son oreille.

Mais, à sa grande surprise, c'est vers son menton qu'il dirigea son attention.

— Vous avez du fromage ici, murmura-t-il en lui léchant la peau, avant de l'embrasser au même endroit. Miam, jamais je n'ai goûté un cheddar aussi succulent !

Aussitôt, elle s'écarta de lui et se mit à chercher avec affolement une serviette, un mouchoir, n'importe quoi pour s'essuyer le visage. Quelle honte d'être surprise avec des traces de nourriture sur la figure !

Mais il l'attira de nouveau à lui en tirant de sa poche son propre mouchoir pour ôter le morceau de fromage incriminé.

— Cela va mieux ? demanda-t-il avec un sourire.

Elle devait être aussi rouge qu'une pivoine ! Écartelée entre honte, plaisir et nervosité, elle avait la gorge nouée.

Cependant, il lui enlaçait toujours les épaules. Le regard tourné vers le feu, il resserra son étreinte, tout en lui caressant le bras.

Peu à peu, elle se calma et prit conscience des sensations qui l'envahissaient. Pelotonnée contre lui, elle découvrait une force physique que ses vêtements amples ne laissaient pas deviner. Le bras qui l'entourait était lourd et musclé. Pourtant, cette puissance n'avait rien d'intimidant. Au contraire, elle était rassurante. Une senteur de lotion capillaire mêlée à l'arôme du vin se dégageait de lui, créant un parfum unique qui donnait à Claire la chair de poule. Elle eut soudain envie de fourrer son visage dans son cou pour se griser de son odeur. Au lieu de cela, elle concentra son attention sur la chaleur que son corps communiquait au sien, et qui semblait contenir la promesse d'une exquise langueur.

Elle fut incapable alors de réprimer un soupir, tout comme elle ne put s'empêcher de se presser contre lui, apaisée par sa chaleur et par la caresse vigoureuse de sa main sur son bras.

Juste ciel, quel délice !

Il ne tenta pas de briser le silence. Ce fut elle qui parla la première.

— J'ai été fiancée.

Il s'interrompit, seule indication qu'il l'avait entendue.

— Il s'appelait Thomas. Il était valet de pied dans la maison où j'étais employée comme dame de compagnie. Ma maîtresse était âgée et de santé fragile, mais elle avait bon cœur et j'aimais travailler pour elle. Pour ma première place, j'ai eu une chance inouïe. Quant à Thomas, c'était un homme intelligent et ambitieux. Son but était de devenir majordome. Bien sûr, il savait que cela lui serait impossible, chez Lady Allen. Personne ne lui donnait plus de deux ans à vivre. Pourtant, il avait des rêves.

— Que s'est-il passé ?

Il avait tout à fait cessé de lui caresser le bras, sans pour autant relâcher son étreinte.

— Je ne m'attendais pas à trouver l'amour, mais Thomas me faisait rire. La première fois que c'est arrivé, j'ai eu l'impression que je n'avais pas ri depuis des années ! Et c'était bien le cas. Ma mère est morte lorsque j'avais quinze ans, et la santé de mon père n'a cessé de décliner, après cela. Peu à peu, il s'est consumé de chagrin. Les rares fois où il daignait pénétrer dans son bureau, c'était pour prendre des décisions médiocres, irréfléchies. À force de négligences et de mauvais investissements, notre situation financière a empiré, jusqu'à l'épuisement total de nos ressources. Il n'était qu'un gentilhomme campagnard de petite noblesse, mais nous avions vécu jusqu'alors dans le confort. Je n'avais aucune raison de croire que je serais un jour contrainte de travailler pour subvenir à mes besoins.

À l'âge où j'aurais dû fréquenter les réceptions et rencontrer des jeunes gens susceptibles de faire de bons partis, je m'occupais de mon père malade. En même temps, je m'efforçais de redresser notre situation financière, ce en quoi j'ai échoué lamentablement. Lorsqu'il a fini par mourir, mon premier sentiment a été le soulagement. Le soulagement que tout soit terminé. Immédiatement après, j'ai éprouvé une profonde culpabilité. Faut-il être sans cœur pour ressentir du soulagement à la mort de son propre père !

— Il vous avait privée de votre jeunesse, de votre vie. Il vous avait soutiré toute votre énergie. C'était un sentiment compréhensible.

— Un mois après sa mort, les collecteurs sont venus. Ils ont tout pris. J'ai été autorisée à conserver un sac pour transporter mes vêtements, rien de plus, et j'ai dû quitter

Ridgestone sur-le-champ, dire adieu à tout ce que j'avais connu jusque là présent. Dans la charrette qui m'emmenait, tandis que je regardais disparaître ma maison, je me suis fait deux promesses. La première : de ne jamais contracter de dettes envers quiconque. La seconde : de revenir un jour à Ridgestone pour en être la maîtresse et propriétaire.

— Et ainsi, lorsque vous avez fait la connaissance de Thomas…

— Il m'a fait rire. Après toutes ces tristes années, c'était si bon ! Il m'a rappelé que la vie pouvait être une joie. Nous ne partagions pas les mêmes rêves, mais cherchions une solution qui puisse nous satisfaire tous les deux. Il disait que la condition de gentleman-farmer était tout de même plus enviable que celle de majordome. Et qu'après tout, personne ne pourrait l'empêcher d'ouvrir lui-même la porte de sa maison aux visiteurs. Je me sentais heureuse et en sécurité auprès de lui. C'est pourquoi, lorsqu'il m'a demandé ma main, j'ai dit oui.

— Mais ?

— Il a succombé à une fièvre deux semaines plus tard.

— Oh ! pauvre enfant ! dit-il en déposant un baiser sur sa tempe.

De ses doigts, il essuya les larmes qui avaient coulé sur sa joue sans même qu'elle s'en aperçoive.

— Lady Allen est morte à son tour un mois plus tard. Les nouveaux propriétaires du domaine n'ayant besoin ni d'une dame de compagnie ni d'une gouvernante, je suis partie à Londres. Par chance, j'ai été acceptée par une agence jouissant d'une bonne réputation. J'ai rencontré Lady Aldgate, qui m'a proposé cette place. Et voilà comment je suis devenue gouvernante.

Pendant quelques minutes, on n'entendit plus que le

crépitement du feu qui se mourait dans la cheminée. Absorbée dans la contemplation des braises, Claire n'avait aucune envie de rompre le charme de ce moment. Pourtant, sachant qu'ils ne pouvaient rester ainsi indéfiniment, elle se résolut à briser le silence.

— Je ne resterai pas gouvernante toute ma vie. Je nourris toujours l'espoir de retourner à Ridgestone, mais dans des conditions quelque peu différentes, à présent.

— Que voulez-vous dire ?

Sa curiosité semblait sincère.

— Vous allez sans doute trouver cela ridicule, préféra-t-elle l'avertir.

— Je jure de ne pas rire, sous peine de mort, déclara-t-il en levant une main en l'air. Ou plutôt sous peine de garde d'enfants pendant une journée entière.

Sa déclaration solennelle arracha à Claire un sourire.

— D'autres gouvernantes sont employées dans la région, et nous nous sommes liées d'amitié. Une fois par mois, nous faisons en sorte de demander notre demi-journée en même temps, pour prendre le thé ensemble. De plus, nous organisons des visites, afin que les enfants dont nous avons la charge apprennent à développer des relations sociales. Nous nous sommes donné un nom : le club des gouvernantes. Et nous avons conclu un pacte.

— Vraiment ? demanda-t-il avec étonnement.

— Oui. Chacune d'entre nous met ses gages de côté, le but étant de les regrouper un jour pour acquérir notre propre logement et retrouver une aisance financière. Nous ne voulons plus voir nos vies dictées par d'autres ; nous souhaitons conquérir notre indépendance. Notre projet initial est de rentrer en possession de Ridgestone, mais, s'il devait échouer, nous trouverons une maison à louer pour nous toutes.

— C'est très ambitieux.

— Oui, c'est vrai, mais nous nous sommes fixé un délai raisonnable. Nous avons scellé ce pacte il y a six mois, et nous nous donnons au moins trois ans pour réunir les fonds nécessaires.

— Votre projet semble en très bonne voie, convint-il, tout en s'écartant d'elle et en se levant. Sur ces paroles, je crois que nous devrions nous retirer. Il se fait tard et les petits diables n'ont pas leur pareil pour se lever dès l'aube, débordant d'une épuisante énergie !

Claire éclata d'un rire mal assuré pour tenter de cacher sa déception. Elle avait l'impression qu'un mur s'était soudain dressé entre eux.

— Oui, ils sont toujours pleins de vie, le matin, acquiesça-t-elle en se levant à son tour.

— Ils n'ont vraiment aucune considération pour nous ! Oh ! laissez cela, dit-il comme elle s'apprêtait à rapporter le plateau à la cuisine. C'était une attention pour vous, c'est donc à moi de m'en occuper.

— Qui aurait pu croire, en vous voyant si arrogant il y a encore dix jours, que vous vous mettriez à ranger pour épargner du travail aux bonnes ? Je dois être meilleure enseignante que je ne le pensais !

— Ma chère, vous êtes tout simplement magique.

Il avait prononcé ces mots avec douceur. Entre eux, il y eut comme une petite étincelle.

— Ne l'oubliez jamais, ajouta-t-il avant de ramasser l'une des sucreries qu'ils avaient laissées sur le plateau, pour l'approcher de ses lèvres.

Sans détacher son regard du sien, elle ouvrit la bouche,

tandis qu'il y glissait la friandise. Connaissant les talents de cuisinière de Mrs Potter, elle était certaine que ce serait savoureux. Mais à ce moment-là, toute son attention était tournée vers Jacob Knightly.

Ses yeux plantés dans les siens, il porta les doigts à sa bouche et lécha avec gourmandise le sucre qui s'y était déposé. Bonté divine, quelle était cette chaleur qui s'emparait d'elle et lui brûlait les joues ? Elle ne put réprimer un frisson.

Pour toute réponse, il lui offrit son bras.

— Puis-je vous escorter jusqu'à la porte de votre chambre, madame ?

Cela suffit à rompre le sortilège qui semblait l'avoir frappée.

— Merci, monsieur, répondit-elle en éclatant de rire.

Elle posa la main sur son bras et ils franchirent les quelques pas qui les séparaient de la porte de sa chambre.

— C'est très aimable à vous de m'avoir raccompagnée, monsieur. Vous êtes un vrai gentleman, lui dit-elle en se tournant vers lui, lorsqu'ils furent arrivés à destination.

— Tout le plaisir a été pour moi, madame, répondit-il en exécutant une révérence, à grand renfort de moulinets de bras.

Mais lorsqu'elle lui tourna le dos pour ouvrir la porte, il la saisit par le coude, le visage soudain sérieux.

— Merci, Claire Bannister, de m'avoir raconté votre histoire. C'est un honneur d'avoir votre confiance.

La réflexion qu'elle s'était faite plus tôt lui revint en mémoire : cet homme était dangereux, surtout lorsqu'il était sincère. Pourtant, à ce moment précis, cela lui était parfaitement égal.

Dans un élan qu'elle ne sut arrêter, elle se mit sur la

pointe des pieds et posa ses lèvres sur les siennes. L'espace d'un délicieux moment, ils demeurèrent ainsi.

— Bonne nuit, Mr Knightly, murmura-t-elle soudain, avant de disparaître dans sa chambre.

Chapitre 5

— Ma parole, elle est énorme !

Claire, qui regardait par la fenêtre, sourit devant les exclamations enthousiastes de Michael. Jacob et ses deux élèves se trouvaient sur la petite section de toit située en contrebas de leurs deux chambres. La lumière des quelques bougies allumées dans la pièce éclairait à peine le petit groupe affairé autour d'une lunette astronomique. Michael, l'œil plaqué sur l'instrument, exécutait de grands gestes fébriles.

— Comment fonctionne-t-elle ? demanda-t-il, regardant le ciel tantôt à travers la lunette, tantôt à l'œil nu.

— À mon tour, maintenant ! protesta Peter, poussant son frère.

— Pas encore ! cria Michael qui, ayant retrouvé son équilibre, repoussa à son tour son jumeau.

Jacob les saisit aussitôt par le col pour les séparer.

— Vous n'aurez droit ni l'un ni l'autre à un deuxième tour, si vous ne vous comportez pas correctement, les prévint-il d'une voix calme et neutre. Cet appareil est coûteux et il n'est pas facile de se le procurer. Je serais très contrarié s'il était endommagé, d'autant plus que cela mettrait un terme à nos leçons d'astronomie.

— Si nous le cassons, mon père en achètera un autre, répliqua Peter d'un ton maussade.

— Oui, il peut acheter tout ce qu'il veut ! renchérit Michael.

— Là n'est pas la question. Aussi riche soit-on, il faut toujours traiter les affaires des autres avec soin et respect. C'est la moindre des politesses, et c'est ce qui fait que l'on est un gentleman. De plus, Peter, Michael n'avait pas encore fini. Vous devez apprendre la patience.

— Mais…

— Pas de « mais ». Je le répète, vous devez apprendre la patience. Faire usage de la force pour obtenir ce que vous voulez est une preuve d'égoïsme et de brutalité. C'est là le meilleur moyen de perdre le respect de vos camarades et de vos collègues.

— Qu'est-ce que c'est, un « collègue » ?

— C'est une personne avec qui l'on travaille, ou avec qui l'on choisit de passer du temps. Un collègue est comme un camarade, à cette différence près qu'un camarade appartient à la même classe sociale que soi, tandis qu'un collègue peut venir de tout milieu.

— Alors, Miss Bannister est ma collègue ? demanda Michael.

— Non, répondit Jacob avec un petit rire. Miss Bannister est votre gouvernante. En revanche, elle est ma collègue, car je travaille avec elle. Mais revenons à l'astronomie. Comment appelle-t-on une formation d'étoiles ?

— Une constellation ! répondirent en chœur les garçons dans la pénombre.

— Exact ! Et les deux constellations que je vous ai montrées sont…

— Ursa Major! répondit Michael, tandis que Peter s'écriait en même temps: Ursa Minor!

— Plus communément appelées… ?

— La Grande Ourse et la Petite Ourse!

— Quelle est la partie la plus facilement reconnaissable de la Grande Ourse?

— La Grande Casserole!

— Qui n'est pas une constellation, mais…

— Un astr… un axt… un astm…

De toute évidence, c'était un mot nouveau, qui leur donnait du fil à retordre.

— Un astérisme. Une figure dessinée par les étoiles d'une constellation est appelée un astérisme, expliqua Jacob en prenant soin de parler lentement. Maintenant, levez les yeux vers le ciel et trouvez la Grande Casserole.

— Je la vois! s'écria Michael.

— Je l'ai vue le premier! décréta Peter.

— C'est pas vrai!

— Peu importe qui l'a vue le premier. Ce qui compte, c'est que vous l'ayez trouvée tous les deux.

Il avait à nouveau adopté un ton impassible, et Claire se demanda comment il avait réussi à garder son calme.

— Vous l'avez bien repérée tous les deux?

— Oui, elle est là! répondirent les garçons en la montrant du doigt.

— Parfait. Maintenant, fermez les yeux et tournez sur vous-mêmes. Ne vous arrêtez pas avant mon signal.

Que fait-il donc? se demanda Claire, tandis que les jumeaux, obéissants, se mettaient à tourner sur eux-mêmes, tout en pouffant de rire.

— Arrêtez! cria soudain Jacob.

Ils s'arrêtèrent et retrouvèrent rapidement leur équilibre.

— Maintenant, ouvrez les yeux et montrez-moi la Grande Casserole.

Au bout de quelques instants, les enfants la désignèrent du doigt.

— Recommencez ! Fermez les yeux et tournez sur vous-mêmes jusqu'à ce que je vous demande d'arrêter.

Sous les yeux de Claire, Jacob leur fit répéter l'opération à trois reprises. Chaque fois, ils réussirent à retrouver la Grande Casserole, même si, à la fin, leurs petits corps chancelaient sérieusement. Elle frappa alors à la vitre pour attirer l'attention de Jacob et lui indiqua du doigt la montre pendue à son cou. Il était l'heure pour les garçons d'aller se coucher. Ils avaient déjà veillé bien plus tard qu'à l'accoutumée pour assister à leur leçon d'astronomie.

Un peu plus tard, Claire pénétra dans sa chambre. Après avoir mis les enfants au lit et fermé la nurserie pour la nuit, elle n'avait qu'une hâte : se passer une serviette fraîche sur la nuque. Elle souffrait de l'humidité de la saison, et le contact froid du linge l'apaiserait assez pour qu'elle s'endorme rapidement.

À l'abri des regards, elle ne chercha nullement à étouffer un bâillement. Au contraire, elle savoura cet instant, les bras écartés, debout sur la pointe des pieds. Quelle délicieuse sensation !

Lorsqu'elle vit à la fenêtre un visage qui lui souriait, un cri s'étrangla dans sa gorge. Dans l'étrange jeu d'ombres et de lumière qui baignait la pièce, la tête semblait flotter seule, détachée de son corps, ce qui rendait la scène d'autant plus sinistre.

Puis Jacob éclata d'un grand rire, et la frayeur de Claire

laissa place à une exaspération outragée. D'un pas furieux, elle se dirigea vers la fenêtre et l'ouvrit.

— Il n'y a que vous pour épier une dame dans sa chambre !

Sans manifester le moindre repentir, il s'accouda au rebord de la fenêtre, les bras croisés.

— C'est vous qui avez laissé les rideaux ouverts ! Vous ne pouvez pas demander à un homme de résister à pareille tentation !

Elle s'accouda de son côté de la fenêtre, ses bras contre les siens.

— N'est-ce pas un peu facile d'accuser la nature fondamentalement immorale des hommes ? Vous auriez pu trouver une meilleure excuse !

Elle vit son regard s'attarder sur sa bouche, qui se trouvait dangereusement proche de la sienne, et devina qu'il se remémorait le baiser bien trop bref qu'elle lui avait donné, deux nuits auparavant. Chaque fois qu'elle avait un moment à elle, elle revivait en esprit cette soirée près de la cheminée, et toutes les sensations qu'elle avait éprouvées dansaient à nouveau sur sa peau. En plusieurs occasions, elle en avait même perdu le fil de sa leçon. C'était dire à quel point elle était distraite !

Distraite, elle l'était également à cet instant. Par la proximité de cet homme, par son regard fixé sur sa bouche, par son odeur. Allait-il l'embrasser à son tour ? Voulait-elle qu'il le fasse ? *Oui*, semblait répondre son cœur battant.

Mais une déception l'attendait. Au lieu de lui donner un baiser, il se redressa et lui tendit la main.

— Venez regarder les étoiles avec moi.

Cette perspective était si plaisante qu'elle ne fut même pas gênée par la façon impérieuse dont il avait formulé l'invitation. Sans hésiter, elle s'assit sur le rebord de la fenêtre et passa les jambes de l'autre côté. Elle n'avait qu'un petit saut à faire pour atteindre le toit, mais Jacob la tint fermement par les hanches pour l'aider à descendre. Lorsqu'elle posa les pieds sur la surface rugueuse, il ne relâcha pas son étreinte et elle chancela dans ses bras.

Cette fois, il profita de son abandon et posa ses lèvres sur les siennes.

Comment aurait-elle pu résister au contact ferme de sa bouche ? Les femmes étaient peut-être, elle aussi, affligées d'une nature fondamentalement immorale, car elle n'avait qu'une envie : se serrer contre son corps puissant, nue de préférence.

Pour l'heure, elle se contenta de glisser les bras autour de son cou et de s'approcher suffisamment de lui pour sentir le tissu de son manteau contre sa robe. Il y avait quatre ans qu'elle n'avait pas embrassé un homme, mais il est des choses qui ne s'oublient pas, et ses lèvres épousèrent bientôt le moindre mouvement de la bouche de Jacob.

Le souffle court, ils entremêlèrent leurs langues. Lorsqu'il aspira sa lèvre inférieure pour la sucer doucement, elle laissa échapper un petit gémissement de plaisir et glissa les doigts dans ses cheveux, si soyeux. Et pour mieux lui manger la bouche, elle se leva sur la pointe des pieds.

Aussitôt, une vague de chaleur irradia son corps tout entier. Alors seulement, Jacob lui lâcha les hanches. Mais ce fut pour lui entourer les épaules d'un bras, tandis que l'autre enveloppait ses fesses pour les presser contre son bassin.

Impossible de se méprendre sur l'évidence de son désir. Contre son ventre, le sexe tendu de Jacob ne cessait d'enfler, et elle sentait entre ses jambes l'écho de son excitation.

Même si tout, en elle, lui criait de continuer, de continuer jusqu'au bout, la petite part de son esprit qui était parvenue à rester rationnelle commença à se faire entendre. Aussi, dans un soupir, mit-elle fin à leur baiser.

— Arrêtez, dit-elle, haletante.

— Dans un instant, murmura-t-il, enfouissant la tête dans son cou.

Elle ferma les yeux, tandis qu'il lui mordillait doucement la peau.

— Mais les étoiles…

— Au diable les étoiles !

À nouveau, il prit sa bouche et leurs langues entamèrent une nouvelle danse, lui arrachant des petits cris de délectation.

Mais, une fois encore, elle interrompit leur baiser.

— Arrêtez…

— Dans un instant.

— Non, maintenant.

Tout en disant cela, elle posa les mains sur sa poitrine et le repoussa légèrement.

Il relâcha son étreinte et s'appuya contre le mur. À bout de souffle, il posa son front contre celui de Claire. Comme il avait envie d'elle ! Il la désirait à en avoir mal. Le moindre de ses nerfs vibrait de désir contrarié, tout cela à cause d'un chaste baiser, alors qu'il brûlait de lui faire tout autre chose ! Quel sort lui avait-elle donc jeté ?

— Magique, murmura-t-il tandis que, peu à peu, son cœur retrouvait une cadence normale.

Puis il déposa un baiser sur son front, s'éloigna d'un pas et lui tendit le bras.

— Madame, les étoiles vous attendent.

*
* *

— Miss Bannister !

La voix haut perchée de l'enfant, que l'irritation rendait plus stridente encore, finit par tirer Claire de sa rêverie. Clignant des yeux, elle découvrit devant elle les visages courroucés de Sophie et Mary, qui la foudroyaient du regard. Allison, quant à elle, jouait avec ses poupées dans un coin de la pièce, sans prêter la moindre attention à l'irritation de ses sœurs.

— Je vous demande pardon, j'avais la tête ailleurs. Y a-t-il un problème ?

Sophie croisa les bras, tout en poussant un soupir fort peu distingué.

— Vous regardiez dans le vide. Vous étiez en train de parler d'astronomie et, tout d'un coup, vous vous êtes arrêtée.

— On vous a appelée quatre fois ! ajouta Mary en montrant ses doigts, comme pour mieux marquer son indignation.

Claire sentit les joues lui brûler. Comment aurait-elle pu avouer à ses élèves la nature de ses pensées ?

— Reprenons, répondit-elle, après s'être éclairci la voix. Je disais donc que Mr Knightly avait promis de vous montrer comment vous servir de sa lunette astronomique pour observer les étoiles de plus près.

— Je ne vois pas très bien l'intérêt de regarder les étoiles, répondit Sophie en levant haut le bout du nez, comme seul un enfant de onze ans sait le faire.

Elle a tant à apprendre ! se dit Claire. À nouveau, elle se remémora le baiser échangé avec Jacob devant la fenêtre de sa chambre. Plusieurs jours après, la simple évocation de ce moment lui donnait encore des frissons.

Plus tard, il avait posé son manteau sur ses épaules

pour la réchauffer et, un bras rassurant autour d'elle, avait nommé les différentes étoiles qu'ils voyaient dans le ciel. Si on l'interrogeait maintenant, elle serait bien incapable de se souvenir d'un seul de ces noms. En revanche, si elle devait décrire les sensations qu'elle avait éprouvées lorsqu'il l'avait enlacée, elle pourrait remplir les pages d'un livre. Ce bras lourd posé sur elle, aussi nonchalant que possessif, comme il lui tenait chaud…

— MISS BANNISTER!

Seigneur, il fallait qu'elle se domine!

— Encore toutes mes excuses, mesdemoiselles.

Après une profonde inspiration, elle résolut de chercher une diversion.

— C'est un jour de repos, aujourd'hui. Si nous allions passer l'après-midi au lac?

Les petites accueillirent sa proposition avec des cris perçants, tout en faisant tournoyer gaiement leurs jupes.

Claire se leva, le sourire aux lèvres.

— Lucy, voulez-vous bien aller chercher des serviettes de bain? demanda-t-elle à la bonne qui se tenait dans un angle de la pièce.

— Bien sûr, Miss Bannister.

— Voulez-vous nous accompagner? demanda-t-elle encore, tandis que Lucy se dirigeait vers la porte.

— Merci pour la proposition, Miss Claire, mais si ça vous fait rien, j'préfère profiter de ce que j'n'ai pas les enfants dans les jambes pour faire mon ménage.

— Je comprends. Pourriez-vous nous apporter un panier de pique-nique, dans un moment? Je suis sûre que ces demoiselles seront ravies de prendre un repas froid dehors. Il fait si beau, aujourd'hui! ajouta Claire avant de gagner sa chambre pour enfiler son costume de bain.

— Bien sûr, Miss, répondit Lucy. Et les garçons, vont-y manger avec vous ?

— J'ignore où Mr Knightly les a emmenés. Nous n'avons pas d'autre choix qu'attendre leur retour.

L'absence de Jacob la troublait d'une manière qu'elle ne savait comment interpréter.

Une heure plus tard, assise dans l'herbe, Claire prenait un bain de soleil en regardant les filles jouer dans l'eau. En séchant, ses cheveux frisaient, mais elle s'en moquait. C'était si bon d'être dehors par cette belle journée ! Elle n'aurait qu'à les laver et les brosser plus tard. La tête penchée en arrière, elle s'offrait complètement aux rayons du soleil, tout en écoutant, attendrie, les rires enjoués des petites baigneuses.

Un appel provenant de la direction du manoir attira soudain son attention. Portant la main à son front pour se protéger les yeux du soleil, elle vit Jacob qui se dirigeait vers le lac. Accompagné des deux garçons, il balançait un panier de pique-nique au bout de son bras. Peter et Michael eurent tôt fait de la rejoindre, et déjà ôtaient leur redingote et leurs souliers, tout en regardant avec envie leurs sœurs s'ébattre dans l'eau. C'est à peine s'ils la saluèrent avant de se défaire de leur chemise et de leur pantalon. Simplement vêtus de leurs caleçons et tricots de peau, ils se ruèrent vers le lac en poussant des cris aussi aigus que ceux des fillettes.

Jacob s'arrêta près de Claire avec un grand sourire. Debout devant elle, il contempla son visage penché et ses jambes étendues, et fut immédiatement saisi par une onde de désir. Depuis la nuit où ils s'étaient embrassés sur le toit, ses rêves étaient hantés par le souvenir de ses lèvres et de son corps contre le sien, et il se réveillait dans un état des plus inconfortables.

— Nous avons rencontré Lucy qui sortait de la nurserie et avons intercepté sa marchandise, expliqua-t-il en montrant le panier. Le temps semble tout indiqué pour un pique-nique !

Posant son chargement à terre, il s'agenouilla, inclinant la tête vers elle.

— Moi qui n'avais jamais eu l'occasion de voir un oiseau avec les plumes hérissées, me voilà content : c'est chose faite !

— Que voulez-vous dire ? demanda Claire en fronçant les sourcils.

— Rien du tout, petit oiseau, répondit-il en tendant la main pour tirer sur une de ses mèches frisées.

Elle chassa sa main d'une petite tape, ce qui le fit sourire.

— Vous venez nager ?

Il se redressa pour retirer ses vêtements. Aussitôt, Claire perdit toute faculté de penser. Fascinée, elle regardait le corps qui se dévoilait, un vêtement après l'autre. Lorsque Jacob tira sa chemise de son pantalon, elle cessa de respirer. Doux Jésus, s'était-elle vraiment blottie contre ce torse ? Est-ce que tous les hommes en avaient un semblable ? Elle ne pouvait s'empêcher de fixer les muscles qui dansaient sur sa poitrine et son ventre, tandis qu'il finissait d'ôter sa chemise. La fine toison bouclée allait rétrécissant jusqu'à disparaître sous son…

Seigneur, allait-il ôter son pantalon également ? Elle se sentit prête à défaillir. Le souffle coupé, elle était incapable de bouger, ni même d'avaler sa salive. Elle ne pouvait que continuer à le contempler en le suppliant intérieurement de ne pas s'arrêter là.

— Vous venez nager ?

Formulée une nouvelle fois, la question l'arracha à son état de torpeur. Troublée par ses pensées, elle sentit son visage s'empourprer.

— Miss Bannister !

L'intervention d'Allison venait à point nommé. Non seulement elle lui donna le temps de recouvrer une contenance avant d'adresser la parole à Jacob, mais elle la força à détourner le regard de son torse sublime. Un torse à faire pâlir de jalousie le *David* de Michel-Ange et tous les dieux de l'Olympe, un torse à…

Par tous les saints, voilà qu'elle recommençait ! Était-ce vraiment le moment d'épiloguer sur l'anatomie de Mr Knightly ?

— Oui, Miss Allison ? demanda-t-elle.

— Je n'ai plus envie de nager.

— Je suppose que cela répond à ma question, commenta Jacob.

Un demi-sourire aux lèvres, il laissa son regard se promener sur les jambes de Claire avec un plaisir visible, avant de s'éloigner pour rejoindre les autres enfants dans l'eau.

Claire ne le quitta pas des yeux. Elle aurait dû avoir honte de savourer ainsi le spectacle de son corps, mais il n'en était rien. Bonté divine, le bas de son dos n'avait rien à envier au reste !

Au dîner, Lucy prit place sur sa chaise, arborant un petit sourire malicieux. Claire la regarda en haussant les sourcils, tout en tendant une tasse fumante à Jacob.

— Je sais que vous nous cachez quelque chose, la taquina-t-elle. Allons, dites-nous tout !

Claire lui servit du thé avec du sucre et du lait, ainsi qu'elle aimait le prendre.

Le sourire de Lucy s'élargit.

— Je sais que'qu'chose qui va vous faire plaisir ! poursuivit-elle d'une voix chantante.

Claire sourit à son tour. L'enthousiasme de Lucy était contagieux.

— Allons, parlez ! dit-elle encore.

Puis elle avala une longue gorgée de thé.

— Qu'est-ce que vous aimez beaucoup, mais qu'vous n'pouvez pas faire souvent ?

— Beaucoup de choses entrent dans cette catégorie, Lucy ! répondit Claire en éclatant de rire.

Elle jeta un coup d'œil furtif dans la direction de Jacob. Appuyé contre le dossier de sa chaise, il suivait leur dialogue avec attention. *Beaucoup de choses se sont ajoutées à cette catégorie tout récemment.* Il se tourna vers elle et, à sa façon de la regarder, Claire devina qu'il lisait dans ses pensées. Le rouge aux joues, elle se hâta de reprendre la discussion avec Lucy.

— Mais j'vous parle de que'qu'chose qu'on fait presque jamais, nous autres ! Que'qu'chose qu'est réservé aux gens d'la haute. Vous m'avez raconté des tas d'histoires là-dessus !

Claire commençait à entrevoir de quoi il s'agissait. Elle étudia le visage de Lucy, qui avait toutes les peines du monde à réprimer son excitation.

— Vous voulez dire…

— Oui ! s'écria Lucy, incapable de se contenir davantage.

Elle tira de sa poitrine une feuille de papier pliée et la lui tendit. Claire l'ouvrit et la lut.

— Un bal pour les domestiques, dans tout juste trois jours ! Il a fallu les caresser dans l'sens du poil, mais m'sieur Fosters et Mrs Morrison ont fini par dire que les plus jeunes pourraient y aller ! Vous deux compris !

Jacob se redressa sur sa chaise, visiblement intéressé.

— Un bal, vraiment ?

— Oui, figurez-vous que nous savons danser, à la campagne, lui fit remarquer Claire avec un sourire taquin.

— Je n'en ai jamais douté, madame, répondit-il en se penchant vers elle. Simplement, je suis enchanté à l'idée de vous voir évoluer sur la piste.

Claire sentit alors, impuissante, le rouge gagner peu à peu son visage, avant de descendre jusqu'à son décolleté, sous le regard amusé de Jacob. Il ne perdait pas une miette du spectacle, ce qui la fit rougir de plus belle. Devant son embarras, il laissa échapper un petit rire.

Se tournant vers Lucy, Claire remarqua que celle-ci les observait avec une curiosité à peine dissimulée.

— Savez-vous si d'autres domestiques du voisinage seront présents ? lui demanda-t-elle pour détourner son attention.

— Pas encore, Miss, répondit Lucy avec un sourire entendu. Mais ça va attirer du monde, pour sûr ! Quand j'irai au marché demain, je tâcherai d'en savoir plus.

— Quant à moi, je veillerai à vernir mes souliers de danse ! déclara Jacob. Cela fait bien longtemps que je n'ai eu le plaisir de participer à un bal de campagne.

— N'y en a-t-il point à Oxford ou à Cambridge ? demanda Claire.

— Comment le saurais-je ? répondit-il en haussant les épaules. Je suis londonien, et je n'ai guère passé de temps hors de la capitale, au cours des dernières années.

— Vraiment ? Où avez-vous donc poursuivi vos études ?

***

Jacob fixa Claire, interdit. Comment avait-il pu commettre une erreur aussi grossière ? Un précepteur se devait d'avoir suivi une formation universitaire, c'était évident ! Et après tout, il était bien allé à Oxford, sur le papier du moins.

— À Oxford, brièvement, répondit-il après une hésitation. Mais c'est essentiellement un oncle pasteur qui s'est chargé de mon éducation. Il a pris congé de sa paroisse pendant plusieurs années, à la demande de mon père. C'était moins coûteux que l'université.

Mieux valait éviter de préciser qu'il avait été exclu tant de fois qu'on avait fini par le renvoyer définitivement. C'était le plus jeune frère de son père qui l'avait pris sous son aile et lui avait transmis un minimum de respect pour certaines études.

— À cette époque, je n'avais que peu d'intérêt pour les bals de campagne.

— Et vous en avez, à présent ?

— Mazette, ça fait un sacré bout d'temps qu'on n'a pas dansé ! coupa Lucy, rieuse.

Se levant, elle prit Claire par les mains pour la tirer hors de sa chaise, avant de s'incliner devant elle. Claire lui rendit sa révérence et toutes deux entamèrent un *reel* écossais. Gagné par leur enthousiasme, Jacob se mit à siffler un air en tapant des mains sur ses cuisses, leur fournissant ainsi la mélodie et le rythme.

Elles virevoltèrent gaiement dans la pièce en faisant tourbillonner leurs jupes. Jacob regardait, ensorcelé, le visage grisé de Claire, ses joues enflammées et ses yeux étincelants de joie. Si elle n'avait rien d'une personne morose, il ne l'avait encore jamais vue dans un tel état d'exaltation. Son allégresse était presque palpable ; elle irradiait la pièce entière. Il en éprouvait des picotements sur les bras.

Seigneur, comme il avait besoin d'elle ! Besoin de la posséder… S'il l'avait d'abord considérée comme un amusement, elle était devenue, peu à peu, une véritable obsession. Il voulait sa… présence, se disait-il, faute de trouver un mot plus juste. Il ne cherchait pas à se mentir et reconnaissait volontiers son égoïsme. S'il la voulait dans sa vie, c'était parce qu'il pressentait qu'elle pourrait le rendre heureux, et peut-être combler un vide dont il avait conscience depuis longtemps. Si elle pouvait, d'une manière ou d'une autre, lui transmettre ce don qu'elle avait… peut-être parviendrait-il enfin à devenir maître de son destin.

Mais il devait gagner son attachement, s'assurer qu'elle resterait auprès de lui. Car alors, même s'il ne parvenait pas à apprendre d'elle, sa présence continuerait à enrichir sa vie. Pour cela, la coucher dans son lit ne suffirait pas, bien entendu. Il lui faudrait l'épouser. Étonnamment, cette perspective ne lui causait pas de frissons dans le dos, comme cela avait été le cas par le passé. Au contraire, sa nature primitive de mâle se réjouissait à cette idée, car le mariage était synonyme d'innombrables étreintes avec cette femme exceptionnelle.

Et, puisqu'elle aimait tant danser, le bal des domestiques serait le moment idéal pour se déclarer.

Chapitre 6

— Mazette, me v'là toute jolie! Vous avez fait du beau travail!

Lucy tapotait délicatement sa chevelure, que Claire avait savamment ramassée en chignon. Vêtue d'une simple robe verte, elle était en effet ravissante.

— Peut-être assez jolie pour plaire à Alfred, qui sait? suggéra Claire en lui souriant dans le miroir.

Comme les joues de Lucy se teintaient légèrement de rouge, elle éclata de rire.

— Vous croyez vraiment? demanda Lucy, pleine d'espoir.

— S'il n'est pas ébloui, c'est qu'il ne vous mérite pas, ma chère.

— Oh! mais il est si beau, Miss! protesta Lucy en se tournant vers elle. Et voilà plusieurs semaines qu'il me tourne autour, toujours à me chuchoter des mots doux! Il m'a même dit qu'il ne voulait pas m'voir danser avec d'autres gars, ce soir.

Claire s'assit sur le lit et la regarda. Elle savait que les domestiques étaient soumis à un code différent de celui de l'aristocratie. Chez eux, les relations entre hommes et femmes étaient empreintes d'une certaine tolérance. En songeant à Jacob, elle sentit son cœur se serrer : force était d'admettre qu'elle enviait son amie.

— Lucy, si vous n'êtes pas certaine de ses intentions, ne vous laissez pas convaincre de faire quoi que ce soit qui puisse vous mettre mal à l'aise.

— Oh ! mais j'n'en suis pas à ma première fois ! Si on s'y prend comme y faut, Alfie et moi, tout le monde aura son content ! Et je n'demande rien de plus.

— Vraiment, vous n'attendez pas autre chose ? demanda Claire, qu'une telle attitude rendait perplexe.

— P'têt'bien que si, répondit Lucy avec un haussement d'épaules.

Se regardant à nouveau dans le miroir, elle ramena une mèche rebelle derrière son oreille.

— Je n'dis pas que je n'voudrais pas avoir un mari et des marmots un jour. Mais j'ai encore tout le temps, alors d'ici là, autant m'amuser un peu ! dit-elle avec un air malicieux.

Retrouvant son sérieux, elle regarda Claire dans les yeux.

— Si un gars et une fille ont le béguin, je n'vois pas le mal qu'il y a à fricoter ensemble. Nous autres, on n'est pas des gens bien importants. On n'est pas comme ceux d'la haute. J'ai bien vu les regards que vous vous lanciez, Mr Knightly et vous. Et j'vais vous dire : si vous ressentez pour lui ce que je ressens pour Alfie, il faut vous arrêter d'raisonner comme une fille de gentleman. Oubliez un peu ce qu'on vous a appris !

Claire baissa la tête pour contempler ses mains. Elle qui croyait conseiller Lucy sur l'attitude à adopter avec Alfred venait de recevoir une sage leçon ! Lucy avait raison : la fille de gentleman qu'elle avait été n'existait plus. Elle n'était plus quelqu'un d'important. Peut-être était-il temps de cesser de s'accrocher à de vaines illusions. Sans renoncer à tout, elle gagnerait sans doute à modifier un peu son point de vue.

Elle avait été élevée dans la certitude que la pureté était le bien le plus précieux qu'une femme pût avoir. Pourtant, comme Lucy venait à juste titre de le lui rappeler, elle ne faisait plus partie de la caste qui était si fermement attachée à cette valeur. Alors, était-ce possible ? Pouvait-elle s'affranchir de ses principes ? Que risquerait-elle à le faire ?

Sa place. Sa réputation. Certes, son honneur n'avait plus autant de prix qu'auparavant. Cependant, si sa conduite venait à la discréditer, l'avenir du club des gouvernantes serait à coup sûr menacé. Elle n'était pas naïve : elle connaissait les risques. Qu'elle se trouve enceinte des œuvres de Jacob, et les projets du club seraient sérieusement compromis. Elle ne pourrait rester auprès de ses amies sans anéantir leurs chances de réussite. Pouvait-elle jouer ainsi avec leurs espoirs, leurs ambitions et leur avenir ?

— Miss !

La voix de Lucy l'arracha à ses pensées.

— Vous réfléchissez trop.

— Les risques sont trop importants, répondit-elle en levant les yeux vers elle.

Lucy la gratifia d'un sourire bienveillant

— Seulement dans vot'tête ! Et si jamais il vous arrive des bricoles, vous aurez tout l'temps de trouver une solution.

Comme Claire se mordait la lèvre inférieure, toujours en proie au doute, Lucy lui tapota affectueusement la main.

— J'connais des méthodes pour pas que ça prenne. Si vous voulez, j'peux vous les apprendre. Ça ne marche peut-être pas à tous les coups, mais c'est mieux que rien !

Après une brève hésitation, Claire hocha la tête et, en silence, dit adieu à celle qu'elle avait été jusqu'à présent.

*
* *

En pénétrant dans la salle de bal, ils furent saisis par l'odeur de transpiration et l'atmosphère étouffante des lieux. La fête avait déjà commencé, et la chaleur, l'effort et l'excitation se lisaient sur les visages rougis. L'agitation bruyante qui régnait dans la pièce n'avait rien de comparable à ce que l'on pouvait trouver dans les bals de Londres. Là-bas, régnaient l'ennui et l'indifférence, loin de cette participation enthousiaste.

Jacob se tourna vers Claire pour l'inviter à danser, mais déjà un homme au visage juvénile entraînait la jeune femme vers la piste. Et elle avait l'audace de rire avec lui ! Un sentiment d'irritation commença à lui nouer désagréablement l'estomac, tandis qu'il continuait à observer l'homme et sa — *sa* — Claire. D'ailleurs, ce n'était même pas un homme ! Avec ses cheveux plaqués en arrière et sa fine cravate, il avait plutôt l'air d'un garçonnet voulant se faire passer pour plus âgé qu'il n'était. Pour l'amour du ciel, il avait encore des boutons sur la figure ! Il n'avait probablement pas l'âge de se raser. Pourquoi Claire consentait-elle à danser avec lui ? Pis, à lui sourire de cette manière ?

Sentant que quelqu'un tirait sur sa manche, il détacha enfin ses yeux de la piste. Lorsqu'il se tourna, courroucé, vers Lucy, celle-ci le considéra avec un air désapprobateur.

— Allons, Mr Knightly, lui dit-elle, un sourire en coin. Venez donc danser avec moi au lieu d'foudroyer ce pauvre Thomas du regard !

— Il s'appelle Thomas ? demanda Jacob, encore plus mécontent.

L'ancien fiancé de Claire s'appelait Thomas. Peut-être avait-elle un penchant pour les hommes qui portaient ce prénom.

— Venez ! insista Lucy.

Cette fois, il se laissa entraîner vers la piste, où ils rejoignirent les autres danseurs. Il avait bien de la peine à suivre Claire et son jeune cavalier des yeux au milieu des couples qui tournoyaient dans la salle bondée.

— Mr Knightly, vous voyez ce gars, là-bas ?

Du doigt, Lucy désigna un grand costaud à la tignasse blonde qui se tenait au bord de la piste de danse. Les bras croisés, les jambes écartées comme un lutteur qui s'apprête à attaquer son adversaire, il le regardait avec une telle hostilité que Jacob n'aurait pas été surpris, si des flammes avaient jailli de ses yeux.

— Qui est-ce ? demanda-t-il en tournant le dos à l'inconnu menaçant. Et pourquoi est-il en train de me fusiller du regard ?

— C'est Alfie, répondit Lucy avec un sourire. Il est garçon d'écurie au domaine des Beecham. Il a l'béguin pour moi.

— Pourquoi me dites-vous cela ?

— Parce qu'il fait la même tête que vous quand vous r'gardez Thomas. À lui non plus, ça lui plaît pas d'me voir danser avec d'autres gars.

— Je ne fais pas cette tête-là ! répondit Jacob, offusqué.

— Oh que si ! Pourtant, vous n'pouvez vous en prendre qu'à vous-même : vous n'êtes pas allé inviter Claire assez vite. Comme Alfie !

— Voilà une erreur que je ne suis pas près de répéter, affirma Jacob tout en cherchant des yeux la jeune femme dans la foule.

La musique s'était arrêtée et les danseurs commençaient à se disperser. Enfin, il aperçut la robe rose de Claire. Toujours au bras du gamin, elle se dirigeait vers la table des rafraîchissements.

— Venez! dit-il à Lucy, la tirant par le bras.

— Mr Knightly, je crois que je vais rejoindre Alfie, maintenant.

S'arrêtant dans son élan, Jacob promena son regard de la bonne au garçon d'écurie furibond. Ce dernier n'avait pas bougé d'un pouce depuis que la musique s'était arrêtée. Bien qu'il sût le risque qu'il prenait, Jacob se pencha vers Lucy.

— N'allez pas vers lui, lui murmura-t-il à l'oreille. Laissez-le venir à vous. Et maintenant, souriez comme si je vous avais dit des mots doux.

Elle sourit comme une comédienne-née.

— Une limonade? Avec plaisir! dit-elle bien fort en glissant son bras sous le sien.

Trop, c'était trop! Pour la première danse, il ne s'était pas décidé assez vite à l'inviter, soit. Il reconnaissait ses torts. Pour la deuxième, il voulait bien fermer les yeux. La salle était bondée, après tout. Mais la quatrième? Tout bonnement inacceptable! Cela faisait quatre danses qu'il en était réduit à regarder Claire virevolter en souriant à son cavalier. À son cavalier, pas à lui! Si cela continuait, il allait rester figé ainsi, le visage grimaçant de colère!

Même Alfie n'avait pas attendu la fin de la deuxième danse pour inviter Lucy. Mais lui restait là, planté au bord de la piste de danse, tandis que Claire s'amusait avec d'autres hommes. S'il ne l'avait mieux connue, il aurait juré qu'elle agissait ainsi délibérément, pour le narguer.

Cela ne lui plaisait pas. Pas du tout. À force de grincer des dents, il avait la mâchoire endolorie. Et cette danse n'allait pas se terminer avant dix longues minutes! Il envisageait sérieusement d'oublier son éducation de gentleman pour fondre sur la piste et réclamer son dû.

— Elle a toujours été très populaire dans ce type d'occasions.

La phrase avait été prononcée d'une voix douce, aux nuances raffinées. Tournant la tête, Jacob découvrit à ses côtés une femme qui ne devait pas avoir plus de vingt ans, occupée comme lui à contempler les danseurs. Ses cheveux blonds étaient ramassés en une coiffure simple mais élégante qui accentuait la finesse de son cou. Lorsqu'elle se tourna brièvement vers lui, il croisa son regard intelligent, couleur noisette, et eut un meilleur aperçu du doux arrondi de son visage et de la courbe classique de son nez. Sans vraiment le vouloir, il baissa les yeux et remarqua que sa robe, bien que loin d'être neuve, était d'une qualité exceptionnelle. Il était sûr d'une chose : elle n'était pas à sa place dans ce bal de campagne.

— Je vous demande pardon ? demanda-t-il.

— Miss Bannister, répondit-elle en souriant. Sa bienveillance et son caractère enjoué exercent une irrésistible attirance sur les personnes qu'elle côtoie, les hommes comme les femmes. Quoi qu'elle fasse, elle ne manque jamais de partenaires.

— J'en déduis que vous la connaissez bien ?

— Je la fréquente depuis plus de deux ans. Nous prenons régulièrement le thé ensemble. Alors, oui, je peux dire que je la connais bien.

Jacob tourna à nouveau son regard vers Claire, qui évoluait sur la piste. Par bonheur, elle était toujours là.

— Vous devez faire partie du club des gouvernantes.

— Et vous devez être le nouveau précepteur, répliqua la jeune dame.

Il s'inclina devant elle.

— Jacob Knightly, pour vous servir.

— Votre ton semble indiquer que vous n'approuvez pas notre projet, Mr Knightly. Est-ce le cas ?

— Mon opinion vous importe-t-elle ?

— Les hommes se sentent menacés par tout ce qu'ils ne peuvent pas dominer, me semble-t-il. Or, bientôt, quatre femmes échapperont à leur emprise. Cela vous inquiète-t-il ?

— Qui êtes-vous ? demanda Jacob en se tournant vers elle de manière à ce qu'ils se trouvent face à face.

— Une amie de Miss Bannister, répondit-elle avec un demi-sourire. Et si je n'ai aucune intention d'empêcher son bonheur, je n'accepterai pas que quiconque lui fasse du mal.

— Qui vous dit que je pourrais faire du mal à Clai… Miss Bannister ?

— Lutter contre sa nature est chose difficile, Mr Knightly, dit-elle avec un sourire cette fois teinté de tristesse. J'espère de tout mon cœur que vous vous révélerez différent des autres hommes. Mais seul l'avenir nous le dira…

Elle s'interrompit pour regarder les couples de danseurs.

— La musique s'arrête. Ne soyez pas trop lent, cette fois.

À nouveau, Jacob chercha Claire des yeux. En effet, la danse touchait à sa fin. Il tourna une dernière fois la tête pour répondre à la jeune inconnue, mais déjà elle s'éloignait pour disparaître dans la foule.

Sans plus attendre, il se précipita vers Claire, qui s'inclinait devant son partenaire.

— Vous devez avoir chaud à force de danser…

Jacob venait de faire irruption sur la piste.

— Venez vous rafraîchir dehors, ajouta-t-il en la saisissant par le poignet.

— Mr Knightly ! protesta Claire.

— Claire…

Son regard, comme le timbre de sa voix, étaient presque menaçants. Elle s'empressa de remercier son cavalier avant de laisser Jacob l'entraîner hors de la salle de bal.

— Quelle mouche vous a piqué ?

Sa question resta sans réponse. Seul l'écho de leurs pas sur l'escalier de bois résonnait dans le hall silencieux.

— Y a-t-il un jardin près d'ici ? demanda-t-il d'un ton brusque, lorsqu'ils furent dehors.

— Oui, derrière l'église.

Du doigt, elle lui montra le chemin. Comme il la tirait à nouveau par le poignet pour l'entraîner dans la direction indiquée, elle laissa échapper un petit cri aigu. Il avançait à grandes enjambées et elle avait bien du mal à le suivre.

— Pourriez-vous ralentir le pas ?

S'il le fit, ce fut de manière à peine perceptible, et il ne sembla consentir à reprendre haleine que lorsqu'ils furent parvenus au petit jardin. Dans le clair de lune, on ne distinguait qu'une étroite allée circulaire entourant un bosquet de fleurs, ainsi que deux bancs.

Lorsque enfin il s'arrêta, elle dégagea son poignet d'un geste sec.

— Quelle mouche vous a piqué ? demanda-t-elle à nouveau.

— Je n'aime pas que l'on m'ignore, répondit-il avec humeur.

— Je ne vous ai pas ignoré.

— Vraiment ? Combien de danses m'avez-vous accordées ? Aucune. Et combien à votre palefrenier ? Deux, Claire. Il y a eu quatre danses jusqu'à présent, et la moitié ont été pour ce blanc-bec qui n'a pas un poil sur le menton !

— Thomas ? Je ne l'ai jamais vu avec une barbe, en effet. Mais ce n'est pas une raison pour vous moquer de lui.

— Je me moque de qui bon me semble !

— En outre, si vous m'aviez invitée à danser, j'aurais accepté, poursuivit-elle.

— J'ai essayé, croyez-moi ! objecta-t-il, sans se départir de son air renfrogné. Mais il m'a été impossible de m'approcher, à cause de votre harem d'admirateurs !

— Mon quoi ? s'écria Claire, interloquée.

— Tous les mâles du pays en âge de connaître les choses de la vie sont en extase devant vous ! Et vous les encouragez, avec vos grâces, vos rires et vos déhanchements !

— Comment osez-vous ?

Il s'avança vers elle.

— Même votre amie — une jeune femme blonde — a jugé bon de me faire part de votre popularité, allant jusqu'à préciser que vous ne manquiez jamais de partenaires, quoi que vous fassiez !

— Louisa ? demanda Claire, déconcertée, tout en reculant instinctivement. Jamais elle n'insinuerait…

— Elle n'a pas eu besoin de le faire ! rétorqua-t-il en s'approchant d'elle. Je l'ai vu de mes yeux. Cette façon qu'ils ont de vous regarder, de vouloir vous toucher ! Tout cela à cause de vos manières !

Claire sentit sa jambe heurter l'un des bancs de pierre.

— Mes manières ?

Jacob était tout près d'elle maintenant. Il passa la main dans ses cheveux avant d'emprisonner sa tête entre ses doigts.

— Vous leur souriez. Vous leur parlez. Vous riez avec eux. Vous dansez avec eux. Vous donnez à chacun l'impression d'être l'homme le plus important de la pièce. Voilà ce que vous avez fait ce soir ! Mais pas à moi.

Elle le fixait, stupéfaite.

— Êtes-vous jaloux ? demanda-t-elle dans un murmure.

— Je ne supporte pas de vous voir danser avec d'autres hommes ! lâcha-t-il, avant de presser ses lèvres sur les siennes.

Ce baiser ne ressemblait en rien à ceux qu'ils avaient échangés jusqu'alors. Il était dépourvu de douceur, de gaieté, de séduction, relevait de la pure et simple domination. De ses lèvres, il la força à ouvrir les siennes pour enfouir sa langue dans sa bouche, et l'embrassa avec une telle ardeur qu'elle eut peine à respirer. Lorsqu'elle tenta de se détourner dans l'espoir de reprendre son souffle, il lui enserra la tête plus fermement entre ses doigts, tout en lui enlaçant vigoureusement la taille.

Comment réagir ? Dans son trouble, elle ne vit qu'une solution : faire ce que lui dictait son corps. Après tout, il s'agissait de Jacob, un homme qu'elle connaissait. Elle en était venue à le respecter, à l'apprécier même, et elle savait que son comportement présent ne lui ressemblait guère. Pourquoi aurait-elle hésité à faire ce qu'il fallait ?

Décidée, elle commença à lui rendre ses baisers, s'appliquant à suivre les mouvements de ses lèvres. Bien qu'il la serrât étroitement contre lui, elle réussit à poser les mains sur son torse. À travers ses vêtements, elle sentit son cœur battre violemment. Était-ce de colère ou de passion ?

Tandis qu'il laissait échapper un léger gémissement, elle posa les bras sur ses épaules, puis les glissa autour de son cou, tout en pressant son corps contre le sien. Alors les baisers de Jacob se firent plus doux. Comme il relâchait son étreinte, elle sentit des volutes de plaisir naître sur ses lèvres pour se perdre dans sa gorge.

— Claire, murmura-t-il.

— Jacob, répondit-elle dans un soupir, comme il délaissait sa bouche pour déposer des baisers sur sa joue.

Quand il s'aventura plus bas, elle inclina la tête pour lui offrir son cou. Ses mains larges descendirent le long de son dos et s'arrêtèrent sur ses fesses, qu'il pressa contre son bassin. L'effet que ce contact produisit sur lui ne laissa aucune place au doute.

La bouche sèche, Claire allait de découverte en découverte. Si Thomas, son ancien fiancé, avait pris quelques libertés avec elle, elle n'avait rien connu de la sorte. Son corps éprouvait des sensations qui lui avaient été inconnues jusque-là.

Lorsque la main de Jacob remonta jusqu'à son sein, elle ouvrit les yeux pour aussitôt les refermer à demi.

— Jacob…

— Claire, murmura-t-il tout contre sa peau.

De la langue, il caressa une dernière fois la naissance de son cou, avant de prendre à nouveau sa bouche, respirant ses halètements. Seigneur, comment pourrait-il se passer d'elle, à présent ?

Il la fit asseoir sur le banc, tandis qu'il s'agenouillait devant elle. De ses hanches, il lui écarta les jambes et, se pressant contre elle, releva suffisamment ses jupes pour se nicher entre ses cuisses. Leur baiser, corps contre corps, fut un délice.

Mais le jardin d'une église, si sombre fût-il, n'était pas un endroit propice pour de telles étreintes. Avec une force de caractère dont il ne se savait pas capable, il s'écarta d'elle et posa son front contre le sien.

— Ne refaites plus jamais cela.

— Quoi donc ?

Il voyait encore la flamme qui brûlait dans ses yeux.

— Danser avec d'autres que moi.

Claire prit dans ses mains le visage de Jacob et, de ses pouces, lui caressa les pommettes. Sa barbe naissante lui chatouillait les doigts. C'était une expérience nouvelle pour elle, une expérience qu'il ne lui déplairait pas de vivre encore et encore. Comme ses baisers. Comme le simple fait d'être avec lui.

Voilà qu'elle tombait amoureuse !

— Est-ce là votre façon de m'inviter à danser ? lui demanda-t-elle avec un sourire.

— Ne le faites plus, c'est tout. Vous êtes à moi.

Elle se pencha vers lui et l'embrassa à nouveau. Cette fois, ce fut elle qui enfouit sa langue dans sa bouche, elle qui accueillit ses gémissements, et pressa ses hanches contre les siennes. Que c'était bon !

D'une main, il lui caressa le sein, taquinant la pointe de son pouce. De l'autre, il chercha le bas de sa jupe pour se glisser dessous. Il ne s'arrêta pas pour lui effleurer les cuisses, pas plus qu'il ne s'intéressa à son pantalon et à sa chemise, qu'il imaginait aussi sages qu'immaculés. Non, il trouva immédiatement son entrecuisse.

Seigneur, elle était loin d'être indifférente ! Il s'était attendu à ce qu'elle s'affole et le repousse. Au lieu de cela, elle laissa échapper un soupir et écarta les jambes davantage. Lorsqu'il glissa un doigt en elle, il sentit sa chaleur sur sa peau.

Après un bref sursaut, elle se pressa contre lui avec une plainte sourde.

— Vous êtes à moi, Claire. Dites-le.

— Jacob.

— Dites-le.

— Je suis à vous.

Elle rejeta la tête en arrière, son corps cambré contre lui. Il l'enlaça de son bras libre pour la soutenir, avant d'accentuer la pression de sa main et d'accélérer ses caresses. Saisie de tremblements, Claire contracta les muscles autour de ses doigts. Quelques instants plus tard, comme son corps tout entier se relâchait peu à peu, elle laissa échapper de petits cris qu'il couvrit de sa bouche, savourant ce goût nouveau.

Comme elle revenait à elle, il retira sa main. Elle s'appuya contre son épaule, s'efforçant de reprendre possession de ses sens.

— Vous avez aimé, Claire ?

— Oui.

— Nous allons retourner dans la salle de bal, ajouta-t-il en déposant un baiser sur ses cheveux. Vous danserez avec moi. Et lorsque nous serons de retour à Aldgate Hall, je viendrai dans votre chambre.

Elle n'hésita pas une seconde.

— Oui.

Chapitre 7

Jacob colla son oreille contre le mur qui séparait la chambre de Claire de la sienne. Il n'entendait pas le moindre bruit. À leur retour à Aldgate Hall, ils avaient regagné leurs chambres respectives pour se préparer. Pour sa part, il n'en avait pas besoin, bien sûr, mais il avait voulu lui laisser un peu de temps pour se décider.

Il espérait aussi se racheter, après le manque de délicatesse dont il avait fait preuve plus tôt.

Cette nuit, je viendrai dans votre chambre.

D'aussi loin qu'il se souvenait, jamais il ne s'était montré aussi maladroit ! Il savait pourtant que les dames, toutes les femmes, même, aimaient être courtisées, entourées de mots doux. Mais dès qu'il avait vu Claire danser avec un autre homme, il avait perdu tout sens de la mesure et s'était révélé incapable de se maîtriser.

Cette nuit, je viendrai dans votre chambre.

Bravo, vraiment !

Avec un soupir, il s'écarta du mur. Combien de temps devait-il lui laisser ? Il n'en avait aucune idée, mais ne pouvait attendre davantage. Si elle n'était pas prête, ou qu'elle ne voulait pas aller plus loin, il se comporterait en gentleman et se plierait à sa volonté.

Vêtu d'un simple pantalon et d'une chemise, il se dirigea vers sa porte et frappa. Elle lui ouvrit aussitôt. Ses cheveux étaient noués en une tresse qu'il eut immédiatement envie de défaire. Il sentait encore, au bout de ses doigts, les douces mèches brunes qui l'avaient chatouillé lorsqu'il l'enlaçait dans le jardin de l'église.

Elle était vêtue d'une chemise de nuit qui la couvrait des pieds jusqu'au cou. Le vêtement était taillé dans un tissu si épais que même la lueur des bougies qui brûlaient derrière elle ne pénétrait pas au travers. Elle était d'une éblouissante beauté.

Comme il se l'était promis, il se conduisit en gentleman.

— Vous n'êtes pas obligée... Je veux dire, nous ne sommes pas forcés... Si vous n'en avez pas envie ou que vous avez des doutes, nous...

Mais elle l'interrompit.

— Entrez, Jacob, dit-elle en le prenant par la main pour l'attirer dans la pièce.

La porte se referma derrière lui avec un léger grincement. Il prit soin d'abaisser le loquet. Au moins n'avait-il pas oublié cette précaution. Mais toute pensée cohérente le quitta lorsqu'il la regarda à nouveau, si simple, si déterminée, si belle. Le sang lui battait les tempes. Que faire, à présent ?

— Ce n'est pas ma première fois, lâcha-t-il soudain.

— Moi si, répondit-elle avec un petit sourire gêné.

Diable, avait-il perdu le sens commun ?

— Je voulais dire que je fais preuve de plus de tact, d'ordinaire. Mais vous... vous me faites perdre mes moyens !

— Oh.

Elle sembla réfléchir un instant au sens de ses paroles avant d'ajouter :

— Lucy dit que certaines personnes gardent leurs vêtements, tandis que d'autres les retirent. Que préférez-vous ?

Était-elle sérieuse ? S'il ne s'était trouvé dans un tel état d'excitation, il aurait trouvé la situation comique. Il fallait qu'une vierge lui vienne en aide, lui ! Peut-être en rirait-il plus tard…

— Je veux que vous sachiez que mes intentions sont honorables, Claire. Vous n'êtes pas une passade pour moi.

— Merci, dit-elle avec douceur, les yeux dans les siens.

Juste ciel, comme il aimait ce regard ! Il y lisait tout à la fois la confiance, l'abandon et l'affection. Il ne se souvenait pas avoir jamais été regardé de cette façon. Il en concevait autant d'humilité que de désir. Et même de la peur, lorsqu'il songeait que de tels sentiments lui étaient destinés.

— Claire…

S'approchant d'elle, il lui prit le visage entre ses mains. Elle lui sourit timidement, laissant paraître sa nervosité.

— Décidément, notre conversation dans ces situations laisse beaucoup à désirer, commenta-t-elle avec un rire mal assuré.

— Ce n'est pas de votre conversation que j'ai envie, à cet instant.

Il pencha la tête et l'embrassa.

Où ses doutes s'étaient-ils envolés ? Elle l'ignorait, mais depuis la discussion qu'elle avait eue avec Lucy, dans l'après-midi, elle était une autre femme. Sa décision de laisser son passé derrière elle l'avait délivrée, comme si elle avait ôté un lourd manteau ou brisé des chaînes qui la retenaient prisonnière. Elle se sentait libre, surtout lorsqu'elle était avec Jacob.

Elle accueillit son baiser avec bonheur, entrouvrant la bouche pour accueillir sa langue. Puis elle passa les bras autour de son cou et se serra contre lui. La caresse de ses seins contre son torse ferme lui procura un plaisir exquis. Comme plus tôt dans le jardin de l'église, elle sentit son sexe contre son ventre.

Il tira doucement sur le nœud qui fermait le col de sa chemise de nuit.

— Ôtez-les, murmura-t-il contre sa bouche.

— Que dites-vous ? demanda-t-elle, déconcertée.

— Je préfère que vous ôtiez vos vêtements.

— Oh ! répondit-elle en reculant d'un pas.

C'était la première fois qu'une ingénue se muait en séductrice sous ses yeux. Qu'était devenue la Claire si sage qu'il connaissait ? À sa place se trouvait une femme déterminée qui, tout en le regardant d'un air malicieux entre ses cils, dénouait lentement le ruban de sa chemise de nuit. Lorsqu'elle eut terminé, le vêtement était si largement ouvert sur sa poitrine qu'un léger mouvement des épaules suffit à le faire glisser le long de son corps. Il tomba à terre dans un bruissement à peine perceptible.

En la découvrant nue devant lui, il resta pétrifié. Instinctivement, il baissa les yeux pour les poser sur les fines boucles qui recouvraient son sexe et passa sa langue sur les lèvres à la perspective de ce qui allait venir.

— Jacob ?

La voix de Claire trahissait son appréhension. Relevant la tête, il se délesta alors de ses vêtements avec la hâte d'un adolescent.

*
* *

Nu, Jacob semblait trop grand pour sa petite chambre. Claire le contemplait, fascinée. Les statues et les tableaux que recelaient les livres interdits de la collection de son père ne l'avaient pas préparée à une telle expérience. Et il était à elle, rien qu'à elle ! Aucune autre femme n'avait le droit de le voir ainsi.

— Vous êtes à moi, Jacob, dit-elle en le regardant dans les yeux.

— Vous êtes à moi, Claire, répondit-il.

Il s'approcha d'elle et souleva la longue tresse qui lui descendait jusqu'au bas des reins.

— Vous permettez ?

Comme elle hochait la tête, il délia le ruban qui retenait la natte et passa les doigts dans sa chevelure, libérant ainsi ses mèches soyeuses.

— Magnifique, dit-il dans un souffle, tandis que les boucles délicates s'enroulaient autour de ses doigts.

Claire glissa les bras autour de la taille de Jacob, et leva la tête pour recevoir son baiser. Lorsqu'il commença à lui caresser le dos, elle frissonna de volupté en sentant ses mains lourdes et chaudes sur sa peau nue. Il la touchait avec une vénération qui menaçait de la faire défaillir.

Comme s'il devinait sa soudaine faiblesse, il la guida jusqu'au lit. Lorsqu'ils s'y étendirent ensemble, le vieux sommier grinça sous leur poids. Il n'était fait pour accueillir qu'une personne, mais à aucun moment elle ne songea à se plaindre de son exiguïté.

Jacob se pencha sur elle, et elle se cambra entre ses doigts, contre sa bouche, le suppliant en silence de continuer. Il ne la déçut pas. Ses mains expertes sur sa peau, sur ses seins, la plongèrent dans un état d'exquis abandon.

Mais elle ne pouvait rester passive. Brûlant de le toucher à son tour, elle se mit à le caresser comme il la caressait. Leurs gémissements se mêlèrent bientôt, emplissant la petite pièce d'un mélodieux duo de plaisir.

Lorsqu'il posa une main entre ses cuisses, Jacob sut qu'il ne pourrait guère tenir plus longtemps. La chaleur de Claire était comme un appel auquel il ne pouvait plus résister. Il ne pourrait lui faire cette nuit tout ce qu'il avait en tête, mais il aurait bien d'autres occasions à l'avenir. De cela, il était certain.

Après l'avoir touchée intimement pour mieux la préparer, il s'enfouit entre ses hanches, tout en l'embrassant ardemment.

— Claire, murmura-t-il.

— Jacob, répondit-elle, haletante.

— Je suis désolé, dit-il en entrant profondément en elle.

Comme elle poussait un cri étouffé, il se figea. Il sentit son corps se raidir, réaction instinctive à la douleur. Elle se contractait autour de son sexe et il devait lutter, les dents serrées, contre l'envie de se mouvoir en elle. Il était résolu à attendre qu'elle soit prête, même si cela devait le tuer.

— Claire ?

— Jacob…

Sa voix était encore plaintive.

— Je vous fais mal, ma lady, n'est-ce pas ?

Lorsqu'il lui embrassa les yeux, il sentit le goût salé des larmes qu'elle retenait.

— Ce n'est pas de votre faute, parvint-elle à articuler. Toutes les femmes connaissent cela un jour.

Il ne put retenir un petit rire. Même dans un moment comme celui-ci, elle oubliait son propre inconfort pour chercher à l'apaiser ! Il l'embrassa avec une fougue à laquelle, espérait-il, elle ne pourrait résister.

Lorsqu'il sentit qu'elle commençait à se détendre, il céda quelque peu à son envie et se mit à bouger doucement en elle. Elle haleta contre ses lèvres et son corps se tendit à nouveau, mais, cette fois-ci, il devina que ce n'était plus de douleur. Quand il recommença, elle creusa les reins pour mieux épouser les mouvements de son corps. Alors, il sut qu'elle n'avait plus mal.

Pourtant, il continua à refréner ses instincts : s'il se laissait totalement aller, il risquait de la faire souffrir encore. Sa première fois ne devait à aucun prix lui laisser un souvenir amer.

Bientôt, des gémissements de plaisir jaillirent de sa gorge. Il reconnut là le signe imminent de sa jouissance. Un instant plus tard, elle se cambra, rejetant la tête en arrière, la bouche ouverte en une plainte silencieuse.

Peu après, comme il sentait ses muscles se resserrer autour de son sexe, il s'abandonna lui-même à la volupté.

— Claire…, soupira-t-il en se laissant tomber sur elle, enfouissant le visage dans son cou.

— Jacob…, murmura-t-elle en le serrant contre elle.

Enveloppés dans le silence, comblés par cette douce intimité, ils demeurèrent ainsi, immobiles, avant de succomber au sommeil.

* * *

— Pourquoi m'appelez-vous « ma lady » ?

Jacob et elle étaient couchés sur le flanc, serrés l'un contre l'autre, l'étroitesse du lit aidant. Un moment plus tôt, il s'était laissé rouler sur le côté pour se placer derrière elle, tirant sur eux la couverture pour les protéger du froid glacial de la nuit. Son corps massif la réchauffait et la réconfortait, et les baisers qu'il déposait nonchalamment sur son épaule faisaient naître sur sa peau des frissons exquis. Seule une chandelle de suif à la lueur vacillante brûlait encore sur la table de toilette.

— Vous avez autant de grâce et d'élégance que toutes les ladies qu'il m'ait été donné de connaître. Pourquoi ne vous appellerais-je pas ainsi ?

Elle devinait, au timbre de sa voix, qu'il ressentait le même bien-être qu'elle : le bien-être que procure le désir assouvi.

— En outre, ajouta-t-il, l'idée que vous soyez *ma* lady me plaît infiniment.

— Avez-vous donc rencontré tant de ladies dans votre vie que vous puissiez établir une comparaison si exacte ? demanda-t-elle, taquine.

Il se raidit. Le mouvement fut à peine perceptible, mais ils étaient si proches qu'elle s'en aperçut.

— J'en ai rencontré suffisamment, finit-il par répondre.

Elle se tourna vers lui, entremêlant ses jambes aux siennes, puis elle passa les doigts dans la toison brune de son torse. Lorsqu'elle lui effleura les tétons, il poussa un soupir de plaisir qui la réjouit.

— Dois-je vous appeler « milord », dans ce cas ?

Il lui saisit la main et la porta à ses lèvres pour lui embrasser la paume.

— Non. Pour vous, je suis et serai toujours Jacob. Jamais « milord ».

Devant le ton autoritaire, presque brusque, qu'il avait adopté, Claire fronça les sourcils. Pourquoi n'aurait-elle pas le droit de jouer, elle aussi ? Cependant, elle chassa de son esprit cette petite contrariété pour aborder un sujet plus sérieux.

— Mais pas en public, Jacob. Il faudra nous montrer discrets. Il y va de notre place.

— Je vous ai dit que mes intentions étaient honorables, Claire, dit-il, reposant sa main sur son torse. Je le répète, il ne s'agit pas pour moi d'une passade. Je veux vous épouser.

Il fut lui-même surpris par sa sincérité, autant qu'il fut frappé par la vérité de ses paroles. Oui, ses intentions étaient pures. Cela n'avait plus rien d'une manœuvre pour la garder auprès de lui.

Il voulait l'épouser parce qu'il l'aimait. Rien ne lui avait jamais paru plus juste que l'idée de l'aimer et de s'unir à elle.

— Me ferez-vous l'honneur de devenir ma femme, Claire Bannister ?

Elle fixa sa main, toujours posée sur son torse, et son silence le rendit nerveux. Ne partageait-elle pas ses sentiments ? Tout ce qu'il avait lu dans ses yeux et vécu dans son lit n'était-il donc que mensonge ? Cette pensée lui noua soudain l'estomac.

— Qu'adviendra-t-il du club des gouvernantes, si j'accepte ? demanda-t-elle en le regardant dans les yeux. Mes amies comptent sur moi.

Il s'efforça de répondre le plus calmement possible.

— Elles ne vont tout de même pas vous reprocher d'être heureuse !

— Serai-je heureuse avec vous ?

— Je ferai tout ce qui est en mon pouvoir pour que vous le soyez, ma lady.

À nouveau, il lui saisit la main pour la porter à ses lèvres.

— Je vous aime, Claire.

Ces mots coulaient si facilement ! Il avait toujours supposé que, si d'aventure il tombait amoureux, il se montrerait maladroit au moment de prononcer cette phrase redoutée. Que cela lui serait affreusement difficile, comme le racontaient les romans que lisaient les femmes. Mais il n'en était rien : ces paroles lui venaient tout naturellement. C'était aussi aisé que d'enfiler des chaussures confortables, modelées par de nombreuses promenades. En somme, aimer Claire lui allait comme un gant.

— Je vous aime, moi aussi, Jacob, répondit-elle avec un sourire radieux. Et, oui, je vous épouserai. Je ferai de vous le plus heureux des hommes.

Il poussa un cri de victoire si sonore que Claire se boucha les oreilles.

— Chut ! le gronda-t-elle. Vous allez alerter toute la maisonnée !

— Qu'importe, puisque nous sommes fiancés. Ils n'ont qu'à venir ! Le pays entier peut bien entrer dans cette chambre, cela m'est parfaitement égal !

— Ne dites pas de bêtises ! répondit-elle, rieuse. Jacob, pourrions-nous garder ceci pour nous pendant quelques jours ? ajouta-t-elle, le visage soudain grave. Je veux l'annoncer à mes amies avant qu'elles n'entendent quelque rumeur à notre sujet. J'ignore quelle sera leur réaction lorsqu'elles apprendront que je vais contrarier leurs projets.

— Si cela compte autant pour vous, c'est d'accord. Je puis attendre quelque temps avant de publier les bans.

Quant à lui, il lui faudrait apprendre la nouvelle à sa famille.

Devait-il le faire avant ou après le mariage ? Attendre que le fait soit accompli serait plus prudent. Sa mère voudrait une cérémonie en grande pompe. Son père, lui, tenterait certainement de faire fuir Claire. Nul doute que le duc ne verrait pas d'un bon œil son deuxième héritier épouser une gouvernante.

De son côté, comment Claire réagirait-elle en découvrant que ce mariage allait faire d'elle la belle-fille d'un duc ? Ils n'avaient guère eu l'occasion de parler de l'aristocratie ; il ignorait donc son opinion sur le sujet. En revanche, il savait que l'honnêteté était une valeur précieuse à ses yeux. Et si elle l'aimait, elle n'aurait que faire de son rang. Lorsqu'il lui exposerait ses raisons, elle lui pardonnerait ses cachotteries.

Du reste, il n'avait pas envie de penser à cela pour le moment. Il pencha la tête vers elle jusqu'à ce que leurs lèvres se rencontrent.

— À présent, si vous le voulez bien, j'aimerais honorer ma fiancée.

— J'ai bien cru que vous ne le feriez jamais.

Après cela, elle ne prononça plus une parole pendant un long moment.

Chapitre 8

— Les enfants, j'ai de bonnes nouvelles à vous annoncer !

Claire venait de pénétrer dans la nurserie après s'être entretenue avec Mrs Morrison. Les enfants abandonnèrent leurs leçons avec joie pour se rassembler autour d'elle.

— Une lettre de vos parents est arrivée. Ils seront au manoir dans quelques jours pour y donner une réception.

— Formidable ! s'écrièrent Peter et Michael, tandis qu'Allison sautillait en poussant de petits cris et que Sophie et Mary battaient des mains.

— Ce n'est pas tout, ajouta Claire pour attirer à nouveau leur attention. Miss Edwards, votre mère écrit que si vous êtes bien sage, vous aurez peut-être la permission de prendre le thé avec les dames un après-midi.

— Vraiment ? demanda Sophie en ouvrant de grands yeux. Elle a écrit cela ?

Claire hocha la tête.

— Peter et Michael, votre père est impatient de voir comment vos talents de cavalier ont évolué. Mary et Allison, attendez-vous à recevoir des cadeaux de Londres.

— C'est pas juste ! gémit Peter. Elles ont des cadeaux tandis que nous, on va seulement monter à cheval !

— Peter, un gentleman ne se plaint jamais de son sort

et n'envie pas la bonne fortune de ses semblables ! intervint Jacob, qui, debout dans l'encadrement de la porte de la salle de classe, assistait à la scène. Le message de votre père était assez vague. Peut-être a-t-il d'autres projets que de vous voir monter.

— Mais…, commença Peter.

— Pas de « mais », répliqua Jacob, intransigeant. Soyez reconnaissants pour tout ce que votre père vous a donné. Vous avez beaucoup de chance.

— Oui, Mr Knightly, répondit Peter en baissant la tête, l'air dépité.

— Très bien, reprit Claire en lançant un regard amusé à Jacob. Vos parents seront curieux de constater vos progrès. Mesdemoiselles, si nous allions travailler cette nouvelle partition de musique ?

En sortant de la nurserie, elle passa devant lui.

— Les Aldgate voudront également constater vos progrès, lui dit-elle. Soyez prêt à leur fournir un rapport détaillé sur les garçons.

— Cela risque d'être difficile, murmura-t-il, un sourire aux lèvres. Je passe toutes mes journées à penser à vous. Et je ne parle pas de mes nuits…

Claire se pressa de rejoindre les fillettes qui se dirigeaient vers le salon de musique. Son visage n'avait jamais été aussi rouge d'embarras, elle en était certaine. Ni de plaisir.

Essoufflée, le front luisant de sueur, Lucy entra dans la nurserie chargée d'un plateau. L'arrivée des maîtres du manoir avait donné lieu à un remue-ménage qui laissait toute la maisonnée épuisée. Les enfants avaient attendu sans bouger que leurs parents descendent de voiture, faisant la fierté de Claire. Seule Allison, la benjamine, avait rompu les rangs pour se précipiter dans les bras de sa mère.

— La cuisine est sens dessus dessous ! se plaignit Lucy. Tout le monde s'affaire pour mitonner les hors-d'œuvres et les plats pour la réception. Pas moyen de préparer un en-cas correct !

Claire s'éloigna de Jacob et sourit à son amie.

— Tout ce que vous pourrez nous apporter ce soir sera grandement apprécié, Lucy. Les enfants étaient tellement excités que nous avons eu toutes les peines du monde à les mettre au lit.

Elle s'assit sur la chaise que lui tendait Jacob, tandis que Lucy posait le plateau sur la table.

— J'espère bien que vous serez contents de ce que je vous apporte ! J'ai même réussi à chiper ça sur le bureau de Mrs Morrison ! annonça cette dernière en brandissant un périodique.

— *Le London Tattler* ? s'écria Claire, manquant de s'étrangler.

— Rapporté de Londres par milady elle-même, pour le lire dans la voiture. Et maintenant, il est à nous !

— Ne me dites pas que vous lisez ce torchon ! grommela Jacob en sirotant son thé.

Mais Claire était trop absorbée dans la lecture des échos pour remarquer son dédain.

— Qu'est-ce que ça dit ? demanda Lucy, qui ne possédait de la lecture que des rudiments insuffisants pour déchiffrer une rubrique de journal.

— Une certaine Mrs H. s'est retirée à la campagne en raison de sa santé délicate, rapporta Claire. MM T., A. et J. ont participé à une course de cabriolets. On déplore un bras cassé pour Mr J., ainsi que plusieurs vaches terrorisées qui ne donneront plus de lait. Pauvres fermiers ! Mrs S. et Mr C. ont été vus à Hyde Park sortant d'un buisson, les vêtements couverts de brindilles et de feuilles. Hum, je me demande ce qu'ils faisaient..., ajouta-t-elle avec un sourire entendu.

Jacob n'écoutait pas. Les potins de la ville l'ennuyaient, lui qui en avait été à la fois acteur et spectateur au cours des dernières années. Tirant une flasque de whisky de son gilet, il en versa un peu dans son thé, avant d'aller se poster à la fenêtre.

— Bonté divine ! s'exclama soudain Claire.

— Quoi ? demanda Lucy, impatiente, les yeux brillants de curiosité.

Même Jacob tourna la tête pour les regarder, toutes deux penchées sur le journal.

— Il est écrit ici que le comte de Rimmel a disparu depuis plusieurs semaines.

Jacob en resta pétrifié. Lorsqu'il avait décidé de fuir Londres, jamais il ne s'était imaginé que son absence serait un jour rapportée dans les journaux. Encore moins que Claire en aurait connaissance en lisant les échos ! Il avait compté sur la discrétion de sa famille, qui n'avait aucun intérêt à révéler le fait qu'elle ignorait totalement où il se trouvait.

Cependant, Claire poursuivait sa lecture.

— « Il a été vu pour la dernière fois alors qu'il sortait de la maison londonienne du duc de Maberly dans un état de fureur extrême. Une source présente dans la maison au moment des faits a indiqué que le jeune homme, connu pour ses frasques, s'était vu couper les vivres par son père. Le duc refuse désormais de payer la moindre de ses dettes, et même de lui accorder une rente. L'auteur de ces lignes soupçonne le comte de se cacher dans les bas-fonds de Cheapside : c'est le seul endroit où il puisse désormais se permettre de vivre sans aide financière. Les collecteurs de dettes ne cessent de sonner à la porte de son appartement, en vain. Même sa propriétaire répète à qui veut l'entendre qu'elle ne le laissera pas revenir, à moins qu'il ne s'acquitte de ses loyers en retard. D'autres prétendent qu'ils n'ont même pas remarqué sa disparition, à ceci près que les festivités de la capitale sont plus agréables à présent qu'elles ne sont plus polluées par sa présence. Toutefois, l'absence prolongée du comte commence à causer de l'inquiétude à certaines personnes. Serait-il arrivé quelque malheur au beau lord ? »

Un épais silence suivit cette lecture. Jacob était incapable du moindre mot, du moindre geste. En réunissant les indices dont elle disposait à présent, Claire allait-elle le confondre ? Son arrivée à Aldgate Hall coïncidait avec la date de la disparition mentionnée dans l'article. Et toutes les bévues qu'il avait commises depuis son arrivée… s'en souvenait-elle ? Qu'allait-il advenir, maintenant ? Il risqua un regard dans sa direction. Elle venait de reposer le journal mondain sur la table.

— Comment peut-on proférer de pareilles horreurs sur un homme ? Un comte, qui plus est ! Oser affirmer que les gens se portent mieux sans lui ! Quel manque de respect ! Je n'ai encore jamais rencontré une personne qui soit à ce point méprisable que l'on puisse trouver la vie plus agréable sans elle !

— C'est qu'vous ne connaissez guère les gens de la capitale, Miss. Ils sont pas comme nous autres, là-bas !

— Je connais au moins deux personnes qui viennent de Londres, et il se trouve que j'ai pour elles la plus haute estime…, répondit Claire.

Elle lança un regard à Jacob.

— … Louisa et Mr Knightly. Quant aux Aldgate, ils ne sont pas si méchants, après tout. Et je ne pense pas que ma vie serait plus belle sans eux ! Non, je trouve que ce chroniqueur va trop loin. Et je plains la famille du comte. Ils doivent être morts d'inquiétude ! Pensez-vous qu'ils aient alerté la police ?

Cela m'étonnerait fort, songea Jacob. Son frère aîné l'aurait peut-être envisagé, s'il avait pu s'assurer que leur père n'en saurait rien. Mais cela ne le tourmentait guère. Les yeux fixés sur Claire, il ne songeait qu'à une chose : la façon dont son amour pour elle venait de décupler, en l'espace de quelques minutes. Quoi qu'il arrive, il n'oublierait jamais ce moment où elle avait défendu un parfait inconnu qui n'était autre que lui-même. Et il savait fort bien qu'il ne méritait pas, qu'il ne mériterait sans doute jamais, une telle championne de sa cause.

Peter, Michael et Allison s'extasiaient devant les chevaux, tandis que Sophie et Mary admiraient les robes à la mode des dames qui descendaient de voiture. Leurs cinq petits visages se pressaient contre les vitres de la nurserie. Assise dans un fauteuil à bascule, Claire, amusée par leurs démonstrations d'enthousiasme, s'efforçait de répondre au mieux à leurs nombreuses questions.

Jacob, lui, se tenait dans un angle de la pièce, devant une autre fenêtre. Il ne se mêlait à la conversation que lorsque les enfants le sollicitaient. Toute son attention était dirigée vers la file des invités qui arrivaient au manoir. Il lui fallait à tout prix savoir s'il en connaissait certains, s'il se trouvait parmi eux des personnes à même de le démasquer.

Pour l'heure, il n'avait reconnu aucun visage. S'il avait choisi Aldgate Hall pour se cacher, c'était précisément parce qu'il ne connaissait pas Lord Aldgate, ni le cercle que celui-ci fréquentait. Le refuge idéal… Du moins jusqu'à présent.

Pendant un bref instant, il posa les yeux sur Claire. Lorsque leurs regards se rencontrèrent, elle lui adressa le tendre sourire qu'elle avait pris l'habitude de lui destiner. Il le lui rendit, regrettant, une fois de plus, de ne pas être tout simplement Jacob Knightly, précepteur. L'homme qui était digne de son affection. L'homme qui était comblé de bonheur. L'homme qui avait un avenir avec celle qu'il aimait.

Le comte de Rimmel, lui, n'avait pas cette chance, songea-t-il en reprenant son inspection des voitures qui faisaient halte sous la fenêtre. Cet homme-là n'avait guère de quoi s'enorgueillir. Certes, il était imbattable aux cartes : le pharaon et le vingt-et-un n'avaient pas de secrets pour lui. Sa calèche était tirée par des chevaux hors pair, et il avait réalisé quelques opérations financières fructueuses. Mais il n'avait aucune profondeur, aucune personnalité. La chronique de ce torchon ne le prouvait que trop.

Il appuya la tête contre la vitre froide et continua à surveiller le ballet des invités, l'angoisse au ventre.

— Cela ne me plaît pas, grommela Jacob en regardant Claire revêtir sa plus belle robe, adossé au mur de sa chambre.

Il avait hâte que cette mascarade soit terminée pour pouvoir lui offrir des toilettes somptueuses en soie, en mousseline ou en toute autre étoffe qui lui plairait. Sa tenue la plus présentable devait dater d'au moins trois ans et, si seul un œil averti aurait été capable de déceler les menues réparations qu'elle y avait apportées, il était évident qu'elle avait connu des jours meilleurs.

— Cela arrive très souvent, Jacob, répondit-elle en accrochant ses boucles d'oreilles, avant de vérifier une dernière fois sa coiffure. Comme l'a dit Lady Aldgate, une de ses amies est souffrante et arrivera avec quelques jours de retard. Ce n'est pas la première fois que je dois remplacer une invitée, ajouta-t-elle en le regardant dans le miroir avec un sourire rassurant.

— J'aimerais pouvoir vous accompagner, dit-il en fronçant les sourcils. Ainsi, je pourrais veiller à votre sécurité.

— Je n'ai aucune crainte pour ma sécurité, lui assura-t-elle, en enfilant son unique paire de gants. Le plus grand risque que je cours est d'être assise sur la chaise la plus basse, à côté du convive le plus assommant. C'est généralement ainsi que cela se passe. Et les convives assommants sont généralement des messieurs très bien élevés qui veulent seulement que quelqu'un les écoute, ce que je suis parfaitement capable de faire. Tout ira bien.

— Il n'y aura pas que des convives assommants à table.

Il avait vu les jeunes invités arriver. Il ne connaissait que trop les goujats de leur espèce, qui considéraient les servantes, et plus encore les gouvernantes, comme des proies idéales : peu de temps auparavant, il était encore comme eux.

— Je suis sous la protection de Lord Aldgate, Jacob. Les invités ne songeraient pas à offenser leur hôte.

Il ne lui répondit pas. Il avait vu trop de maîtres de maison fermer l'œil sur l'inconduite de leurs invités à l'égard des domestiques. Comme elle se dirigeait vers la porte, il la saisit par la main.

— S'il vous arrive quelque chose, vous me le direz ?

— Il ne m'arrivera rien.

Quelles que soient les circonstances, elle cherchait toujours à le réconforter.

— Vous me le direz, insista-t-il en serrant sa main dans la sienne.

— Oui, bien sûr.

Il déposa un baiser sur sa paume.

— J'ai hâte de pouvoir vous offrir des gants de soie. Vous méritez mieux que cette étoffe élimée et ces bouts de doigts usés !

— Je n'ai besoin de rien d'autre que de vous, Jacob, dit-elle en prenant son visage entre ses mains.

Elle lui sourit avant de l'embrasser.

— Bonne soirée, ma lady.

Lui lâchant la main, il la regarda s'éloigner en roulant les hanches un peu plus qu'à l'accoutumée, rien que pour lui.

Il ne décolérait pas ! Allant et venant dans le couloir situé au-dessus de la bibliothèque, il ne cessait de maudire ses employeurs. Que n'avaient-ils construit une pièce sur deux étages, accessible à partir de ce corridor ? Ainsi, il aurait pu s'y glisser subrepticement pour veiller sur Claire d'en haut, au lieu de se cacher dans des alcôves, chaque fois que Fosters ou l'un des valets de pied approchaient de la pièce.

En entendant des rires s'échapper de la bibliothèque, il se rembrunit un peu plus. Cela faisait maintenant quatre soirs que Claire était convoquée pour remplacer l'invitée souffrante. Ses journées étaient, naturellement, consacrées aux enfants, mais Lady Aldgate exigeait sa présence lors des soirées, déplorant la maladie qui continuait à retarder l'arrivée de son amie. Chaque fois, Claire lui assurait qu'il ne lui arriverait rien. Et jusqu'à présent, elle avait eu raison.

Mais un sombre pressentiment continuait à le tourmenter ; il n'arrivait pas à se défaire de l'idée qu'un malheur allait se produire, alors qu'il ne serait pas là pour la protéger.

Ne pouvoir veiller sur elle le mettait au supplice. Lorsqu'ils seraient mari et femme et qu'il aurait mis fin à son imposture, il ne la quitterait pas un instant des yeux pendant les réceptions. Trop de scandales et d'incidents se produisaient lors de ces réunions. D'ailleurs, pourquoi était-il encore de bon ton d'en organiser ? Cela dépassait l'entendement ! Il était fort bien placé pour savoir à quels débordements pouvaient donner lieu ces festivités pour s'être lui-même livré à ce type d'excès en de semblables occasions. Une femme comme Claire ne devait pas participer à de telles soirées sans être accompagnée !

— Pst ! Mr Knightly !

Se retournant, il vit Lucy qui lui faisait de grands signes du haut de l'escalier des domestiques. Comme elle insistait, il s'approcha.

— Faut vous sauver d'ici ! chuchota-t-elle. Fosters s'est fâché tout rouge quand il a su que vous étiez là ! Il dit que vous épiez les invités ! S'il vous attrape…

— Je ne peux pas laisser Claire seule avec ces gens ! protesta-t-il.

— Vous avez pas le choix ! Vous ne pouvez pas entrer, de toute manière, alors à quoi bon rester planté là ?

— Mais…

— Je vais demander à William de garder un œil sur elle, promit Lucy. Ils n'arrêtent pas de l'appeler à la bibliothèque, ce soir. Vu que Ben est malade, il fait le premier valet de pied à sa place.

Cette nouvelle le rassura un tout petit peu. Claire ne serait pas complètement seule. Remerciant Lucy d'un hochement de tête, il retourna à la nurserie pour y attendre sa fiancée.

Claire étouffa un bâillement derrière sa main.

— N'avouez jamais que vous vous ennuyez avec nous, dit une voix derrière son épaule.

Mr Blatherly, un jeune homme à l'abondante chevelure blonde, était assis à ses côtés sur le sofa. Ses yeux marron respiraient la bienveillance. Il se montrait très attentionné à son égard depuis le premier soir, veillant à ce qu'elle ait des partenaires pour jouer aux cartes et aux charades, ainsi que pour danser. Moins hautain que d'autres invités, il ne semblait nullement gêné de converser avec une simple gouvernante.

Malgré ses prévenances, Claire songeait souvent à Jacob. Comme elle aurait voulu qu'il soit ici avec elle, ou elle avec lui à la nurserie ! Elle n'aimait pas être séparée de lui si longtemps. Depuis l'arrivée des invités au manoir, ils n'avaient eu que peu de temps à eux. Bien sûr, il venait la rejoindre dans son lit chaque nuit, mais cela ne leur laissait guère de temps pour parler, et sa voix lui manquait.

— Je ne m'ennuie pas le moins du monde, monsieur, lui répondit-elle en lui souriant poliment. Je suis simplement un peu fatiguée : je me suis couchée fort tard, ces derniers soirs, et mes journées de gouvernante sont bien remplies. Je n'ai pas l'habitude de dormir si peu.

— Vous m'en voyez soulagé, répondit-il en lui rendant son sourire. Nous seuls sommes autorisés à nous trouver ennuyeux, qu'il s'agisse d'un ennui réel ou étudié. Nous ne saurions tolérer qu'une personne extérieure à notre milieu nous trouve assommants ! Comme il serait vexant que l'on nous place ainsi face à la vérité !

— Vous êtes trop sévère envers vous-même ! dit Claire en éclatant de rire.

— Je ne crois pas, répondit-il, en se penchant pour chuchoter à son oreille avec un air de conspirateur. Voyez Lady Tusset, dans l'angle de la pièce, qui se cache derrière son éventail ? Je parierais qu'elle y a écrit des horreurs pour ne pas mourir de lassitude ! Quant à Lord Whittle, il va sûrement rendre l'âme, si Lord Haggerty lui raconte une anecdote de plus sur ses parties de pêche !

Claire regarda les personnes qu'il avait désignées. Force était d'admettre que sa description semblait parfaitement exacte !

— Mais prenez Lord Percival et Lady Montgomery. Vous voyez comme ils semblent se morfondre ensemble ? Eh bien, je tiens de source sûre que, lorsqu'il se faufile dans sa chambre le soir, ils sont loin de s'ennuyer ! Au contraire, ils s'amusent tant que leur enthousiasme s'entend au travers des murs, m'a-t-on dit !

À ces mots, Claire se raidit et sentit ses joues s'empourprer.

— Monsieur, vous faites preuve avec moi d'une familiarité déplacée. Cette conversation n'est pas convenable.

— Je vous demande pardon, dit-il, en s'écartant d'elle. J'oubliais que les gouvernantes sont les parangons de bienséance qui élèvent nos enfants. Il semble que celle qui s'est chargée de mon éducation ait omis de m'enseigner ces règles. Si elle vous avait ressemblé un peu plus, peut-être me serais-je montré plus circonspect.

À cet instant, Claire fut délivrée de ses assiduités gênantes par Lady Aldgate, qui lui fit signe d'approcher.

— Veuillez m'excuser, dit-elle en s'empressant de rejoindre sa maîtresse.

— Je vous vois en grande conversation avec Mr Blatherly, Miss Bannister, lui dit cette dernière avec une nuance de reproche dans la voix. Sachez qu'il courtise la fille aînée de Lady Tusset. Je vous conseille donc de rester à votre place.

— Pardonnez-moi, milady, répondit Claire en baissant la tête.

— Vous pouvez vous retirer, à présent, continua Lady Aldgate. Nous n'aurons plus besoin de votre présence pour les soirées à venir. Lady Wroth nous a fait savoir qu'elle arriverait demain.

— Très bien, milady. Je vous remercie.

Claire s'inclina avant de quitter la bibliothèque, non sans ressentir un immense soulagement. Elle était ravie d'échapper à l'assemblée des invités. Même avec ceux qui lui témoignaient de la gentillesse, elle se sentait jugée. Et prise en défaut.

Impatiente de retrouver Jacob, elle se hâta vers la nurserie.

— Miss Bannister !

Reconnaissant la voix, elle s'arrêta immédiatement et tourna la tête.

— Mr Blatherly, répondit-elle, légèrement essoufflée, posant une main sur le pilastre de la rampe d'escalier.

— Je ne voulais pas vous faire fuir, dit-il d'un air malicieux, en montant les marches pour la rejoindre.

— Lady Aldgate n'a plus besoin de ma présence, répondit-elle avec un sourire poli.

— Ah ! Je suis heureux d'apprendre que ce n'est pas moi qui ai provoqué votre départ.

Parvenu en haut de l'escalier, il se posta à une distance respectable d'elle.

— Non, monsieur. Vous vous êtes montré très aimable et prévenant à mon égard, dit-elle avec une courte révérence. À présent, si vous voulez bien m'excuser, je vais me retirer. Les enfants se lèvent tôt, le matin.

Sur ces mots, elle lui tourna le dos et s'avança dans le couloir. Elle sursauta en sentant la main du jeune homme sur son épaule.

— Permettez-moi de vous accompagner jusqu'à votre chambre, Miss Bannister.

Tout en disant cela, il lui prit la main. Claire tenta de se dégager, mais il ne lâchait pas prise.

— Ce serait inconvenant, Mr Blatherly.

Il continuait à lui sourire et, même si son visage n'était pas menaçant, Claire se sentait de plus en plus mal à l'aise.

— Voyons, c'est toujours un honneur d'accompagner une jolie jeune femme, Miss Bannister.

Claire parvint enfin à récupérer sa main.

— Je me vois forcée d'insister, monsieur. Je souhaite me retirer seule.

Imperceptiblement, le sourire de Mr Blatherly commença à s'effacer.

— Je vous ai entourée d'attentions. Je mérite une récompense ! Je ne demande qu'une petite faveur : vous accompagner jusqu'à votre chambre.

— Ce n'est pas une petite faveur pour moi, monsieur, si je puis être franche. Si quelqu'un le découvrait, je risquerais de perdre ma place.

— Ce n'est qu'une place de gouvernante, Miss Bannister.

— Pour vous, peut-être, mais c'est mon gagne-pain. Un renvoi et de mauvaises références me conduiraient à ma perte.

Le sourire qu'il esquissa à ce moment-là n'avait rien à voir avec ceux qu'il lui avait adressés plus tôt.

— Je serais ravi de vous prendre à mon service, ma chère.

— J'ignorais que vous aviez de jeunes enfants, monsieur, répliqua Claire, sincèrement étonnée. Toutes mes félicitations !

— Très drôle ! répondit-il en éclatant de rire. Mais je n'ai pas besoin d'une gouvernante.

— Alors, il n'y a pas de place pour moi dans votre maison, dit-elle en commençant à s'éloigner.

Il la saisit par l'épaule, la forçant ainsi à se retourner pour lui faire face.

— Ce n'est pas dans ma maison que je vous souhaiterais, ma chère. Je pensais plutôt vous installer dans un endroit à vous.

Il la plaqua contre le mur.

— Je suis sûr que vous voyez où je veux en venir, poursuivit-il en écartant une mèche de cheveux de son front. Vous êtes une femme intelligente.

S'approchant d'elle, il pressa son bassin contre son ventre, afin de lui faire comprendre la nature exacte de ses intentions. Lorsqu'elle le vit pencher la tête en arrondissant les lèvres, elle se détourna.

— Je suis fiancée, monsieur !

Il respira bruyamment ses cheveux.

— Je vous propose autre chose que les assauts maladroits d'un valet de pied. Un an avec moi vous apportera davantage qu'une vie entière avec lui.

Claire sentait son indignation monter.

— Lâchez-moi immédiatement, monsieur, ou je crie !

Avec un petit rire, il planta un baiser sur son cou.

— Au risque de perdre votre place, celle que vous défendiez si farouchement il y a un instant ? Juste un baiser, ma jolie, et je vous laisserai tranquille pour cette nuit.

— Je ne trahirai pas mon fiancé, rétorqua-t-elle d'une voix ferme, posant les mains sur sa poitrine pour le repousser.

— Les fiançailles n'ont que peu de valeur dans mon milieu, le mariage encore moins.

— Pour moi, au contraire, elles ont toute la valeur du monde.

— Pour moi également, dit une voix douce et profonde derrière eux.

Claire se laissa tomber contre le mur avec un soupir de soulagement. *Jacob.*

— Mr Blatherly allait partir, Jacob.

L'homme recula d'un pas, la libérant de son emprise. Elle s'éloigna aussitôt de lui. La vue du visage de Jacob, qui se tenait près d'eux dans l'ombre, apaisa considérablement ses nerfs.

— Le valet de pied, je présume ? observa Mr Blatherly d'une voix traînante.

— Je ne suis pas valet de pied.

Contrairement à Blatherly, Claire perçut aussitôt la colère dans le ton de Jacob. Elle posa une main sur son bras dans l'espoir de le calmer.

— Il ne s'est rien passé.

La tension se lisait sur son visage.

— Nous n'avons pas la même définition du mot « rien », répliqua-t-il.

Des voix provenant de l'étage inférieur leur parvinrent alors de l'escalier. D'autres invités étaient en train de quitter la bibliothèque.

— Allez m'attendre dans votre chambre, lui dit Jacob, en déposant un rapide baiser sur sa tempe.

Soucieuse de ne pas le provoquer davantage, Claire se dirigea vers l'escalier des domestiques. Les bruits de voix se rapprochaient, et elle n'avait aucune envie d'être surprise au milieu du couloir en compagnie de deux hommes.

Tandis qu'elle s'éloignait, Blatherly se tourna vers Jacob.

— J'ai l'impression de vous connaître. S'est-on déjà rencontrés ?

— Cela m'étonnerait fort.

Jacob chercha rapidement dans sa mémoire, mais le visage du jeune coq ne lui était nullement familier.

— Je suis presque sûr que nos chemins se sont déjà croisés. Êtes-vous membre du Brooks's Club ?

— Regardez-moi bien : ai-je l'air d'un membre du Brooks ? répliqua Jacob d'un ton narquois.

Sa famille appartenait au White's Club depuis de nombreuses générations.

— Changez de ton, je vous prie, Mr Knightly !

Lady Aldgate venait d'apparaître au bout du couloir.

— Mr Blatherly est le fils du baron Blatherly !

Dieu merci, le nom ne lui disait toujours rien.

— Avec tout le respect que je vous dois, Lady Aldgate, je me moque que cet homme soit fils de baron ou même cousin du roi ! Il était en train d'agresser Miss Bannister.

Claire ferma les yeux. En entendant la voix de Lady Aldgate, elle s'était figée à deux pas à peine de l'escalier des domestiques. Tous ses espoirs de s'esquiver sans être vue de sa maîtresse s'étaient envolés en un clin d'œil. À présent, le couloir s'emplissait des hoquets indignés des dames.

— Ce langage est inadmissible ! piailla Lady Aldgate. Vous osez accuser un pair du royaume ? Cela vous coûtera votre place, mon garçon !

— Je m'en contref...

— Jacob.

Il s'interrompit en entendant la voix douce de Claire.

— Arrêtez, je vous en prie.

— Voici donc notre Jézabel ! lança Lady Aldgate.

Jacob serra les dents, tandis que Mr Blatherly esquissait un petit sourire satisfait.

— Je vous avais prévenue, ma petite ! poursuivit la maîtresse de maison.

— Prévenue de quoi ? demanda Lord Aldgate, qui arrivait au beau milieu de la scène. Que se passe-t-il ici, chère amie ?

— J'ai prévenu Miss Bannister qu'elle ne devait pas jeter son dévolu sur un homme de haut rang comme Mr Blatherly. Pourtant, nous venons de la surprendre dans ses bras ! Elle se sera jetée à son cou, sans aucun doute, dans l'espoir d'améliorer sa condition ! Quelle honte !

Jacob lança un regard furieux à Lady Aldgate avant de se tourner vers son époux.

— C'est Mr Blatherly qui a agressé Miss Bannister ! Je l'ai vu de mes yeux.

— Êtes-vous sûr que nous ne nous sommes jamais rencontrés ? insista ce dernier, continuant à le dévisager.

— Allez-vous ajouter foi à la parole d'un précepteur plutôt qu'à celle de notre invité ? demanda Lady Aldgate à son mari, l'air scandalisé.

Ce dernier poussa un long soupir.

— Je n'ai encore rien fait, chère amie.

Ces deux derniers mots semblèrent lui rester en travers de la gorge.

— Si Mr Knightly la défend, je suis certaine que c'est parce qu'il attend ses faveurs en retour !

Le rouge au front, Claire regardait les dames glousser et jacasser, faisant mine d'être choquées. Elle détestait cet aspect de son travail : les accusations sans fondement émises pour la seule raison qu'elle était une employée. Comme si cela faisait obligatoirement d'elle une personne indigne de confiance.

— Mr Blatherly, dit Lord Aldgate en se tournant vers le jeune homme, quelle est votre version des faits ?

— J'ai rencontré Miss Bannister alors qu'elle rentrait à la nurserie, répondit celui-ci. Ayant constaté qu'elle marchait d'un pas chancelant, je lui ai offert de l'accompagner. Je savais qu'elle était fatiguée, et qu'elle avait sans doute absorbé plus d'alcool qu'elle n'en a l'habitude — et de meilleure qualité, cela va sans dire. Ce qui s'est passé ensuite a été mal interprété.

— Vous êtes un fieffé menteur ! s'écria Jacob en avançant vers lui d'un air menaçant. Je vous ai vu l'acculer contre le mur alors qu'elle refusait vos attentions !

— Mr Knightly, intervint Lord Aldgate, il suffit ! Je ne peux rien faire dès lors que je me trouve face à deux récits contradictoires. Miss Bannister, retournez à la nurserie. Mr Blatherly, je vous présente mes excuses pour ce désagrément, mais je dois vous demander de m'attendre en bas, dans la bibliothèque. Quant à vous, Mr Knightly, je vous ferai appeler plus tard.

*
* *

Constatant que l'esclandre était terminé, le petit groupe commença à se disperser. Jacob s'éloigna de Blatherly à contrecœur, la rage au ventre.

Quand je pense que cet homme a osé poser la main sur Claire!

La mine innocente de Blatherly se mua en un sourire narquois.

— Vous avez de la chance que je n'aime pas me donner en spectacle. Sinon, il n'y a pas qu'elle qui aurait été secouée!

Le poing droit de Jacob vint aussitôt s'écraser sur sa mâchoire, le projetant contre le mur. Blatherly se laissa glisser jusqu'à terre, l'air abasourdi. Tandis que le couloir résonnait de cris aigus, Lord Aldgate se précipita pour lui prêter assistance. Quelques dames défaillirent.

Jacob tourna les talons et posa la main sur l'épaule de Claire.

— Partons d'ici, chuchota-t-il en la guidant vers l'escalier menant à la nurserie.

— Cela me revient! aboya soudain Blatherly derrière lui. Vous êtes le comte de Rimmel!

Jacob se figea, tandis que l'autre se relevait tant bien que mal.

— Que diable faites-vous ici? Je croyais que vous aviez disparu!

— Vous vous trompez, Blatherly, lui dit Lord Aldgate. Mr Knightly est le précepteur de nos fils.

— Certainement pas! Cet homme est Rimmel, fils cadet du duc de Maberly, affirma Blatherly. Nous avions peut-être trois années d'écart à Eton, mais je le reconnais maintenant. Il était connu dans toute l'école pour ses toasts au fromage et la vigueur de son coup de poing!

Seigneur, songea Jacob, effaré, *il ne manquait plus que ça!*

Chapitre 9

Jacob contemplait son reflet dans le miroir. Hormis les cheveux, plus longs qu'à l'accoutumée, il reconnaissait bien celui qu'il avait devant les yeux. La veille, Lord Aldgate lui avait offert les services de son valet et l'avait fait installer dans des appartements luxueux. Là, il avait eu tout le loisir de dire adieu à Jacob Knightly, précepteur, pour redevenir le comte de Rimmel. Ses vêtements, restés cachés au fond de sa valise depuis son arrivée au manoir, avaient été repassés. À présent, l'homme qui lui faisait face arborait un manteau vert bouteille parfaitement coupé, une cravate et un col d'un blanc immaculé, un gilet crème et un pantalon ajusté de couleur brune. Oui, c'était bien lui.

Pourtant, le portrait lui paraissait imparfait, incomplet. Le regard était différent. Il exprimait toujours la même assurance, pas de doute là-dessus, mais la joie avait disparu. Et il savait qu'elle ne reviendrait pas sans Claire.

Il se détourna du miroir en soupirant, et se passa la main dans les cheveux. Claire s'était éclipsée lorsque Blatherly avait dévoilé son identité, et il ne l'avait pas revue depuis. Bien sûr, il s'était précipité à sa suite, avait tambouriné à sa porte. Mais Lord Aldgate lui-même était venu le chercher pour l'entraîner sans ménagement vers la bibliothèque.

À son retour, il avait trouvé Lucy qui montait la garde dans le couloir. Et cette dernière ne s'était guère montrée disposée à lui venir en aide ! Depuis, la porte de Claire était restée fermée à clé et ses appels étaient demeurés sans réponse. Que pensait-elle ? Comment réagissait-elle aux révélations dont elle avait été témoin ? Il n'en avait pas la moindre idée, et cela le mettait au supplice.

Pour le découvrir, il n'avait qu'une solution, n'étant pas homme à se complaire dans des pensées morbides. Il songea cependant qu'il comprenait, maintenant, ce que pouvait ressentir un condamné qui monte à l'échafaud.

Comme c'était étrange d'entendre le bavardage des enfants à travers le mur de la nurserie ! Il s'était attendu à un silence de plomb, au mieux à des murmures, mais certainement pas à ces voix enjouées ! Cela lui semblait tout à fait incongru ; ces bruits ne reflétaient en rien le fardeau qui pesait sur son âme. Voilà qu'il apprenait une nouvelle leçon : le monde continuait à tourner sans lui.

Il prit une profonde inspiration avant de pousser la porte. Assise par terre près de l'âtre vide, Claire jouait aux jonchets avec les garçons. À première vue, Peter était en train de gagner. Sophie et Allison s'affairaient autour de la maison de poupées, tandis que Mary, installée sur la banquette de la fenêtre, regardait au-dehors, un livre ouvert sur les genoux. Enfin, Lucy raccommodait des chaussettes et des pantalons, assise sur une chaise dans un angle de la pièce.

Peter et Michael le fixèrent avec des yeux stupéfaits, avant de se lever en hâte et de courir vers lui.

— Nom d'une pipe, on dirait un dandy ! déclara Michael.

— Jolie montre, commenta Peter en tirant sa montre-gousset de son gilet. Où l'avez-vous achetée, Mr Knightly ?

Claire ne lui laissa pas le temps de répondre. Elle s'était levée à son tour et se tenait bien droite au milieu du tas de jonchets.

— Messieurs, saluez. Mesdemoiselles, faites la révérence. Vous vous trouvez devant le comte de Rimmel.

— C'est vrai ? demanda Peter.

— Oui, répondit Jacob après s'être éclairci la voix.

— Vous n'êtes pas précepteur, alors ? s'enquit Michael.

— Papa vous a-t-il engagé pour faire de nous des gentlemen ?

— Les garçons, saluez ! répéta Claire sur un ton qui ne souffrait pas de réplique.

Après une brève hésitation, Peter et Michael s'exécutèrent. Jacob sentit alors que l'on tirait sur son manteau. Baissant la tête, il découvrit Allison qui le regardait avec un air solennel.

— J'aime bien votre manteau vert. Surtout les boutons qui brillent.

— Merci, lui répondit-il en souriant.

C'était la première fois qu'il recevait les compliments d'un enfant. L'expérience était intéressante.

— Votre présence nous honore, monsieur.

Claire se tenait raide devant lui, et sa voix avait un timbre froid qu'il ne lui connaissait pas.

— Nous recevons rarement des invités dans la nurserie, à l'exception des membres de la famille, ajouta-t-elle en s'inclinant lentement devant lui, les yeux baissés comme le voulait l'usage.

La tâche n'allait pas être aisée..., songea Jacob, puis prenant son courage à deux mains, il déclara :

— J'espérais pouvoir vous parler. En privé.

— Lucy, pourriez-vous emmener les enfants dehors ? Je crois que de nouvelles fleurs sont écloses dans le jardin. À leur retour, ils pourront me les décrire.

Aussitôt, les petits se dispersèrent pour se préparer dans une joyeuse confusion. Jacob fut sollicité à plusieurs reprises pour donner son avis sur le choix des vêtements et des jouets à emporter. Enfin, tous quittèrent la pièce, laissant la nurserie plongée dans le silence.

Claire n'avait pas bougé pendant ce remue-ménage ; lui non plus. Durant plusieurs longues minutes, il resta debout à la regarder. Même si elle conservait avec obstination la tête baissée, il parvenait à distinguer sur son visage les signes d'une nuit sans sommeil.

— Claire…

— Miss Bannister. C'est ainsi que vous devez vous adresser à moi, étant donné ma position, dit-elle avant d'ajouter doucement : « monsieur ».

— Claire, je vous en prie ! Pour vous, je suis toujours Jacob, tout simplement.

— Non, répondit-elle, en levant enfin les yeux vers lui.

Il fut saisi par son regard vide.

— Vous êtes le comte de Rimmel, fils du duc de Maberly. Quant à moi, je suis Claire Bannister, autrement dit personne.

— Comte, je ne le suis peut-être plus pour longtemps, dit-il en avançant d'un pas. Je suis le fils cadet ; or l'épouse de mon frère va bientôt mettre un enfant au monde. Si c'est un garçon, le titre lui reviendra.

— Simple détail, monsieur.

— Pas vraiment. Au fond, je suis toujours la même personne.

— Oui, la personne qui a trompé une maisonnée entière en se faisant passer pour ce qu'il n'était pas.

— Je peux tout vous expliquer.

— Je ne suis pas sûre de vouloir entendre vos explications.

— Je vous en prie, Claire, acceptez d'écouter ce que j'ai à vous dire.

Pendant un long moment, elle sembla réfléchir.

— Très bien, répondit-elle enfin.

— Asseyez-vous, s'il vous plaît, dit-il en lui désignant le fauteuil à bascule.

— J'ai accepté d'écouter vos explications, pas de manquer aux convenances.

— Pourtant, vous n'hésitez pas à réprimander un lord, rétorqua-t-il, parvenant de moins en moins à dissimuler sa frustration.

— Je veux bien convenir que les circonstances sont exceptionnelles, reprit-elle, le visage impénétrable.

— Alors, asseyez-vous.

Claire hésita un moment avant de se diriger vers le fauteuil à bascule. Rassemblant ses jupes autour de ses chevilles, elle s'assit en s'efforçant de se tenir aussi droite que possible. Au fond d'elle-même, elle n'avait qu'une envie : se jeter sur son lit et enfouir son visage dans les couvertures pour se cacher de tous, ou du moins de lui. Au cours des heures qui s'étaient écoulées depuis que la vérité avait éclaté, elle avait eu l'impression de se vider de toutes ses émotions. Elle avait donné à cet homme, à ce pair du royaume, son amour et sa confiance, et à présent, il était clair qu'elle ne recevrait rien en retour. À bien y songer, c'était un risque qu'elle avait accepté de courir. Mais le résultat était le même : elle se sentait vide et le cœur comme engourdi.

— Je suis prête à entendre vos explications, dit-elle en levant la tête.

Jacob arpentait nerveusement la pièce. Il se passa la main dans les cheveux et prit une profonde inspiration. À dire vrai, il ne savait par où commencer. Comment lui présenter la situation de manière à ce qu'elle le comprenne ? Et surtout de manière à ce qu'elle lui pardonne ses mensonges ? Il savait qu'il avait trahi sa confiance, et il ne pouvait ignorer que l'honnêteté n'avait pas de prix pour elle. Pour se racheter, il lui faudrait faire preuve de la plus grande humilité.

Il tira à lui l'une des chaises des enfants, bien trop petite pour sa large carrure. Lorsqu'il eut tant bien que mal réussi à s'asseoir face à Claire, il croisa les mains et plongea ses yeux dans les siens, espérant qu'elle y lirait sa sincérité.

— Pour commencer, je veux que vous sachiez que je regrette profondément de vous avoir blessée. Cela n'a jamais été mon intention. Vous méritez beaucoup mieux.

— Vous pensiez donc que personne ne serait heurté par votre duperie ? Je ne parle même pas des adultes. Vous vous êtes volontairement introduit auprès d'enfants. Ce sont des êtres sensibles et vulnérables. Selon vous, comment vont-ils réagir, lorsque vous partirez ? Comment pourriez-vous avoir conscience de l'étendue des dégâts que vous avez causés, d'ailleurs ? Ce n'est pas vous qui aurez à faire face aux conséquences de vos actes.

— Je le sais, maintenant. Vous avez raison, je n'avais pas réfléchi suffisamment. Mais le temps que j'ai passé ici m'a transformé. Vous m'avez transformé, Claire.

— Non, ne faites pas cela ! Ne m'impliquez pas dans votre imposture plus que vous ne l'avez déjà fait ! Je refuse d'endosser la moindre responsabilité dans cette histoire, moi qui suis la première victime de votre tromperie. Je vous ai fourni bien des occasions de me dire la vérité en vous posant des questions sur votre vie. J'ai fait preuve à votre égard d'une parfaite franchise, et j'en attendais autant de votre part.

— Tout ce que je vous ai raconté sur moi est vrai, objecta-t-il. Je n'ai omis qu'une chose : vous révéler mon titre.

— Comment puis-je avoir la certitude que vous me dites la vérité, à présent ? Vous me regardez de la même manière que vous l'avez fait pendant ces dernières semaines. J'étais convaincue de votre sincérité alors, mais aujourd'hui, tout ce que je vois, c'est un parfait inconnu.

— Claire ! l'implora-t-il.

— Je ne connais même pas les raisons de votre mensonge, poursuivit-elle, portant la main à son front. Pourquoi vous être donné tout ce mal pour vous faire passer pour un autre ? Qu'avez-vous donc fait pour en arriver à cacher votre titre ? Est-ce si scandaleux et impardonnable que je ne doive même pas vous poser la question ?

Saisie d'horreur, elle se couvrit la bouche de sa main.

— Auriez-vous refusé d'épouser une jeune femme enceinte de vos œuvres ? Auriez-vous fui devant un duel ? Tué un homme ?

Ces derniers mots moururent dans sa gorge.

— Non, répondit-il. Non, je vous le jure, Claire. Ce n'est rien d'aussi terrible.

— Alors, pourquoi ces mensonges ? insista-t-elle, les yeux emplis de tristesse et d'incompréhension.

Il se renfonça maladroitement dans la petite chaise en se passant une fois de plus la main dans les cheveux. Le valet d'Aldgate serait consterné de voir tout son travail réduit si facilement à néant.

— Lorsque j'y songe à présent, c'était une décision stupide, commença-t-il. En prendre conscience ne fait qu'ajouter à ma honte et à mes remords. Comme je vous l'ai dit, tout ce que je vous ai raconté sur moi, en particulier sur mes relations avec mon père, est vrai. J'ai passé ma vie dans l'ombre de mon frère aîné. J'ai appris très tôt que je ne parviendrais jamais à satisfaire les attentes de mon père. Ainsi, au cours de ma scolarité à Eton, ai-je fini par y renoncer. Au lieu de me tuer à me montrer à la hauteur de ses ambitieuses espérances, j'ai décidé de vivre ma vie à ma guise, pour mon plaisir. L'ironie veut que j'aie davantage attiré son attention par mes frasques qu'à l'époque où je me comportais convenablement, comme le digne fils d'un duc. Chaque mois, si ce n'est plus, je recevais des leçons de sa part sur les convenances et les règles de la vie en société.

« Il y a deux ans, Bradford s'est marié et, bientôt, un enfant naîtra de cette union. Je n'envie pas à mon frère son titre, son mariage ni le bonheur qu'il a trouvé. Au contraire, je me réjouis de sa bonne fortune. Mais mon père a vu dans sa réussite de nouvelles occasions de pointer du doigt mes innombrables insuffisances. »

Incapable de rester assis plus longtemps, il s'extirpa de sa chaise et marcha jusqu'à la fenêtre. Appuyant son front contre la vitre, il regarda un instant les enfants qui jouaient à chat dans le jardin. L'observation des fleurs avait vite été abandonnée !

— Ses moqueries et ses accusations me sont devenues de plus en plus pénibles, reprit-il. Au printemps dernier, après s'être vu présenter une nouvelle dette de jeu que j'avais contractée, il m'a forcé à choisir : soit je me mariais, soit il me coupait les vivres. J'ai refusé d'obtempérer, ce qui a provoqué une dispute dépassant en violence toutes les précédentes. Pendant cette terrible querelle, il m'a dit que je n'étais… rien.

Il ravala le goût amer dans sa bouche avant de continuer.

— Il m'a dit que je vivais aux crochets de son titre et du mien, titres que je ne devais qu'à ma naissance, autant dire à un accident. Si je les perdais, on me retrouverait dans le caniveau au bout d'un mois, sans visage et sans nom. Il est allé jusqu'à clamer que la société se porterait mieux sans moi, comme si j'étais un assassin ou un voleur.

Sur ces mots, il se tourna vers Claire pour tenter de deviner sa réaction. Son visage était calme, impassible, et ses yeux toujours fixés sur la chaise où il s'était assis plus tôt.

— Alors, je suis parti. Je lui ai dit que je n'avais pas besoin de son titre, que je n'en voulais pas. Que sans ce « comte » accolé à mon nom, je pourrais devenir une meilleure personne que lui, tout duc qu'il était. Que je préférais vivre dans la pauvreté plutôt que dans l'ombre d'un titre de courtoisie que je n'avais jamais demandé à porter, plutôt que sous l'empire d'un homme tel que lui. Je n'ai pris que les vêtements que j'avais sur le dos et une bourse contenant quelques pièces. Quand j'ai décidé de me faire précepteur, j'ai trouvé des vêtements qui me semblaient appropriés pour cet emploi et je me suis présenté dans une agence en exagérant mes capacités. Une semaine plus tard, je me trouvais à l'arrière d'une charrette, en route pour Aldgate Hall. Vous connaissez la suite.

Claire demeurait immobile, les yeux fixés sur la petite chaise. Elle avait entendu chaque mot prononcé par Jacob, absorbé la moindre nuance de sa voix, mais tout cela résonnait dans l'espace vide de son cœur. S'il lui avait raconté son histoire une semaine, quatre jours, ou même trois heures plus tôt, elle lui aurait ouvert les bras pour le réconforter.

Il revint s'asseoir en face d'elle.

— Pour être parfaitement honnête, Claire, j'avais peur que mon père n'eût raison. Peur d'être un moins que rien. Comme un chien battu, je commençais à croire que je méritais le traitement qu'il m'avait infligé pendant toutes ces années. Que je méritais toutes ses paroles méprisantes à mon égard. J'ai eu besoin de me prouver qu'il avait tort. Et je suis venu ici reconquérir ma dignité, ma fierté.

Enfin, elle sortit de son silence.

— Quel dommage que, dans le but de vous reconstruire, vous ayez détruit d'autres personnes !

— Claire, je vous en supplie ! dit-il en se penchant pour prendre ses mains dans les siennes. Croyez-moi lorsque je vous dis que je n'ai jamais eu l'intention de blesser qui que ce soit. Et surtout pas vous !

Elle se dégagea doucement et se leva. Il l'imita aussitôt.

— Pourtant, répondit-elle, c'est ce que vous avez fait. Aussi odieux qu'il paraisse, votre père ne s'est pas trompé sur votre compte. Vous m'avez dit un jour que vous aviez tendance à faire ressortir les pires instincts des personnes que vous fréquentiez. Vous aviez omis de préciser que vous étiez tout aussi doué pour faire ressortir les vôtres.

— Vous ne pensez pas ce que vous dites…

— Peut-être que non. Peut-être est-ce mon amertume qui parle. Ce qui est étrange, poursuivit-elle avec un petit rire, parce que je ne ressens pas la moindre émotion à cet instant.

Sur ces mots, elle lui tourna le dos pour se diriger vers la porte.

— Adieu, monsieur.

— Claire, attendez !

Il la suivit, et arriva devant sa chambre en même temps qu'elle. Il posa la main sur la porte pour l'empêcher d'entrer et de la refermer sur lui.

— Ce que j'ai fait ne peut tout de même pas être entièrement impardonnable !

— Ce que vous avez fait ? Vous croyez que votre unique tort a été de mentir ? Mais il s'agit de bien plus que cela ! J'avais confiance en vous, Jacob, mais surtout, j'avais confiance en moi ! Et cette confiance s'est envolée, car je n'ai pas su vous voir tel que vous étiez réellement. C'est cela qui est impardonnable.

Les yeux fixés sur la poignée de la porte, elle ajouta :

— Seul l'un de nous peut rester dans cette maison, monsieur. Puisque je suis employée ici et que j'ai besoin de travailler pour vivre, ce sera moi.

— Oui, c'est évident. Du reste, je dois aller passer quelques jours à Londres, deux semaines tout au plus, pour réparer les dégâts que j'ai causés.

— Bon voyage, lui dit-elle avec un triste sourire.

— Je reviendrai vous chercher.

— Vraiment, j'aimerais mieux que vous ne reveniez pas.

Elle balaya d'une main le bras qui lui barrait le passage, ouvrit la porte et se glissa dans sa chambre.

— Mais, Claire, je vous aime !

— Je ne vous crois pas, répondit-elle en le regardant dans les yeux.

La porte se referma sur elle. Il n'entendit plus que le loquet s'enclencher.

*
* *

Assise près d'une fenêtre, Claire se faisait aussi discrète que possible. Lady Aldgate avait invité ses deux filles aînées à prendre le thé avec l'épouse du pasteur, en visite au manoir. Les fillettes se comportaient admirablement bien : elles ne prenaient la parole que lorsque l'on s'adressait à elles, et ne se tortillaient presque pas sur leur chaise. Elle était très fière d'elles. Pourtant, elle avait besoin de laisser son esprit vagabonder. De penser à Jacob.

Jamais elle n'aurait cru qu'un être pût à la fois lui déplaire et lui manquer, et ce avec une telle intensité. La gravité de sa trahison l'avait laissée brisée. Y avait-il eu quoi que ce soit d'honnête et de sincère entre eux, ou bien toute leur histoire n'avait-elle été qu'un mensonge ?

Cela faisait plusieurs jours qu'elle passait au crible tout ce qu'il avait dit, tout ce qu'il avait fait, et elle n'arrivait toujours pas à distinguer avec certitude le vrai du faux.

Comment avait-elle pu lui faire si entièrement, si aveuglément confiance ? Autrefois, elle était convaincue de savoir juger les gens avec clairvoyance. Comme elle se sentait fragilisée, à présent ! Elle avait donné son cœur à cet homme, l'avait accueilli dans son lit, avait pris au sérieux sa demande en mariage. Or, tout cela n'était que du vent !

Qui plus est, Jacob était fils de duc. Il venait d'un monde qui lui était inaccessible. Elle n'était destinée qu'à servir les personnes de son rang, elle qui appartenait à la classe des invisibles. Il n'ignorait pas que toute relation entre eux serait vouée à l'échec. En fait, ils avaient eu le seul commerce intime que les aristocrates comme lui entretenaient avec les femmes comme elle. Comme elle s'était montrée naïve !

Les pires moments étaient les nuits. Malgré la colère et

le chagrin, son corps déloyal se languissait des mains de Jacob, brûlait de sentir sa peau contre la sienne. Elle décida d'ajouter ce crime à la liste de ses trahisons : après l'avoir éveillée à de nouvelles sensations, il l'avait abandonnée, la laissant incapable d'assouvir des désirs qui ne l'avaient jamais tourmentée auparavant.

— Miss Bannister va avoir un bébé.

Claire sursauta en entendant la voix de Mary. Ses oreilles lui jouaient-elles des tours ? À en juger par le silence qui s'abattit soudain sur la pièce, les deux dames avaient entendu la même chose qu'elle.

— Je te demande pardon, Mary ? demanda Lady Aldgate.

— Miss Bannister va avoir un bébé, répéta consciencieusement la petite.

— Mais non, je…, tenta de se défendre Claire, la gorge nouée, en se levant de son siège pour se rasseoir aussitôt.

— Tu dois te tromper, mon enfant, coupa Lady Aldgate. Miss Bannister ne ferait jamais une chose pareille.

Sans prêter plus d'attention à sa fille, elle se tourna à nouveau vers la femme du pasteur et reprit sa conversation.

— Mais je les ai vus !

Mary n'avait pas la moindre idée du bouleversement qu'elle était en train de provoquer. Son besoin d'être remarquée par sa mère la rendait aveugle à tout le reste. Sophie essaya de la faire taire, mais la fillette ne voulut rien savoir.

— Je l'ai vue embrasser Mr Knightly !

— Mary, c'est un sujet de conversation inconvenant. Nous sommes en train de prendre le thé, lui rappela sa mère, qui arborait un sourire crispé. Miss Bannister, reconduisez-la à la nurserie.

Claire se hâta de lui obéir, trop heureuse de trouver

une occasion de se sortir de cette situation. Elle parlerait à Mary en privé.

— Non!

Mary était si désemparée qu'elle criait presque, à présent.

— J'ai tout vu! J'ai vu Miss Bannister embrasser Mr Knightly, et c'est comme ça qu'on fait les bébés! Il lui touchait les lolos et ils faisaient comme ça, ajouta-t-elle en ouvrant la bouche et en promenant la langue sur ses lèvres.

Debout, une main sur la gorge, Claire la regardait sans pouvoir prononcer un mot. Par ces quelques paroles, Mary venait tout simplement de réduire à néant ses années de dur labeur, ses projets d'avenir et sa réputation. Comme les deux dames dévisageaient elles aussi la fillette, celle-ci finit par sentir que quelque chose n'allait pas. Refermant lentement la bouche, elle considéra Claire avec de grands yeux emplis d'effroi.

— Vous n'allez pas avoir un bébé, Miss Bannister? chuchota-t-elle.

Claire fit un immense effort pour lui sourire, avant de lui tendre la main.

— Venez, Miss Mary. Nous allons avoir une petite conversation dans la nurserie, toutes les deux.

La mine déconfite, la fillette la suivit.

Vingt minutes plus tard, Claire se tenait prête lorsque Lucy pénétra dans la nurserie.

— J'vous demande pardon, Miss Bannister. Lord et Lady Aldgate vous demandent. Ils sont dans le bureau de Lord Aldgate.

Claire prit une profonde inspiration et passa une main sur sa robe pour la défroisser.

— Merci, Lucy.

— Heu, Miss ?

— Oui, Lucy ?

— Il faudrait bouger vos pieds. C'est comme ça qu'on avance.

— Bien sûr, Lucy, répondit-elle avec un sourire tremblant. Merci.

Quelques instants plus tard, Claire ne se souvenait même pas avoir marché jusqu'au bureau. C'était comme si elle avait été frappée de stupeur avant de se réveiller brusquement, debout devant son employeur. Assise sur un canapé, Lady Aldgate la regardait avec un air glacial. Quant à Lord Aldgate, il ne s'était pas levé à son arrivée, alors que Jacob l'avait toujours fait.

— Détendez-vous, Miss Bannister, lui dit-il sans sourire. Ceci n'est pas un peloton d'exécution.

Claire ne répondit pas, pas plus qu'elle ne se détendit. Elle savait fort bien ce qui l'attendait.

— Bien, reprit-il. Lady Aldgate m'a informé de l'incident qui a eu lieu tout à l'heure au salon.

— Pendant que je prenais le thé avec l'épouse du pasteur, le coupa Lady Aldgate.

— Vous ne pouvez pas la tenir responsable du choix de vos invités, répliqua-t-il sèchement.

Se tournant à nouveau vers Claire, il s'éclaircit la voix.

— Pardonnez mon indiscrétion, mais il me faut savoir la vérité. Portez-vous un enfant ?

La question, posée aussi abruptement, la prit par surprise. Elle aurait pourtant dû s'y attendre. Comme elle cherchait, quelque peu affolée, une réponse appropriée, il leva la main pour l'arrêter.

— Permettez-moi de reformuler ma question. Miss Bannister, dois-je ajouter foi aux allégations de ma fille ?

Comme il serait facile de nier, de traiter les paroles de Mary comme le fruit de son imagination enfantine ! La fillette ne recevrait qu'une légère réprimande, et l'incident serait rapidement effacé des esprits. Ce ne serait plus qu'une anecdote sans importance que les gens murmureraient dans son dos. Mary retiendrait la leçon et en resterait à des sujets appropriés pour son âge. Elle-même pourrait rester à Aldgate Hall, s'occuperait de l'éducation d'enfants qu'elle aimait tendrement, et sa réputation comme son avenir seraient préservés. Quant aux membres du club des gouvernantes, elles poursuivraient leur projet et leurs rêves resteraient réalisables.

Mais une telle attitude serait contraire à tout ce qu'elle avait enseigné à ses jeunes élèves, à tous les principes qu'elle défendait si farouchement. Quelques jours plus tôt, elle avait violemment critiqué Jacob — ou devrait-elle dire monsieur le comte de Rimmel — pour ses mensonges flagrants. Oserait-elle faire preuve de la même hypocrisie ? Elle ignorait si Mary avait réellement vu quoi que ce soit, mais une telle éventualité était tout à fait possible.

Par ailleurs, en supposant qu'elle nie les accusations dont elle faisait l'objet, qu'adviendrait-il si, par la suite, il s'avérait qu'elle était enceinte ? Comment pourrait-elle regarder ses employeurs en face ? Sans parler des enfants ? Elle-même, comment pourrait-elle se regarder dans la glace ?

Mary n'avait pas agi par malice, mais poussée par un désir désespéré d'attirer l'attention de sa mère et l'envie irrépressible de participer à sa conversation. Non, elle ne pouvait transiger avec sa conscience et faire porter à la fillette un tel fardeau.

Lord Aldgate tambourinait des doigts sur le buvard disposé devant lui. Claire s'avança, levant vers lui des yeux implorants. Si seulement il pouvait comprendre ce qu'elle ne parvenait pas à dire tout haut ! Ses doigts s'immobilisèrent sur le bureau.

— Quand je pense que cette… cette catin était chargée de s'occuper de nos enfants ! s'écria Lady Aldgate avec un haut-le-cœur. Je n'ose pas imaginer ce qu'elle leur a enseigné !

— Tenez votre langue, rétorqua Lord Aldgate. Je n'ai accepté que vous assistiez à cet entretien qu'à une condition : que vous gardiez le silence. Vous m'avez demandé de résoudre ce problème, laissez-moi donc le faire.

Claire n'eut pas une seconde la naïveté de croire qu'il allait plaider en sa faveur. Elle avait commis un grave péché et devait en accepter les conséquences. Le fait qu'elle était responsable de plusieurs enfants au moment de son inconduite ne faisait qu'accentuer la gravité de sa faute.

Lord Aldgate se gratta le front en poussant un soupir.

— Je regrette de devoir en arriver là après vos quatre ans de service dans cette maison. Vous recevrez deux semaines d'appointements en plus des gages qui vous sont dus, ainsi qu'une lettre de référence. Vous avez jusqu'à demain matin pour partir.

— Une lettre de référence ? répéta Lady Aldgate, indignée. Je refuse de…

— Vous lui fournirez des références satisfaisantes, répondit son époux sur un ton sans réplique. Elle nous a fourni un service exemplaire durant quatre années. Je concède qu'elle ne peut pas rester ici, mais je ne m'emploierai pas à détruire complètement sa vie. Je ne vous demande pas de vous répandre en éloges, mais simplement de lui donner des références qui lui permettront de trouver une nouvelle place. Si vous refusez, je m'en chargerai moi-même. Mais vous aurez à subir mon mécontentement, chère amie.

Claire baissa les yeux en s'inclinant devant lui.

— Je vous remercie pour votre générosité, monsieur.

Comme il la congédiait d'un signe de tête, elle tourna les talons et quitta la pièce pour se préparer, une fois de plus, à faire ses valises.

Elle savait que Jacob n'était pas le seul responsable de la tournure des événements. Mais que cela faisait du bien de l'accabler de tous les torts !

Lorsque la porte s'ouvrit, Jacob se leva en retenant son souffle. Cela faisait deux semaines qu'il n'avait pas vu Claire, et il lui tardait de poser à nouveau les yeux sur elle.

Son excitation fit place à une cruelle déception, lorsque Lord Aldgate pénétra à sa place dans le bureau. Il parvint pourtant à cacher son désappointement pour saluer le vieil homme d'un signe de la tête.

— Aldgate.

— Rimmel.

Lord Aldgate lui rendit son salut, avant de se diriger vers le buffet. Il se servit un verre sans lui en proposer un.

— J'avoue que je m'interroge sur la raison de votre visite, monsieur. J'ose espérer que vous m'épargnerez votre humeur maussade, cette fois.

Jacob serra les dents, s'efforçant de ne pas laisser paraître son agacement.

— Je suis venu voir Claire, Miss Bannister.

— Vraiment ? Et dans quel but ?

Lord Aldgate s'installa dans le fauteuil situé derrière son bureau, puis lui fit signe de regagner sa chaise.

— Je ne vois pas en quoi cela vous concerne.

— Cela me concerne depuis votre petite incartade.

Jacob ne savait ce qui le faisait enrager le plus : la présomption de cet homme ou le calme imperturbable de sa voix.

— Ma famille, ainsi que la gouvernante de mes enfants, ont souffert de votre inconduite. Je suis donc concerné.

— Permettez-moi de vous soulager de ce fardeau, répondit alors Jacob, le visage tendu. Faites venir Miss Bannister dans le bureau.

Lord Aldgate examina son verre avant d'avaler une gorgée.

— Cela m'est impossible.

— Je vous demande pardon ?

— Je ne peux la faire venir ici, répéta Lord Aldgate.

Jacob sentit un tic faire trembler sa joue.

— J'avais bien entendu. Allez-vous m'expliquer pourquoi ?

— Je ne vous dois aucune explication, Rimmel, après ce que vous avez fait.

— Savez-vous qui je suis ? demanda Jacob en se dressant au-dessus du bureau.

Son hôte le regarda droit dans les yeux.

— Vous êtes l'homme qui a introduit le mensonge dans ma maison et exposé mes filles à des comportements obscènes. Vous vous êtes glissé chez moi comme un voleur en prenant l'innocence des habitants de ce manoir.

— Je vous demande pardon ? demanda Jacob, interloqué.

— Décidément, vous ne cessez de demander pardon ! Êtes-vous sincère, ou n'est-ce qu'un mensonge de plus ?

— Votre but est-il de me provoquer ? Si c'est le cas, je dois vous prévenir que les conséquences ne seront guère à votre goût.

— Rimmel, soupira Aldgate, je n'ai pas le temps d'échanger des menaces avec vous. Sachez que je ne vous accueille chez moi qu'à contrecœur. Dominez votre tempérament impétueux, ou je me verrai forcé de prendre les mesures qui s'imposent. Et, poursuivit-il en plantant à nouveau son regard dans le sien, ne vous laissez pas abuser par mon âge. Je suis parfaitement capable de protéger ce qui m'appartient. Contrairement à vous, je n'ai pas besoin de la tutelle d'un duc pour réparer mes erreurs. De plus, grâce à la mascarade à laquelle vous vous êtes livré ici, il me serait très facile d'embarrasser votre famille. Très facile aussi de détruire une personne qui semble compter beaucoup pour vous. Si je me suis refusé à le faire jusqu'à présent, c'est par gratitude pour les années de service qu'elle a fournies dans cette maison. Par conséquent, je ne vois guère de quoi vous pouvez me menacer, si ce n'est de me tuer.

Jacob sentit un frisson glacé lui parcourir l'échine. Embarrasser sa famille n'avait rien de nouveau pour lui, mais Claire ? C'était autre chose. Il ferait tout pour la protéger.

— Je veux seulement voir Claire.

— C'est impossible, répondit Aldgate en s'enfonçant confortablement dans son fauteuil. Miss Bannister n'est plus ici.

— Je vous d…

Cette fois, Jacob n'alla pas jusqu'au bout de sa phrase.

— Que s'est-il passé ? Où est-elle ?

— Je l'ignore, reconnut Aldgate après un silence. Nous avons dû la congédier en raison de sa liaison avec vous.

— Sa liaison avec moi ? Elle vous en a parlé ?

— Pas exactement. Apparemment, Mary vous a surpris tous les deux dans un moment… d'intimité, et elle en a informé ma femme… pendant que celle-ci prenait le thé avec l'épouse du pasteur. Je n'ai pas eu d'autre choix que de la renvoyer.

— Mais pourquoi ne m'a-t-elle pas attendu ? Pourquoi n'a-t-elle pas cherché à me voir ?

Il était si déconcerté qu'il ne parvenait pas à cacher son trouble.

— Pourquoi aurait-elle dû le faire ?

— Elle a accepté de devenir ma femme.

— Était-ce avant ou après que votre tromperie soit dévoilée ?

Jacob hésita un instant avant de répondre.

— Avant.

— Et vous vous imaginez que cela n'a rien changé ?

— Elle n'en a rien dit.

— Je suis bien aise de savoir que, dans une certaine mesure, vous allez payer les conséquences de vos actes, fit observer Aldgate avec un petit rire satisfait.

— Que voulez-vous dire ?

— Que vous avez beaucoup à apprendre sur les femmes, jeune homme !

— Mais elle m'a donné sa parole ! s'écria-t-il en regardant le vieil homme avec des yeux effarés.

— Je vais vous donner un conseil d'ami, lui dit Aldgate en se levant.

Jacob l'imita aussitôt et le suivit jusqu'à la porte.

— Les femmes changent d'avis pour un oui, pour un non. Comment pensez-vous qu'elle ait réagi, après avoir découvert votre tromperie ?

— Il faut que je la retrouve ! Où est-elle partie ?

— Je n'en sais rien, je n'ai pas pris la peine de le lui demander. J'ai cessé de me préoccuper d'elle dès l'instant où elle a passé la porte de ma maison. C'était une bonne gouvernante, certes, mais rien de plus. À présent, sortez de chez moi.

— Si vous voulez bien m'accorder un instant…, demanda Jacob devant la porte ouverte.

Son cheval, encore sellé, l'attendait devant le perron.

— Qu'y a-t-il encore ?

Une minute plus tard, Aldgate était étendu sur le sol, les yeux fixés au plafond. Avec précaution, il porta la main à sa mâchoire ; sûr qu'il n'avait pas reçu pareil coup de poing depuis ses études à Cambridge, songea Jacob en lui tournant le dos. Dommage qu'il n'ait pas entendu parler de son fameux crochet !

Il sauta en selle et s'éloigna d'Aldgate Hall sans se retourner. Il ne connaissait qu'un endroit où Claire fût susceptible de se réfugier. Si elle n'y était pas, il aviserait, le moment venu. Pour l'heure, il ne pouvait rien faire d'autre que prier pour qu'elle se trouve en sécurité là où il pensait la trouver.

Chapitre 10

Incroyable… Assise sur sa malle, Claire regardait fixement devant elle. C'était tout simplement incroyable !

Ridgestone était toujours là. Plus de cinq années avaient passé, et elle semblait être restée inoccupée durant tout ce temps. Le terrain, les fenêtres, le bâtiment lui-même souffraient d'un abandon criant. La maison n'était pas à proprement parler sans vie, non. Elle était… mourante.

Pourtant, c'était sa maison. Du moins, en théorie. Elle la reconnaissait, bien sûr, elle savait quels souvenirs celle-ci recelait, mais elle ne retrouvait pas *sa maison*, n'éprouvait pas véritablement le sentiment de rentrer chez elle.

Cela pouvait changer, cependant. Cela allait changer. Il lui fallait simplement trouver le moyen de racheter la propriété, écrire aux autres membres du club des gouvernantes, et, avec quelques efforts, elle parviendrait à en faire à nouveau sa maison. Alors, qu'est-ce qui l'en empêchait ? N'était-ce pas le début de la nouvelle vie dont le club des gouvernantes rêvait depuis des mois ?

Le seul écueil était un avis placardé sur la porte d'entrée, indiquant la récente acquisition de la maison. Cela pouvait être un obstacle à ses projets : les nouveaux propriétaires ne seraient sans doute pas enclins à vendre si vite. Peut-être même n'y consentiraient-ils jamais.

Elle continua à regarder la maison de son enfance, assise sur sa malle. Incapable de bouger. Incapable de réfléchir.

Dans son esprit brumeux, un bruit commença à se faire entendre. Au début, ce n'était presque rien, mais peu à peu, le son s'amplifia, se fit plus insistant. Un cheval. Oui, c'était, à n'en pas douter, le rythme d'un petit galop.

Elle cligna des yeux, tourna la tête, puis se leva pour regarder, les mains jointes devant elle, le cheval et son cavalier qui approchaient.

Avant même de distinguer clairement le visage de l'homme, elle sut que c'était lui. Instantanément, elle reconnut les larges épaules, les longues jambes, les hanches qu'elle avait tendrement enlacées. Devant le léger sursaut d'émotion que cette vision provoqua en elle, elle éprouva autant de colère que de soulagement. Au moins était-elle encore capable de ressentir quelque chose.

Jacob descendit de sa monture tout en observant Claire d'un œil inquiet. Elle se tenait parfaitement immobile. Respirait-elle seulement ? Il n'en était pas certain. Dieu, qu'elle était belle ! Epuisée, les traits tirés, mais belle à couper le souffle. S'il avait pu, autrefois, évaluer ses attraits, c'était désormais impossible. Sa grâce ne souffrait plus aucune comparaison : elle était la beauté même.

Il s'approcha avec prudence, sans cesser de la contempler, et s'arrêta tout près d'elle.

— Claire, la salua-t-il en inclinant la tête, sans pour autant la quitter des yeux.

— Monsieur, répondit-elle en exécutant une révérence, lui rappelant ainsi leurs conditions respectives

— L'épouse de mon frère a récemment donné naissance à un fils. Je ne suis plus le comte de Rimmel, mais simplement Mr Knightly. Je pourrais réclamer un titre honorifique, mais j'ai décidé de m'en abstenir.

Elle resta un long moment silencieuse avant de prendre la parole.

— Souhaitez-vous des félicitations ou des condoléances ?

— J'aimerais mieux votre affection.

Il fit un pas dans sa direction, mais elle recula.

— Je sais à quel point vous appréciez l'honnêteté, poursuivit-il.

— Vous me connaissez bien, n'est-ce pas ? répondit-elle avec un rire amer.

— Assez pour deviner que vous viendriez ici. Et pour savoir que vous avez connu trop de déceptions dans votre vie pour me pardonner facilement.

— Ainsi, votre frère a donné un héritier au duc ? Votre père doit être fier de lui.

— En effet.

— Qu'allez-vous devenir, à présent ? ne put-elle s'empêcher de demander.

— Seriez-vous inquiète à mon sujet ?

Il la regarda soudain avec l'air espiègle qu'elle lui connaissait bien.

— Curieuse, tout au plus. Avoir pour une fois un peu d'avance sur les journaux mondains ne me déplairait pas, ajouta-t-elle en s'efforçant d'ignorer les frémissements qu'elle sentait dans son ventre.

Il sembla accuser le coup.

— Je vois… Eh bien, il n'y a aucune inquiétude à avoir en ce qui me concerne. Je dispose d'une fortune personnelle tout à fait conséquente, quoique j'aie réalisé dernièrement une opération financière quelque peu hasardeuse. J'ignore encore quel en sera le résultat.

— Je ne suis guère étonnée que vous vous soyez engagé dans une affaire aussi risquée.

Elle avait repris place sur sa malle, et lissait ses jupes tout en parlant.

— Ce n'est qu'une nouvelle preuve, s'il en était besoin, de votre inconséquence.

— Peut-être avez-vous raison, répondit-il en s'asseyant à ses côtés, sans lui donner le temps de protester. Toutefois, si cette opération se révélait fructueuse, je pourrais en tirer bénéfice ma vie durant. J'ai acheté une propriété, voyez-vous, en guise de cadeau de mariage pour ma promise.

C'était comme s'il lui avait planté un couteau dans le cœur. Pendant un long moment, elle put à peine respirer, encore moins parler.

— Mes félicitations sont donc de rigueur, parvint-elle enfin à articuler.

— Merci.

Plus le ton de Jacob se faisait calme et doux, plus elle sentait sa fureur monter. Comment osait-il jouer ainsi avec ses sentiments ? Il l'avait séduite, au point qu'elle l'avait accueilli dans son lit, alors qu'une fiancée l'attendait à Londres ! Il était encore plus grossier, plus déloyal qu'elle ne se l'était imaginé !

Incapable de rester auprès de lui, de supporter sa compagnie plus longtemps, elle se leva et s'éloigna de quelques pas.

Sachant qu'elle ne pourrait se dominer si elle continuait à voir son visage, elle lui tourna le dos.

Toute leur histoire n'avait-elle donc été qu'un mensonge ? N'y avait-il eu aucune sincérité dans les paroles et les baisers qu'ils avaient échangés, dans tout ce qui s'était passé entre eux ? N'avait-elle été qu'une distraction, une façon de passer le temps pendant qu'il se cachait, se faisant passer pour ce qu'il n'était pas : un bon, un honnête homme ?

Louisa avait raison : aucun membre de la gent masculine n'était digne de confiance ! Les aristocrates considéraient les gouvernantes comme de simples divertissements à leur disposition. Avec ou sans titre, Jacob Knightly n'était pas différent des autres. Et elle n'était pas sa seule victime : il n'avait pas hésité à tromper tous les habitants d'Aldgate Hall. Et pour quelle raison ? Un besoin puéril de montrer ce dont il était capable ? Cet homme était l'immaturité et l'égoïsme en personne !

— Je suis bien content de vous trouver ici, à vrai dire. Je craignais de vous avoir manquée. J'étais prêt à continuer mes recherches, bien sûr, mais je suis infiniment soulagé que cela ne soit pas nécessaire.

— Je m'en serais voulu de vous faire perdre votre temps ! fit-elle sans parvenir à dissimuler son dépit et son courroux.

— Vous suivre ne saurait être une perte de temps pour moi, Claire, répondit-il avec douceur. Je voulais seulement dire que je suis soulagé de vous trouver ici, en sécurité et indemne.

— En sécurité ? répéta-t-elle en se retournant pour lui faire face. Je suppose que oui. Mais indemne, certainement pas !

— Je sais que j'ai bien des torts à réparer, et je ne m'attends pas à ce que vous me pardonniez aisément. Mais, dit-il en levant les yeux pour les planter dans les siens, la tâche ne me fait pas peur.

— Il n'y a rien que vous puissiez faire.

Non, il ne pouvait rien faire. D'ailleurs, elle ne lui en laisserait pas le temps.

— Je ne suis pas d'accord avec vous. Pour commencer, dites-moi à quoi ressemblait Ridgestone autrefois.

— Pardon ? demanda-t-elle.

Elle ne s'attendait pas à une telle question.

Il se leva et désigna la maison du doigt.

— Il est évident, même pour moi qui ne l'ai jamais connue, que cette maison a été laissée à l'abandon. Décrivez-la-moi telle qu'elle était dans votre enfance : j'ai l'intention de la restaurer, afin de lui redonner tout son lustre. Et je lui apporterai les améliorations que vous souhaiterez, bien entendu.

Elle n'en croyait pas ses oreilles. Il voulait restaurer Ridgestone ?

— Attendez... vous voulez dire que c'est vous, le nouveau propriétaire ? Vous avez acheté Ridgestone pour votre promise ?

— Ne m'étais-je pas bien fait comprendre ?

Comme elle secouait la tête, il poursuivit :

— Toutes mes excuses. Vous m'aviez tant parlé de cette propriété que j'ai su qu'il fallait que je l'achète. J'ai écrit à mon notaire, il y a plusieurs semaines, et il a négocié la transaction. Le fait que personne n'ait acheté ni loué le domaine depuis la disparition de votre père a facilité les choses. Lord Appleby a été plus que ravi de me le céder pour un prix tout à fait raisonnable.

Claire le dévisageait, abasourdie. N'y avait-il donc pas de limites à sa trahison ? Elle lui avait fait confiance, lui avait dévoilé ses rêves et ses projets pour Ridgestone, et voilà qu'il achetait la propriété à son insu, qui plus est à un prix inférieur à sa valeur ! Il savait pourtant que le club des gouvernantes la voulait, il savait combien elle-même tenait à y revenir. Et il avait le toupet de lui demander son aide pour la restaurer ? Certes, la bâtisse n'était pas habitable en l'état, c'était une évidence. Mais oser lui demander des conseils pour préparer la maison qui accueillerait sa promise ? C'était intolérable ! Il atteignait décidément des sommets de dépravation et de cruauté !

Furieuse, elle se dirigea à grands pas vers sa malle, en saisit un côté et commença à la traîner le long de l'allée. Les larmes de colère qu'elle s'efforçait de retenir lui brûlaient les yeux. S'il s'imaginait qu'elle allait l'aider à remettre à neuf la maison qu'il avait acquise pour sa future épouse, il se trompait lourdement ! D'ailleurs, elle allait lui dire immédiatement ce qu'elle en pensait.

— Claire, attendez ! Où allez-vous ?

— Vous vous fourrez le doigt dans l'œil, si vous croyez que je vais vous apporter mon aide ! lui dit-elle d'un ton brusque.

— Claire, ma chère, que dites-vous ? Que se passe-t-il ?

Déjà, il l'avait rattrapée et se tenait devant elle. Il tenta de la saisir par les épaules, mais elle se dégagea brutalement. Par malheur, dans le même mouvement elle lâcha sa malle, qui lui retomba sur le pied.

— Aïe ! cria-t-elle en sautant sur son pied indemne.

— Venez, lui dit-il en la soutenant pour la faire asseoir sur la malle.

Puis il se pencha pour examiner son pied.

— Est-ce très douloureux ?

— Ne me touchez pas ! répliqua-t-elle en le repoussant

à nouveau, le visage baigné des larmes qu'elle avait si longtemps réprimées.

Il lui obéit et s'agenouilla devant elle.

— Je vous en prie, dites-moi ce qui ne va pas !

— Dois-je donc vous dresser une liste ? demanda-t-elle, le foudroyant du regard. Très bien. Ce qui ne va pas, c'est que vous m'avez volé mes rêves ! Vous m'avez volé ma confiance et ma virginité ! Vous m'avez volé mon cœur, Jacob ! Et tout ce que vous m'avez volé, vous l'avez réduit en cendres. À cause de ce que vous m'avez fait, je ne suis plus rien qu'une coquille vide. Alors, je vous en prie, continuez votre vie, épousez votre fiancée et laissez-moi tranquille. Je puis encore avoir la politesse de vous adresser mes vœux, mais partez d'ici et laissez-moi trouver un moyen de me reconstruire.

Soudain, le visage de Jacob s'éclaira et il la regarda avec un sourire contrit.

— Quel idiot je fais, j'ai encore tout gâché ! Une fois de plus, je ne me suis pas bien fait comprendre !

— Au contraire, vous vous êtes parfaitement bien fait comprendre !

Avant qu'elle ne puisse l'arrêter, il saisit son visage dans ses mains et l'embrassa prestement. Elle insulta vertement la part d'elle-même qui en demandait davantage.

— Mon adorable gouvernante, vous n'y êtes pas du tout ! Et vous réfléchissez trop ! dit-il avec un sourire radieux. Voyons, ma chère, c'est vous, ma fiancée !

— Comment ?

— Pensiez-vous réellement que j'avais acheté Ridgestone pour une autre femme ? Me tenez-vous pour un être aussi insensible ?

— Mais vous avez dit que c'était un cadeau de mariage…

— Je n'ai jamais demandé qu'à une seule femme de m'épouser, Claire.

Ses beaux yeux bleus trahissaient sa nervosité.

— J'espère que sa réponse n'a pas changé, continua-t-il.

Claire se mordit la lèvre inférieure et jeta un regard vers la maison. Tant de souvenirs, tant de possibilités ! Elle se tourna à nouveau vers lui.

— Je ne sais pas, répondit-elle avec sincérité. La peine que vous m'avez causée, intentionnellement ou non, est si réelle et si profonde… J'ignore si je pourrai à nouveau vous faire confiance. Je ne suis même pas sûre d'en avoir envie.

Il mesura soudainement à quel point il l'avait blessée. Il prit une profonde inspiration en espérant qu'il parviendrait à s'exprimer avant que le désespoir ne lui noue la gorge.

— J'imagine que je n'ai que ce que je mérite.

Elle saisit son visage dans le creux de ses mains.

— Je ne peux pas vous contredire sur ce point, mais j'en suis désolée.

Délicatement, il déposa un baiser sur son poignet.

— Comment vous faire changer d'avis ?

— Je crois que vous ne pouvez rien faire, si ce n'est me donner du temps. Du temps loin de vous, précisa-t-elle. J'ai besoin de réfléchir sereinement, et si vous restez près de moi, je n'y parviendrai pas.

Il baissa la tête, avant d'acquiescer lentement.

— Je comprends, dit-il d'une voix étranglée.

— C'est peut-être mieux pour vous aussi, poursuivit Claire en s'efforçant de se montrer optimiste. Peut-être rencontrerez-vous une autre femme et…

— Il n'y aura personne d'autre, la coupa-t-il en la regardant dans les yeux. Personne d'autre que vous, Claire.

— Vous devez regarder la réalité en face.

— C'est ce que je fais.

D'un bond, il se leva.

— L'un des avantages de ma nouvelle condition de simple roturier, c'est que personne n'attend plus rien de moi. Je ne crains plus de me voir attribuer un jour un titre prestigieux, à moins qu'un malheur ne s'abatte sur ma famille — Dieu nous en préserve ! Ce qui signifie que suis libre d'aimer qui me plaît, de prendre pour femme celle que j'aurai choisie, et de lui donner tout le temps nécessaire. Il me faudra apprendre la patience, mais je n'épouserai personne d'autre que vous. Oh ! fit-il, l'air décontenancé par la fougue de ses paroles.

Il plongea la main dans la poche de son manteau et en tira une feuille de papier.

— Ceci est pour vous.

Elle prit le document en le considérant d'un air interrogateur.

— C'est l'acte de propriété de Ridgestone, dit-elle en le lisant. Et mon nom est inscrit dessus.

— Je vous ai dit que j'avais acheté la maison pour ma fiancée.

Après une hésitation, elle lui rendit la feuille.

— Je ne suis pas votre fiancée. Pas encore.

— Ridgestone vous revient de droit. Acceptez ce cadeau. J'insiste.

— Je ne veux vous être redevable de rien. Cela ne ferait que compliquer la situation qui est la nôtre.

— Alors, achetez-la-moi, proposa-t-il. Je chargerai mon notaire de rédiger les termes de la transaction.

Claire hocha la tête. Oui, elle pouvait accepter un tel arrangement.

— Mais ceux-ci devront être raisonnables. Ne vous montrez pas excessivement généreux ; je ne veux pas avoir l'impression de vous devoir quoi que ce soit.

— C'est entendu, répondit-il, en l'aidant à se lever.

Lorsqu'ils furent debout, face à face, il lui serra la main pour sceller leur accord.

— À présent, permettez-moi de mettre à profit un talent que j'ai nouvellement acquis : je vais porter vos bagages à l'intérieur.

— Merci.

Claire le suivit, tandis qu'il ouvrait la porte et portait sa malle à l'étage pour la déposer dans son ancienne chambre. Elle avait imaginé tant de fois son retour à Ridgestone, sa joie et son émerveillement de revoir sa chère maison ! Pourtant, à cet instant, elle n'avait d'yeux que pour l'homme qui se tenait devant elle dans la pièce.

Il déposa la malle sur le sol et la contempla, puis il la salua en s'inclinant.

— Adieu, Miss Bannister.

Sur ces mots, il tourna les talons et quitta la chambre afin de ne pas faire durer plus longtemps le moment de leur séparation.

— Attendez !

Claire l'appela du haut de l'escalier alors qu'il s'apprêtait à franchir la porte. Il se retourna, l'air soudain gonflé d'espoir.

— Comment vous trouverai-je si… quand j'aurai une réponse à vous donner ?

— Je reviendrai dans trois mois. Si, à ce moment-là, vous

n'avez pas encore pris votre décision, nous en discuterons. Pour tout le reste, vous pourrez vous adresser à mon notaire. Pour éviter toute complication.

— Merci, répondit-elle avec un hochement de tête.

Il s'inclina à nouveau avant de disparaître. En écoutant s'éloigner le bruit des sabots de son cheval, Claire trouva soudain la maison terriblement silencieuse. Terriblement vide.

Debout dans le salon, les mains jointes derrière le dos, Jacob regardait par la fenêtre. Devant lui, les herbes folles brunissaient peu à peu, tandis que les feuilles des arbres commençaient à se parer des tons orange et jaunes de l'automne. Mais il regardait ce spectacle sans véritablement le voir : c'était Claire, et rien ni personne d'autre, que ses yeux cherchaient.

À son arrivée, le charme indéniable de Ridgestone ne lui avait pas échappé. Installé dans ces murs depuis près de trois mois, le club des gouvernantes avait réussi à arracher le voile sombre et froid de l'abandon, pour ramener la lumière et la vie dans la vieille bâtisse. En la voyant aujourd'hui, il l'imaginait aisément telle qu'elle avait été durant l'enfance de Claire, et il ne pouvait que comprendre l'attachement de la jeune femme pour ces lieux. À en juger par la sobre élégance du salon, le club était florissant.

Il s'écarta de la fenêtre pour s'appuyer contre la cheminée. Une série de figurines variées en ornaient le fronton, entrecoupée de portraits et de paysages de petit format, visiblement dessinés par les mains d'un amateur. Plus haut, était suspendu un grand miroir ovale au cadre doré, offrant une vue de l'entrée de la maison à qui se tenait devant. Quelques tisonniers étaient solidement fixés d'un côté de l'âtre vide.

La pièce arborait des couleurs inattendues pour une maison exclusivement occupée par des dames. Pas d'ornements coquets jouant avec le rose et le blanc, mais des tons mats, quoique chaleureux. Le bleu dominait : pâle sur les murs, il se faisait marine sur les meubles, les menus détails et bordures étant rehaussés de blanc.

En s'asseyant sur l'un des longs sofas, Jacob eut la surprise de le trouver très confortable, même pour un homme de sa stature. À côté du canapé était disposé un panier d'osier dans lequel il découvrit un assortiment de poupées de chiffon, de soldats de plomb, d'animaux de bois et de livres. De toute évidence, les enfants étaient les bienvenus dans cette pièce. Peut-être la couleur foncée des meubles avait-elle été choisie pour cette raison : dissimuler les conséquences d'accidents éventuels.

Il se leva en voyant la porte s'ouvrir. Une charmante jeune femme blonde, vêtue d'une simple robe de mousseline rose, entra. Elle s'approcha de lui en souriant.

— Dieu merci, vous voilà enfin ! lui dit-elle, essoufflée.

— Je vous demande pardon ?

— Vous ne vous souvenez donc pas de moi ? Je suis Miss Louisa Hurst.

Jacob s'inclina aussitôt devant elle.

— Miss Hurst. Je suis Mr Jacob Knightly.

— Je le sais, répondit-elle, les yeux brillants. Je me souviens de vous : nous nous sommes vus au bal.

Il la reconnaissait, à présent.

— Vous êtes une amie de Clai… de Miss Bannister.

— Et vous êtes l'homme qui lui a brisé le cœur. Vous a-t-on proposé une tasse de thé ?

Ces paroles abruptes tranchaient curieusement avec l'expression avenante de son visage.

— Je n'ai besoin de rien, merci. Je suis venu voir Miss Bannister.

— Bien entendu, je ne suis pas idiote, monsieur. Asseyez-vous, je vous prie.

Elle prit une chaise et remit ses jupes en ordre, tandis que lui-même regagnait le sofa.

— Est-elle absente ?

Il n'avait pas envisagé cette possibilité. Certes, il avait quelques jours d'avance sur les trois mois de réflexion qu'il lui avait promis, mais il lui avait été impossible d'attendre plus longtemps.

— Elle est avec un élève, répondit Louisa. On l'a informée qu'un visiteur l'attendait, mais nous n'interrompons les leçons qu'en cas d'urgence. Nous donnons des cours particuliers, et pour nos clients, une heure est une heure.

Le soulagement qui envahit Jacob laissa rapidement place à une vive impatience. Dieu merci, elle était là ! Le seul fait de savoir qu'elle se trouvait sous le même toit que lui le rendait affreusement nerveux.

— Bien entendu. Je comprends parfaitement. Vous plaisez-vous à Ridgestone, Miss ?

Louisa lui adressa un sourire qui le laissa momentanément ébloui. Pourquoi cette superbe jeune femme s'était-elle vue contrainte de gagner sa vie en tant que professeur particulier, et avant cela gouvernante ? De toute évidence, elle avait, comme Claire, subi un revers de fortune. Mais comment se faisait-il qu'aucun homme ne se fût présenté pour demander sa main ? Et pourquoi son père ou son frère l'avait-il laissée prendre une telle voie ? C'était proprement honteux !

— Ce lieu est une bénédiction ! Nous sommes toutes comblées d'être ici. Nous choisissons nos élèves, les heures de nos leçons, et nous avons chacune notre spécialité. Claire enseigne les arts, Miss Sara Collins, les sciences, et moi les langues étrangères.

La conversation le mettait au supplice, mais il s'efforça de s'y intéresser.

— Vraiment ? Quelles langues, précisément ?

— Celles que l'on enseigne habituellement aux jeunes filles : le français et l'italien. Je connais également des rudiments de latin et de grec, ce qui me permet d'y initier les jeunes garçons.

— Très impressionnant ! Pardonnez-moi, mais je croyais que le club des gouvernantes comptait quatre membres ?

— Bonnie ne nous a pas encore rejointes.

Il se leva d'un bond en entendant la voix qui avait prononcé ces mots. Debout dans l'embrasure de la porte, Claire l'observait de ses grands yeux verts. Comment avait-il pu ne pas remarquer son arrivée ? La revoir le bouleversait au point qu'il en avait le souffle coupé. Comme il brûlait de l'enlacer et de la couvrir de baisers !

Claire ne pouvait détacher son regard de Jacob. Lorsque Louisa lui avait demandé de descendre dans le salon, une fois sa leçon terminée, elle s'était attendue à trouver un nouveau client. Le club des gouvernantes n'avait commencé à exercer que deux mois plus tôt, mais déjà sa réputation s'était largement répandue. Certes, les habitants des villages voisins regardaient encore d'un œil méfiant ces jeunes femmes célibataires qui vivaient en toute indépendance. Cependant, ils ne pouvaient nier la qualité de l'enseignement qu'elles dispensaient à leurs enfants.

Mais ce n'était pas un client qui l'attendait. C'était Jacob. Ici. Dans son salon. Là où sa mère lui avait appris à servir le thé. Que d'heures elle avait passées entre ces quatre murs à coudre, broder, apprendre à recevoir, demander conseil à sa mère, et, plus tard, à pleurer chacun de ses parents ! Mais rien de tout cela ne l'avait préparée à la vue de Jacob Knightly au milieu de cette pièce.

L'effet que ces retrouvailles produisaient sur elle allait bien au-delà de ce qu'elle s'était imaginé ! Il était déjà dangereux lorsqu'il était simple précepteur, mais maintenant, vêtu de son beau costume de ville ? Ce Jacob Knightly-là était pire que tout : irrésistible. Il lui suffisait de le regarder pour sentir ses seins se tendre et son corps s'alanguir sous sa robe. Le pantalon couleur tabac qui lui moulait les hanches disparaissait dans des bottes d'un noir luisant. Sa cravate de lin ivoire était nouée en un nœud simple mais parfait. Sa redingote brune était si élégamment coupée qu'elle semblait avoir été cousue sur ses épaules. Quant à ses cheveux, longs et négligés lorsqu'il était précepteur, il les portait désormais courts, selon la dernière mode.

Non, elle ne pouvait nier que l'arrivée de ce nouveau Jacob Knightly mettait son cœur et ses sens en émoi. Et pourtant, tout en lui ne faisait que lui prouver, d'une manière criante, qu'elle n'appartenait pas à son monde.

— Miss Bannister, la salua-t-il en s'inclinant devant elle.

— Mr Knightly, répondit-elle avec une révérence.

Puis ils se dévisagèrent.

— Vous semblez vous porter à merveille. Est-ce le cas ? demanda-t-il.

— Oui, en effet. Et vous-même ?

— Je vais bien, je vous remercie.

À nouveau, ils se regardèrent en silence.

— Votre neveu est-il en bonne santé ?

— Il fait la fierté de ses parents, répondit Jacob en souriant. Ceci dit, il hurle sans arrêt.

Un nouveau silence.

— Je ne vous attendais pas avant cinq jours.

— Si je vous importune, j'en suis désolé. Voulez-vous que je revienne plus tard ?

— Non, non, ce n'est pas nécessaire.

— Pour l'amour du ciel ! intervint Louisa. Claire, cesse ces inepties et fais visiter le jardin à Mr Knightly !

Claire se sentit rougir légèrement avant d'esquisser un signe en direction de la porte.

— Aimeriez-vous faire le tour du jardin, Mr Knightly ?

— Bien volontiers.

Jacob lui offrit son bras et fut heureux qu'elle n'hésite qu'un court instant avant de l'accepter. Il ne s'expliquait pas sa propre attitude : jamais de sa vie il ne s'était senti si emprunté, si inquiet. Lorsqu'il l'avait demandée en mariage, déjà, son assurance habituelle semblait l'avoir déserté. Mais maintenant ? Son cœur et son bonheur étaient entre les mains de cette femme. Qu'allait-elle en faire ? À cette pensée, des gouttes de sueur commencèrent à perler sur son front.

Lorsqu'ils furent à l'extérieur, il remarqua que Claire frissonnait.

— Avez-vous froid ? Souhaitez-vous que j'aille chercher votre châle ?

— Non, tout va bien. J'aime la fraîcheur de l'automne.

— Vous passez beaucoup de temps dehors, n'est-ce pas ? demanda-t-il, tout en admirant son teint doré.

— Oui. Je me suis chargée de l'entretien du jardin. Nous n'avons pas encore tondu la pelouse, mais j'ai bêché et semé des graines de ce côté-ci, dit-elle en indiquant un carré de terre. La plupart des fleurs ne seront pas écloses avant le printemps, mais j'aime la vue du sol retourné : j'y vois une promesse.

— J'ai hâte de vous montrer les jardins de Maberly, notre duché. Ma mère leur consacre beaucoup de son temps, elle aussi. Elle en est très fière, à juste titre. Je lui ai parlé de vous, et elle se réjouit à l'idée de faire votre connaissance.

Claire se tut à l'évocation de sa famille. Il s'assombrit aussitôt : ce n'était pas bon signe. Il s'efforça de s'endurcir, de se préparer peu à peu au pire.

— J'aimerais un jour creuser un chemin entre ces arbres, reprit-elle en lui montrant un bosquet. La végétation y est intéressante, et cela serait utile à Sara, pour ses leçons de science. Elle a beaucoup aimé la façon dont vous avez enseigné à Peter et Michael l'énergie potentielle et l'énergie réelle.

— Pour l'amour du ciel, Claire, faites cesser cette torture ! s'écria-t-il en l'arrêtant soudain. Avez-vous une réponse à me donner, ou vous faut-il plus de temps ?

— J'ai une réponse à vous donner, répondit-elle d'une voix douce.

Il recula de quelques pas et lui tourna le dos pour composer son attitude. Le visage de Claire, sa posture, sa façon d'être, tout semblait annoncer son refus.

Prenant son courage à deux mains, il se tourna à nouveau vers elle.

— Avant que vous ne me donniez votre réponse, je tiens à vous dire que, si vous refusez de m'épouser, je ne renoncerai pas pour autant. Je continuerai à vous poursuivre. Vous ne vous débarrasserez pas de moi en me disant non.

Claire le regarda, offusquée.

— Avez-vous l'intention de me persécuter jusqu'à ce que je me soumette à votre bon vouloir ? Est-ce là ce que vous appelez une demande en mariage ?

— Nul ne peut vivre sans son cœur ; c'est là la triste réalité. Et, puisque vous possédez le mien, je n'ai d'autre choix que de rester dans votre vie. Je vous aime, Claire. Je ne renoncerai pas à vous. Je ne renoncerai pas à nous.

— Cela ne fonctionnera jamais.

— Je ne suis pas d'accord avec vous.

— Nous avons toujours été en désaccord sur les questions importantes.

— Dans ce cas, défendez votre position. Pourquoi cela ne fonctionnerait-il pas ? Dressez-moi une de ces listes que vous aimez tant !

— Très bien, mais c'est vous qui aimez les listes, et non moi. Premièrement, il y a le club des gouvernantes. Nous venons de nous établir ici et nous sommes en train de nous forger une réputation. Je ne mettrai pas tous nos efforts en péril.

— Rien ne vous empêche de continuer à exercer ici, à Ridgestone, répliqua-t-il en s'approchant d'un pas. Argument rejeté !

Elle recula d'autant, le regardant d'un air désapprobateur.

— Deuxièmement, rien ne garantit que vous resterez aussi généreux. Or, vous aurez une influence sur le sort de notre entreprise.

— Pourquoi cela ? demanda-t-il en avançant de nouveau d'un pas.

— Si je vous épouse, répondit-elle en reculant à nouveau, tous mes biens vous reviendront. Vous serez donc le propriétaire de Ridgestone et, en tant que tel, vous aurez le pouvoir d'en chasser mes amies.

— Argument rejeté, là aussi ! J'ai déjà demandé à mon notaire de rédiger un contrat de mariage indiquant que Ridgestone restera à votre nom.

— Que dites-vous ?

— Je ne souhaite aucunement posséder cette maison. J'y vivrai avec vous, mais elle vous appartiendra. Vous rêviez de revenir à Ridgestone pour en être la maîtresse et la propriétaire. Je ne vous volerai pas ce rêve.

Un pas en avant.

— Oh ! fit-elle, déconcertée, esquissant rapidement un pas en arrière. Mais je n'ai pas encore fini de vous payer !

Il haussa les épaules et avança encore d'un pas.

— Dans ce cas, continuez à le faire.

— Cela n'a pas de sens ! Mon argent serait le vôtre : cela reviendrait à ne pas vous payer du tout.

Un pas en arrière.

— Je placerai chaque sou que vous me verserez dans un fonds destiné à nos filles, afin qu'elles ne se trouvent jamais dans la situation que vous avez connue.

Un pas en avant.

— Nous ne vivrons jamais dans l'abondance ni le luxe, mais je dispose d'une fortune suffisante pour faire vivre une famille modestement.

Esquissant un nouveau pas en arrière, Claire heurta un arbre.

— Nos filles ? Ne souhaitez-vous pas avoir de fils ?

Il fit un dernier pas en avant et s'appuya d'une main contre l'arbre, tandis qu'il posait l'autre sur la joue de Claire.

— Ce que je souhaite, c'est que nous ayons des enfants en bonne santé, filles ou garçons. Je serais le plus heureux des hommes si nous avions des filles et des fils, mais croyez-moi lorsque je vous dis que ce que je veux le plus au monde, c'est vous. Je ne vous décevrai pas, je ne vous abandonnerai pas, ni vous ni nos enfants, comme votre père l'a fait.

— Mon père ne m'a pas déçue ni abandonnée, murmura-t-elle.

— Si, ma chère, dit-il en lui caressant la pommette. Je ne peux le condamner entièrement, car sans lui, nous ne nous serions pas réunis. Mais vous n'auriez jamais dû endurer les épreuves que vous avez traversées. Désormais, je dédierai ma vie à votre bonheur et à votre sécurité.

— Malgré tout, cela ne peut pas fonctionner.

— Pourquoi donc ?

— Parce que vous êtes le fils d'un duc ! Regardez ma robe, et regardez votre bel habit ! Vous avez été élevé dans la grandeur et la richesse. Moi, j'ai été élevée ici ! Vous êtes le fils d'un duc et je suis la fille d'un gentilhomme campagnard. La fille de personne.

— Vous êtes la femme que j'aime, la femme que je veux épouser. Toutes ces choses dont vous parlez ne représentent rien ! Ces vêtements ne sont rien ! Parviendrais-je à vous faire entendre raison, si je ne les portais pas ?

Il s'écarta d'elle et se débarrassa de sa redingote.

— Que faites-vous ? s'écria-t-elle, tandis qu'il arrachait sa cravate et déboutonnait son gilet.

— Je vous montre que sous cet habit, je ne suis qu'un homme. Comme vous n'êtes qu'une femme, Claire.

Le gilet rejoignit les autres vêtements sur le sol.

— Ces effets ne sont que, des attributs frivoles. La vie est plus facile avec eux, mais ils n'ont rien d'indispensable.

— Jacob, arrêtez ! lui intima-t-elle, comme il commençait à tirer sa chemise hors de son pantalon.

Tout en jetant des regards autour d'eux, elle plaça une main sur son torse pour l'empêcher d'aller plus loin.

— On pourrait vous voir !

À travers l'étoffe, elle sentait sa chaleur. Ses muscles fermes vibraient au rythme de son cœur. Elle lécha ses lèvres soudain devenues sèches en imaginant le goût de sa peau sur sa langue.

Il lui prit la main et lui embrassa fiévreusement les doigts.

— Je ne suis qu'un homme, Claire. Rien de plus, rien de moins.

— Mais que ferez-vous ici ?

— Ce que je voudrai ! répondit-il en haussant les épaules. Ce que vous voudrez ! Je pourrais administrer la propriété pour que vous puissiez vous consacrer à l'enseignement. Je pourrais apprendre à nos enfants à diriger une maison et les doter d'autres talents qui leur seront nécessaires au cours de leur vie. Je pourrais être votre professeur de danse. Je pourrais aider Miss Hurst à enseigner le latin et le grec. Mais surtout, je serai votre mari, votre compagnon. Je serai à vous, Claire.

Elle plongea les yeux dans les siens.

— Est-ce vraiment possible ?

— M'aimez-vous ? demanda-t-il, le visage soudain grave.

— Terriblement !

— Alors oui, je suis convaincu que c'est possible. Quoi qu'il en soit, ajouta-t-il avec un sourire malicieux, ce sera amusant d'essayer !

— Alors, faites-moi à nouveau votre demande, répondit-elle en éclatant de rire.

Il posa un genou à terre et leva les yeux vers elle.

— Claire, voulez-vous me prendre pour époux, dans la richesse comme dans la pauvreté, dans la santé comme dans la maladie, sans titre, quels que soient les vêtements que je porterai et malgré ma naissance, sur laquelle je n'ai aucun pouvoir ?

— Je le veux.

— Dieu soit loué !

Il se leva, la prit dans ses bras et enfin, enfin, l'embrassa à en perdre le souffle.

Remerciements

Je tiens à remercier toute l'équipe d'Avon Impulse pour avoir mis ces pages en forme, et surtout mon éditrice, Tessa Woodward, pour m'avoir donné ma chance et accordé son infinie patience. Ce livre n'aurait pas vu le jour sans elle. Un grand merci également à Toby Anne, toujours prête à m'apporter son aide et à couper les cheveux en quatre avec moi. Elle a été présente à chaque moment, un verre de vin à la main et des paillettes dans les cheveux.

BONNIE

Chapitre 1

Ma très chère Claire,

Toutes mes félicitations pour tes fiançailles avec Mr Knightly. J'ai été enchantée d'apprendre cette bonne nouvelle, car tu mérites plus que quiconque d'être heureuse. Ce monsieur n'aurait-il pas, à tout hasard, un frère célibataire que tu pourrais me présenter ? J'ose à peine l'avouer, mais en écrivant cette lettre, je ris toute seule de cette plaisanterie pitoyable. Il est vrai que nous avons grand besoin de légèreté à Darrowgate, ces temps-ci.

Je regrette sincèrement de ne pouvoir être à tes côtés pour la préparation de ton mariage. Je ne peux tout bonnement pas quitter les enfants en un tel moment. Le bouleversement que causerait mon départ, si peu de temps après la tragédie qui a emporté leurs parents, aurait un effet dévastateur sur eux. Henry déambule dans le manoir avec l'air de porter le poids du monde sur ses frêles épaules. Jamais je n'ai vu vicomte aussi jeune ni aussi solennel. Quant à Arthur… pauvre enfant ! Il me suit partout. Nous ne l'avons pas entendu prononcer un seul mot depuis ce triste jour, et il a recommencé à sucer son pouce peu après l'enterrement.

Ce n'est pas tout, malheureusement, et je sens mes joues brûler de colère et d'indignation à la seule pensée de ce que je m'apprête à te raconter. J'ai souvent entendu l'expression « les rats quittent le navire », mais je n'avais encore jamais vécu de situation à laquelle elle puisse s'appliquer. L'un après l'autre, les domestiques ont abandonné Darrowgate. Ont abandonné Henry et Arthur, pour parler franchement. Le tuteur désigné par testament par feu le vicomte Darrow n'est pas encore arrivé. Quant à Mr Renard, il refuse de lever la somme nécessaire pour payer les gages des employés, sous prétexte que ce serait outrepasser ses pouvoirs. On croit rêver ! Depuis que je travaille ici comme gouvernante, l'intendant a toujours payé tous les gages. Plusieurs de nos bonnes ont l'habitude d'envoyer de l'argent à leur famille. Je sais également que le maître d'écurie a une femme et trois jeunes enfants à nourrir, et il est loin d'être le seul dans ce cas. Mais Mr Renard craint d'outrepasser ses pouvoirs !

Sachant cela, puis-je vraiment reprocher aux domestiques de fuir devant un avenir aussi incertain ? Une partie de moi ne peut s'en empêcher. N'ont-ils donc aucune loyauté envers Henry et Arthur ? Ni envers la vicomté ? La plupart d'entre eux sont ici depuis plus longtemps que moi ; pourtant ils ont pris la fuite dès la première difficulté. Peut-on demander à un garçon de huit ans de diriger une maison ? Je ne sais ce qui me rend le plus furieuse : la déloyauté des serviteurs ou le fait qu'ils abandonnent sans le moindre état d'âme deux orphelins que rien n'a préparé à vivre sans leurs parents. L'honneur et l'intégrité ne font-ils plus partie des valeurs de la classe des domestiques ? J'ai honte d'appartenir à la même catégorie que ces gens, et je suis certaine que Sara, Louisa et toi en diriez autant.

Je dois me montrer complètement honnête avec toi, très chère Claire. Même si nous sommes bien loin l'une de l'autre, je sens ton regard posé sur moi. Tu me questionnes en silence et attends patiemment mes réponses. Tes inquiétudes ne sont pas sans fondement. Je ne me suis pas totalement remise de l'accident, moi non plus. Il m'arrive de me réveiller au milieu de la nuit, hantée par les hurlements du vicomte et de la vicomtesse, mêlés aux hennissements des bêtes. As-tu jamais remarqué comme les cris des êtres humains et des chevaux se ressemblent ? À d'autres moments, le souvenir de la calèche qui bascule dans le vide est si vif que j'ai l'impression de vivre à nouveau cette scène terrible. Aujourd'hui encore, le bruit d'une voiture qui approche me paralyse. Je refuse de forcer les garçons à monter en calèche, mais peut-être est-ce pour mon bien davantage que pour le leur.

Bien sûr, il me serait plus facile d'oublier, si je quittais Darrowgate. Mais, même si je ne souffrais pas de cette récente aversion pour les voitures à cheval, je refuserais d'abandonner Henry et Arthur dans l'état de fragilité où ils se trouvent. Il vaut mieux pour tout le monde que je reste jusqu'à l'arrivée du tuteur, j'en suis convaincue. J'ai bon espoir que cela soit pour bientôt : il s'est déjà écoulé plus d'un mois depuis l'accident.

Je compte sur toi pour faire part à Louisa et à Sara de mon regret de ne pouvoir rejoindre le club des gouvernantes pour l'instant. Tu le vois, les circonstances présentes ne sont guère idéales. Mais je t'en prie, ne leur parle pas de mes propres difficultés. Je ne veux surtout pas vous causer d'inquiétude : vous avez tant à faire pour préparer ton mariage et asseoir la réputation du club ! Je vais me rétablir ; ce n'est qu'une question de temps.

Vous me manquez, mes chères amies, mes sœurs.

Avec toute mon amitié,

Bonnie

Chapitre 2

Octobre 1822

Bonnie s'efforça d'afficher un sourire confiant en regardant le garçonnet blond qui marchait à ses côtés.

— Je suis sûre que nous aurons plus de succès la prochaine fois.

Henry leva les yeux vers elle sans sourire ni partager son enthousiasme.

— C'est trop tard pour cette année, je crois. Ce n'est pas une bonne période pour la pêche.

Il fit passer les deux cannes qu'il portait d'une épaule sur l'autre.

— Et les vers sont difficiles à trouver, poursuivit-il. Vous m'avez dit que plus il faisait froid, plus ils s'enfonçaient profondément dans la terre.

— C'est vrai. Mais il ne fait pas encore assez froid pour qu'ils hibernent, à mon avis. Certes, ils se cachent plus loin, mais n'entrent en hibernation qu'à l'approche des premiers gels.

— Je m'en souviens, répondit Henry.

— Il faudra que nous creusions plus profond, voilà tout,

reprit-elle avec une gaieté forcée. Qu'en dites-vous, Arthur ? Voulez-vous que nous allions creuser des trous dans le jardin ?

Comme elle serrait la main du petit garçon de trois ans, celui-ci se contenta de tourner vers elle ses yeux marron, emprunts de gravité.

— Maman n'aime pas que l'on abîme son jardin, fit doucement remarquer Henry. Et papa dit qu'il vaut mieux capturer des vers la nuit, pour qu'elle ne puisse pas nous voir. Elle ne serait pas contente que l'on creuse des trous profonds.

Bonnie ferma les yeux en réprimant un soupir.

— Monsieur, je ne crois pas que votre mère vous reprocherait de chercher des vers pour la pêche.

— Tout de même, j'aime mieux ne pas le faire.

Tous trois parvinrent au sommet de la colline et Darrowgate apparut sous leurs yeux. La propriété, offerte avec la vicomté par le roi Henry VII, avait été bâtie en forme de H, en son honneur. Comme ils approchaient, la grande bâtisse de pierre rouge s'imposa au sein du paysage, héritage majestueux des Darrow.

Bonnie traversa le jardin avec les enfants, Henry fixant la maison de son air impassible, Arthur, qui avait provisoirement ôté son pouce de sa bouche, attrapant sur son passage quelques fleurs tardivement écloses. Lorsqu'ils eurent grimpé les quatre petites marches de la terrasse, son pouce avait déjà regagné sa place.

Ils pénétrèrent dans le hall par la porte de derrière.

— Burdis ! appela Henry.

Le majordome, un homme d'une forte corpulence, accourut aussitôt.

— Veuillez informer Mrs Dabbs qu'il n'y aura pas de

poisson pour agrémenter le dîner de ce soir, lui dit-il en lui tendant ses cannes à pêche.

— Bien sûr, monsieur. Vous aurez plus de chance la prochaine fois. Hodges, ajouta-t-il en se tournant vers Bonnie, un monsieur Montgomery attend dans le salon.

— Il a demandé à me voir ? demanda-t-elle, intriguée.

— Il a demandé le vicomte. Il ne semble pas au fait des récents événements, ajouta Burdis en baissant la voix. C'était un ami de Monsieur.

— Oh.

Surprise, Bonnie prit une profonde inspiration et se pencha vers Henry.

— Si nous allions accueillir ce visiteur, monsieur ?

L'enfant la regarda sans se départir de son air sérieux.

— Vous n'êtes pas obligée de m'appeler « monsieur ». Je suis toujours Henry.

Elle s'agenouilla pour se placer à sa hauteur.

— C'est vous le vicomte, à présent, et l'usage veut que l'on s'adresse à vous ainsi. Vous allez devoir vous y habituer.

— En tant que vicomte, j'insiste pour que vous m'appeliez Henry, comme vous l'avez toujours fait. Et, précisa-t-il en se tournant vers Burdis, j'exige que les domestiques vous appellent « Miss Hodges ».

Le majordome accueillit la consigne d'un signe de tête.

— Mr Montgomery vous attend, dit-elle à Henry avec un faible sourire, tout en lissant les revers de sa redingote.

Le garçonnet fit signe qu'il était prêt, et tous trois se dirigèrent vers le salon.

Bonnie pénétra dans la pièce entourée d'Arthur, qui ne lui lâchait pas la main, et de son grand frère, épaules droites et menton haut. Ils trouvèrent Mr Montgomery devant le feu, qui se réchauffait les mains.

Lorsque ce dernier les vit, il se dirigea vers eux en les examinant d'un œil perçant, avant de s'arrêter devant l'aîné des enfants.

— Henry, dit-il, un soupçon d'accent écossais dans la voix. Comme tu as grandi ! Te souviens-tu de moi ?

Henry ne répondit pas. Bonnie, qui l'observait, devina aux mouvements de sa gorge qu'il s'efforçait en vain d'émettre un son. Elle posa la main sur son épaule : le pauvre enfant était pétrifié.

Le visiteur se tourna alors vers son petit frère.

— Tu es Arthur, n'est-ce pas ?

L'intéressé, qui semblait plus petit encore devant la haute taille de l'inconnu, échappa à son regard scrutateur en enfouissant son visage dans ses jupes. Ce fut alors sur elle que l'homme posa, sans ciller, ses yeux marron.

— Vous êtes… ? demanda-t-il.

Aussitôt, elle exécuta une courte révérence, baissant les yeux.

— Hodges, monsieur. La gouvernante.

— Ainsi, les garçons souhaitaient me voir ? Ils ont donc appris que leur oncle était arrivé ?

— J'ignorais qu'ils avaient un oncle, répondit-elle avec étonnement.

— Je les verrai plus tard. J'attends le vicomte, dit-il, en la congédiant d'un signe de la main.

Henry ouvrit la bouche comme s'il s'apprêtait à parler, mais aucun son ne franchit ses lèvres.

Elle parla donc pour lui, d'une voix douce mais ferme.

— Henry est le vicomte, monsieur.

— Je sais parfaitement qui est le vicomte, Miss Hodges, dit Mr Montgomery en fronçant les sourcils. Je suis un ami de leur père.

Henry se serra contre elle, sans aller toutefois jusqu'à se cramponner à ses jambes comme le faisait son frère.

— J'ai le regret de vous informer que le vicomte et son épouse ont récemment péri dans un accident de calèche. C'est Henry le vicomte, à présent.

— Impossible !

— C'est la vérité, je vous l'assure.

Jetant un regard autour de lui, Mr Montgomery sembla enfin remarquer l'atmosphère de deuil qui régnait dans la pièce. Il cacha son visage dans ses mains et s'éloigna de quelques pas, lui tournant le dos.

— Quand est-ce arrivé ?

— Il y a deux mois.

— Fichus porteurs de courrier ! crut-elle l'entendre marmonner.

Puis il se tourna vers elle.

— Qui remplace le maître de maison ?

— Pardonnez mon impertinence, monsieur, mais je ne vois pas en quoi cela vous concerne.

— Une gouvernante vient de m'apprendre le décès d'un ami, répliqua-t-il en la considérant d'un air sévère. Alors, épargnez-moi vos remarques, et répondez à la question !

Bonnie ne détourna pas les yeux.

— Nous attendons le tuteur que le vicomte Darrow a désigné dans son testament.

— Il n'est toujours pas arrivé ? Après deux mois ?

— De toute évidence, non. S'il était présent, vous ne seriez pas contraint de vous abaisser à converser avec une gouvernante.

Malgré sa remarque cinglante, il resta impassible.

— Qui est ce tuteur ? demanda-t-il d'un ton froid. Le vicomte était un ami cher, et je m'inquiète pour ses enfants.

— Je l'ignore, répondit-elle en contemplant les cheveux d'Arthur. Je n'étais pas présente lors de la lecture du testament, et Mr Renard n'a pas jugé bon de m'en informer.

— Eh bien, faites venir ce Mr Renard.

— Il n'est pas ici pour le moment. Mais Mr Burdis en sait peut-être plus que moi.

Comme il hochait la tête, elle sonna le majordome.

— Mr Burdis, connaissez-vous le nom du tuteur des enfants ? s'enquit-elle.

— Il se trouve que oui, Miss Hodges, dit celui-ci après une hésitation. Mais je ne suis peut-être pas censé l'avoir entendu, si vous voyez ce que je veux dire.

— Vous êtes trop vertueux, commenta Bonnie, amusée. Rassurez-vous, il n'y a pas de prêtre parmi nous.

Un mince sourire fendit les lèvres du majordome.

— Qui est le tuteur, Burdis ? demanda leur visiteur, qui commençait visiblement à s'impatienter.

Burdis le regarda d'un air offensé.

— C'est vous, monsieur. Le vicomte Darrow a désigné Sir Stephen Montgomery comme tuteur pour ses enfants.

Chapitre 3

Droit, les mains jointes dans le dos, Stephen se recueillait devant les deux tombes fraîchement creusées. La lecture des épitaphes rendait la réalité plus douloureuse encore : George Darrow, son ami depuis près de vingt ans, était bel et bien mort, tout comme son épouse Roslyn.

— Je suis désolé, mon cher George, dit-il doucement, la gorge serrée. Si seulement j'étais arrivé plus tôt ! Mais je ne puis revenir en arrière. Sois certain que je remplirai mon rôle de tuteur avec le plus grand sérieux. Tes fils feront honneur à ta mémoire.

Il posa les mains sur les pierres tombales et poussa un profond soupir.

— Vous allez me manquer terriblement, tous les deux.

Puis il sortit du cimetière et sauta en selle, s'éloignant de l'église pour rentrer à Darrowgate, où une multitude de tâches l'attendaient, la première étant de s'entretenir avec la femme qui l'avait accueilli.

— Burdis, envoyez-moi la gouvernante.

— Bien, monsieur, mais elle est en train de déjeuner à la nurserie.

— Tout de suite ! ordonna-t-il, avant de gagner le bureau d'un pas ferme.

Mais lorsqu'il s'assit dans le fauteuil de son ami décédé, un sentiment étrange l'envahit. Il avait beau savoir que c'était impossible, il eut l'impression que la chaleur de George imprégnait encore le cuir usé.

Lorsque la gouvernante arriva, les deux garçons à ses basques, il avait repris ses esprits. Il ne brisa le silence que lorsque tous trois se tinrent debout devant le bureau.

— Je ne vous ai pas demandé d'amener les enfants.

— Sauf votre respect, monsieur, ils ne me quittent pas.

— La protection zélée dont vous les entourez vous honore, mais ils peuvent tout à fait rester avec une bonne quelques minutes. Faites-en venir une.

— Vous ne m'avez pas bien comprise, monsieur. Ce sont les enfants qui ne veulent pas me quitter, et non l'inverse.

Il la considéra un instant, mécontent.

— Ridicule ! Appelez une bonne ou un valet de pied.

Il la suivit des yeux tandis qu'elle se dirigeait vers la porte pour exécuter ses ordres, les garçons toujours derrière elle. Pendant qu'ils attendaient, il se réjouit de la trouver plus docile que la première fois. Peut-être était-elle assez intelligente pour comprendre que, si elle avait momentanément joui d'un certain pouvoir dans cette maison, elle ne pouvait décemment le conserver.

Il fut interrompu dans ses réflexions par le soudain chahut des enfants, qui se défendaient bec et ongles contre les domestiques venus les emmener. Henry injuriait un valet de pied comme seul un enfant de huit ans sait le faire, tout en agitant en tous sens les bras et les jambes. Quant à Arthur, il se cramponnait si farouchement à sa gouvernante que celle-ci était entraînée avec lui hors du bureau. Lorsque enfin le valet réussit à sortir de la pièce, emportant Henry dans ses bras, ce dernier se dégagea pour revenir en courant s'agripper à l'autre jambe de la jeune femme, non sans augmenter le volume sonore de ses protestations.

— Assez! tonna Stephen, couvrant le tumulte de sa voix.

Tout le monde se figea.

— Très bien, j'ai compris.

— Ils resteront assis en silence, monsieur.

La gouvernante poussa doucement les garçons vers un sofa situé de l'autre côté de la pièce.

— Ils ne nous dérangeront qu'en cas de nécessité.

— Comment expliquez-vous cet... attachement? demanda-t-il en jetant un regard aux enfants.

Elle l'examina un moment, avant de baisser les yeux vers le bureau.

— Ils ont été témoins de la mort de leurs parents, et je me trouvais avec eux, lorsque c'est arrivé.

— Et depuis, ils sont constamment avec vous... Pardonnez-moi, j'ai oublié votre nom.

— Hodges, monsieur. Oui, constamment. Même la nuit: s'ils se réveillent et que je ne me trouve pas dans la pièce, ils sont pris d'une panique semblable à celle que vous venez de constater.

— Je vois.

Stephen se passa la main sur le front avant de changer de sujet.

— Pourquoi y a-t-il si peu de domestiques, ici?

— Ils ont commencé à quitter le manoir voici plusieurs semaines, lorsque Mr Renard nous a fait comprendre que nos gages ne seraient pas payés sans l'approbation du tuteur.

— Qui est ce Renard? C'est la deuxième fois que vous mentionnez son nom.

— Mr Renard est l'intendant de feu monsieur le vicomte.

— Et c'est lui qui dirige la maison?

— Jusqu'à l'arrivée du tuteur.

— Je veillerai à redresser la situation. Il semble qu'il y ait beaucoup à faire.

Il observa les mains de la jeune femme, tandis qu'elle les croisait devant elle. L'espace d'un instant, il fut distrait par leur petitesse. C'étaient des mains fines et délicates, dont elle se servait avec douceur, posément. Elles lui faisaient penser à un champ de bruyère balayé par le vent : une apparente fragilité qui cachait en réalité une force inattendue.

— Pourquoi être restée, si vos gages n'étaient pas payés ? demanda-t-il en relevant la tête pour scruter son visage.

Elle le considéra brièvement avant de répondre.

— Les garçons ont rapidement formé ce nouvel attachement. Il aurait été cruel de les quitter à mon tour.

— Une attitude admirable, commenta-t-il avec un hochement de tête.

Elle se tourna furtivement vers les enfants, avant de le regarder droit dans les yeux.

— Henry et Arthur ont subi un choc violent et ils sont très perturbés, expliqua-t-elle à voix basse. Ils ont besoin d'être pris en charge par une personne en qui ils ont confiance. Or, ils me connaissent, et j'ai de l'affection pour eux. Mon attitude n'a rien d'admirable.

Il n'en revenait pas. Voilà que ce petit bout de femme lui faisait la leçon ! De toute évidence, sa remarque l'avait offensée, et elle n'avait pas peur de le lui faire savoir !

— Je vous demande pardon, Hodges. Je voulais simplement dire que votre sens du devoir était admirable.

— *Miss* Hodges !

L'intervention de Henry les fit tous deux sursauter. Sa voix aiguë, légèrement chevrotante, trahissait la tension dont il était la proie.

— Je vous demande pardon, Miss Hodges, corrigea Stephen, après un bref coup d'œil dans la direction du garçonnet.

Elle accepta ses excuses en inclinant la tête.

— Avez-vous d'autres questions ?

— Non, ce sera tout pour le moment.

Il attendit que la porte se referme derrière eux avant de tirer une feuille de papier froissée de la poche intérieure de sa redingote. Il la déplia, avant de la lisser sur le sous-main du bureau. La lettre de George, qu'il avait déjà lue plusieurs fois, prenait désormais un nouveau sens. Il parcourut son contenu des yeux avant de s'arrêter sur un passage.

Il se prépare quelque chose, Stephen, et je n'arrive pas à mettre le doigt dessus. Chaque jour qui passe me voit plus inquiet, non pour moi-même, mais pour ma famille. Cela a commencé par des incidents, d'abord anodins, puis plus graves ; des événements que j'arrive de moins en moins à m'expliquer. Tu dois venir, je t'en supplie. Tu as toujours été doué pour élucider les mystères. La sécurité et le bien-être de ma famille sont entre tes mains. J'ai confiance en toi plus qu'en personne d'autre.

La lettre était datée de cinq jours avant sa mort, mais lui-même ne l'avait reçue que deux semaines plus tard. Il avait eu beau se hâter de clore ses affaires en cours, ensuite, il n'était arrivé au secours de son ami que deux mois après, alors qu'il était trop tard.

Mais à quoi bon se lamenter sur le passé ? Tout ce qu'il pouvait faire, à présent, c'était accomplir les derniers souhaits de son ami, en retrouvant son meurtrier.

Chapitre 4

Bonnie laissa la porte légèrement entrebâillée de façon à ce qu'un rai de lumière fende l'obscurité de la chambre. Elle profitait du sommeil des garçons pour s'éclipser un moment, en priant pour qu'ils ne se réveillent pas en son absence.

C'était le seul moment de la journée qui lui appartenait vraiment, et elle se réjouissait de prendre une tasse de thé dans la chaleur de la cuisine. Avec un peu de chance, Mrs Dabbs aurait même préparé une petite assiette de biscuits à son intention.

Elle descendit l'escalier, faisant glisser ses doigts le long de la rampe. Toute à ses rêves de biscuits, elle ne remarqua pas tout de suite la silhouette qui se tenait entre les deux volées. S'arrêtant, elle reconnut la haute stature de Sir Stephen. Les mains derrière le dos, il contemplait un portrait du vicomte et de son épouse. Malgré la distance qui les séparait, l'intensité de son regard ne lui échappa pas.

Que faire ? De toute évidence, elle le surprenait dans un moment d'intimité. Comment passer derrière lui sans troubler sa tranquillité ?

Embarrassée, elle envisagea d'emprunter l'escalier de service le plus proche. Mais il lui faudrait pour cela remonter à l'étage et traverser deux couloirs. Avec le temps limité dont elle disposait, était-ce bien judicieux ?

— Je vous entends réfléchir, Miss Hodges !

Elle ne put retenir un petit cri.

— Pardonnez-moi, monsieur. Je ne voulais pas vous déranger.

— Je ne fais que regarder un portrait, répondit-il en se tournant vers elle.

— Certaines personnes n'aiment pas être distraites lorsqu'elles observent un tableau. Elles disent que cela gâche leur plaisir.

— Vous avez rencontré de tels amateurs de peinture ? demanda-t-il, visiblement étonné.

Elle plongea les yeux dans les siens l'espace d'un instant.

— Oui, des amateurs farouchement opposés à ce qu'on autorise de jeunes garçons à entrer dans un musée. Nous avons préféré fuir devant leurs remontrances.

Un sourire passa brièvement sur le visage de Sir Stephen, qui se tourna à nouveau vers le portrait.

— Une gouvernante qui reconnaît l'importance d'une éducation artistique. Très moderne !

— Sans doute, monsieur, acquiesça-t-elle, non sans un certain agacement. Je vous prie de m'excuser.

Elle passa derrière lui en prenant soin de ne pas le frôler avec ses jupes, et poursuivit son chemin en direction de la cuisine.

Elle venait de se servir une tasse de thé lorsqu'il apparut dans l'encadrement de la porte. Pendant un long moment, ils se dévisagèrent. Enfin, sans prononcer un mot, elle alla chercher une seconde tasse dans le buffet, la remplit de liquide fumant et s'assit.

Il prit place en face d'elle et fit glisser la tasse vers lui.

— Je croyais que vous ne pouviez pas quitter les garçons, dit-il en ajoutant du sucre dans son thé.

Bonnie choisit un biscuit sur l'assiette que la cuisinière avait laissée sur la table.

— Je m'arrange pour avoir quelques minutes à moi chaque soir, lorsqu'ils sont enfin endormis. Je fais en sorte de retourner dans la chambre avant que l'un d'eux ne risque de se réveiller.

Mordant dans le biscuit, elle poussa un soupir de contentement, tandis qu'une saveur exquise envahissait son palais.

— Parlez-moi de l'accident, lui demanda Sir Stephen, sans prêter attention à l'assiette de gourmandises.

Elle balaya d'une main les miettes tombées sur la table et avala une gorgée de thé pour se réconforter.

— Je n'en ai pas très envie.

— J'ai besoin de savoir. C'est important.

Elle leva les yeux vers lui. C'était étrange, d'être assise en compagnie d'un lord. De boire du thé avec lui dans la semi-pénombre d'une cuisine, comme si elle était son égale. Malgré la dureté de son visage, elle ne se sentait ni menacée ni intimidée. Depuis qu'elle l'avait surpris dans l'escalier, elle savait qu'il cherchait des réponses à propos de la mort de son ami.

Elle prit le biscuit qui restait sur l'assiette. Dieu merci, Mrs Dabbs avait la sagesse de ne jamais lui en laisser plus de deux ; son tour de taille aurait eu tôt fait d'en pâtir !

— Ce n'est pas une histoire plaisante, dit-elle.

— J'ai besoin de savoir, répéta-t-il.

Elle rassembla alors son courage.

— Les garçons et moi étions allés nous rafraîchir au bord de la rivière. Ils veulent toujours que je me baigne avec eux ; je préfère m'asseoir sur un rocher et simplement tremper les pieds dans l'eau. C'est un endroit idéal pour nager, mais ils l'aiment surtout car, de là, ils peuvent voir les voitures qui franchissent le pont. Lorsqu'ils aperçoivent la calèche de leurs parents, ils n'ont qu'à gravir la colline en courant, et ils arrivent au manoir en même temps qu'eux.

Elle poursuivit son récit en se perdant peu à peu dans ses souvenirs.

— Henry et Arthur se baignaient tout en surveillant le pont, car ils attendaient leurs parents. De là où nous nous trouvions, tout semblait normal, et je ne comprends toujours pas ce qui est arrivé. La calèche est apparue au tournant. Les garçons jouent toujours à qui la remarquera le premier. Ce jour-là, c'est Henry qui a gagné. Ils se sont mis à faire de grands signes et à pousser des cris pour attirer l'attention de leurs parents. Lady Darrow les a salués par la fenêtre, tandis que la voiture s'engageait sur le pont.

« J'ai soudain entendu un grand craquement. Le pont a commencé à s'ébranler, puis à s'affaisser. La calèche était à mi-chemin ; le cocher n'a rien pu faire. Tout s'est déroulé très vite, mais le moment où j'ai vu le pont céder et la voiture tomber dans la rivière pour se fracasser sur les rochers m'a semblé interminable.

Les chevaux hennissaient. Je m'en souviens. Il a fallu les abattre. Nous n'étions plus là quand ils l'ont fait. Je ne sais combien de temps il m'a fallu pour réagir, mais j'ai pris les garçons par la main et je les ai conduits en toute hâte jusqu'au manoir. Mr Burdis a sans doute fait venir des hommes de la ville, mais je n'en suis pas sûre. J'ai conduit Henry et Arthur directement à la nurserie. Ni l'un ni l'autre n'ont dit un seul mot de tout le trajet.

*
* *

Miss Hodges se tut et contempla le mur d'un air absent. Elle porta sa tasse à ses lèvres et en but les dernières gorgées, qui devaient être tièdes.

— Sont-ils morts sur le coup ? demanda Stephen.

— On m'a dit que le vicomte s'était brisé le cou. Lady Darrow, elle, n'a pas eu cette chance. Lorsque les hommes l'ont trouvée, elle respirait encore, mais le rayon d'une roue lui avait transpercé le ventre. Elle a rendu l'âme peu après.

Il se laissa aller contre le dossier de la chaise et prit un moment pour absorber ces informations. En songeant que Roslyn avait péri d'une manière aussi atroce, il sentait une colère froide monter en lui. Dieu merci, la mort de George semblait avoir été rapide. Cela n'amoindrissait en rien sa perte ni sa peine, mais c'était tout de même une petite consolation.

Ils étaient si jeunes ! George avait le même âge que lui… Ils n'avaient pas mérité de finir leur vie ainsi ! Qui avait pu commettre un acte aussi ignoble ? Qui avait pu vouloir leur mort ? Tous deux formaient un couple généreux et attentionné. Ils n'étaient pas le genre de personne à s'attirer des ennemis.

Incapable de se contenir, il se leva brutalement en repoussant sa chaise et se dirigea à grands pas vers l'office.

Bonnie le regarda s'éloigner, interdite. Il claqua la porte si fort qu'elle s'ouvrit à nouveau derrière lui. Dans l'entrebâillement, elle le vit s'approcher des sacs de farine qui étaient entassés contre le mur. Sous ses yeux effarés, il se mit à les bourrer de coups de poing, jusqu'à en faire craquer les coutures. Sans desserrer les lèvres, il continua à les marteler violemment, dans un nuage de farine.

Au bout de quelques minutes, sa fureur sembla se dissiper. Il resta un instant debout, haletant, devant la farine gâchée. Enfin, il se lissa les cheveux en arrière, réajusta son gilet et, après avoir pris une profonde inspiration, revint dans la cuisine, où il regagna sa chaise.

Elle ne pouvait s'empêcher de le dévisager. Celui qui venait de déchaîner sa colère dans l'office était-il bien le même que l'homme calme et impassible qui lui faisait maintenant face ? Sans la couche de farine qui recouvrait ses vêtements et son visage, elle aurait juré que non.

— Puis-je avoir encore du thé, je vous prie ? demanda-t-il en poussant sa tasse vers elle.

Elle laissa échapper un gloussement incrédule, tout en tendant la main vers la théière. Elle voulut aussitôt réprimer cette manifestation de gaieté incongrue, mais sa tentative de se dominer produisit l'effet inverse. Ses mains se mirent à trembler, si bien que, lorsqu'elle voulut le servir, elle répandit une grande quantité de thé sur la nappe.

Incapable de résister davantage, elle reposa la théière et appuya le front contre la table, secouée de rires.

— Qu'y a-t-il de si amusant ? demanda-t-il d'une voix consternée.

Sa question redoubla l'hilarité de Bonnie.

— Si vous voyiez votre tête !

Elle pouffait, les bras repliés sur son ventre.

— Je vous en prie, dites-moi ce que mon apparence a de si drôle ! s'écria-t-il, courroucé.

*
* *

Cette femme avait-elle perdu la raison ? Se levant, Stephen saisit la première casserole qu'il trouva, pour y contempler son reflet.

Le visage qui le regardait était couvert de poudre blanche. En fait de visage, on ne voyait que ses yeux. Ses cheveux n'étaient guère plus présentables. En voulant les lisser, il n'avait réussi qu'à étaler généreusement de la farine sur un côté. Enfin, baissant la tête, il constata que le moindre de ses mouvements soulevait de petites volutes de farine, parfaitement visibles sur ses vêtements noirs.

Il se tourna vers la gouvernante, qui ne parvenait toujours pas à se contenir. Elle avait le visage rougi et des larmes ruisselaient sur ses joues. Devant la cocasserie de la situation, il sentit une onde se propager peu à peu en lui. Irrépressible, elle déferla jusque dans sa gorge, lui arrachant enfin un éclat de rire tonitruant.

Miss Hodges s'arrêta net devant cette explosion, et le regarda fixement, la poitrine haletante. Son expression devait être comique, car elle déclencha aussitôt chez elle un autre accès d'hilarité. Devant sa gaieté, il éclata à nouveau d'un énorme rire. Il avait beau ressentir de la honte devant son propre comportement, il éprouvait surtout un immense soulagement.

Ils continuèrent à s'esclaffer ainsi un long moment, avant de parvenir à retrouver leur souffle. Alors, il se rassit, détendu, tandis que la jeune femme séchait ses larmes. Après un silence, elle se leva pour attraper un chiffon et essuyer la table.

— Les deux garçons n'ont pas fermé l'œil durant les deux nuits qui ont suivi l'accident, dit-elle, soudain redevenue grave.

Il posa alors les yeux sur elle et eut envie de la réconforter, mais comment ? Il n'en avait pas la moindre idée.

Après un dernier soupir, elle s'inclina devant lui.

— Je dois retourner auprès des petits. Bonsoir, monsieur.

Ce retour aux conventions provoqua chez lui une réaction immédiate. Se redressant sur sa chaise, il la congédia d'un signe de la tête. Elle n'était, après tout, qu'une gouvernante.

Chapitre 5

Réveillée en sursaut, Bonnie se retrouva brusquement assise dans son lit, une sensation d'oppression dans la poitrine. Encore prisonnière de son cauchemar, elle continuait à entendre les cris et les hennissements, à voir le pont qui s'effondrait. Suffocante, elle s'extirpa des couvertures et tituba jusqu'à la fenêtre.

Elle appuya alors le front contre la vitre froide, espérant ainsi chasser son mauvais rêve par un retour à la réalité. Peu à peu, les images et les sons se dissipèrent dans son esprit et elle recouvra son calme.

Retournant près du lit, elle regarda les garçons endormis. Après l'accident, lorsqu'il était devenu évident qu'ils ne trouveraient pas le sommeil sans sa présence, elle les avait installés dans la chambre d'amis, qui possédait le plus grand lit, et y avait fait apporter un lit gigogne pour elle-même. En attendant qu'ils soient suffisamment sereins pour regagner leurs chambres respectives, cet arrangement satisfaisait tout le monde.

Avec un soupir de lassitude, elle considéra le petit sommier où elle passait ses nuits. Il n'avait aucun attrait pour elle, ne lui offrait aucune protection contre son cauchemar récurrent. Mais l'aube n'arriverait pas avant plusieurs heures, et elle ne pouvait rester éveillée tout ce temps, ni quitter les enfants pour se rendre dans une autre pièce.

Sans plus réfléchir, elle se glissa dans l'espace laissé entre les deux garçons, et remonta la couverture sur eux trois. Attirés par sa chaleur, les enfants se pelotonnèrent rapidement contre elle. Réconfortée par le contact de leurs deux petits corps, elle ne tarda pas à replonger dans un sommeil sans rêves.

Stephen grimaça en goûtant l'amertume de sa deuxième tasse de café. Il avait passé une mauvaise nuit, sursautant au moindre craquement, au moindre grincement que le manoir faisait entendre. À présent que George et Roslyn n'étaient plus là, l'endroit lui paraissait étrangement différent. Le lit lui avait semblé moins confortable, le feu plus aussi vif. Dieu merci, la table, elle, était toujours excellente !

Après avoir terminé son café d'une traite, il repoussa son assiette vide et se leva. Il avait du travail.

D'un pas décidé, il quitta la pièce et appela le majordome.

— Faites seller mon cheval, lui ordonna-t-il, lorsque celui-ci parut.

— Monsieur…, commença Burdis.

— Je serai absent la plus grande partie de la matinée, continua-t-il en se dirigeant vers l'escalier.

— Mais…, tenta à nouveau le majordome.

— Je n'ai pas de temps à perdre, Burdis ! le coupa-t-il.

— Je ne saurais mieux dire.

Stephen s'arrêta au milieu de l'escalier. Ne reconnaissant pas la voix qui avait prononcé ces mots, il s'apprêtait à interroger Burdis, lorsque ses yeux se posèrent sur l'homme qui venait de parler. Celui-ci se tenait à la porte du salon, les mains derrière le dos. Ses yeux, cerclés de lunettes rondes qui lui donnaient l'apparence d'un hibou, rencontrèrent brièvement les siens. Il les baissa aussitôt pour exécuter une respectueuse révérence.

Stephen finit de descendre, tout en examinant l'inconnu. Rares étaient les hommes devant qui il lui fallait lever la tête, mais celui-ci en faisait partie. Il était si grand et si mince que l'on était tenté de le comparer à une perche.

— Sir Stephen, quel soulagement d'apprendre que vous êtes arrivé ! Mr Sylvester Renard, pour vous servir, se présenta le grand escogriffe en se redressant.

Alors seulement la mémoire revint à Stephen : c'était l'intendant de George. Un homme plus âgé que lui, à en juger par les nombreuses mèches blanches qui parsemaient sa chevelure. Il fut frappé par l'étrangeté de sa mise : quoique classiques et bien coupés, ses vêtements étaient du même marron que les murs, ce qui donnait l'impression qu'il se fondait dans le décor. On dit parfois qu'un domestique doit savoir se rendre invisible ; Mr Renard semblait avoir appliqué cette règle à la lettre.

En étudiant plus attentivement sa silhouette, Stephen se dit qu'il ne résisterait pas longtemps à l'un de ces coups de vent cinglants dont l'Écosse était coutumière. Il était d'une telle maigreur que le premier souffle l'emporterait comme un fétu de paille.

— Je serais venu sans tarder, si j'avais été au fait de la situation, dit-il après avoir salué l'intendant d'un signe de tête. Je n'ai appris la nouvelle qu'hier, à mon arrivée.

— Oui, bien entendu.

Renard ajusta ses lunettes sur son nez.

— Perdre le même jour le vicomte et la vicomtesse est

une bien triste tragédie. Sachez, toutefois, que je demeure à votre disposition.

— Connaissez-vous des tragédies qui ne soient pas tristes ? demanda Stephen en haussant les sourcils.

— Non, bien sûr, monsieur.

— Mon cheval, Burdis, rappela alors Stephen en se tournant vers le majordome.

— Si je puis me permettre, l'interrompit Renard, de nombreuses d'affaires sont restées en suspens en raison de votre arrivée tardive. Peut-être n'est-ce pas le meilleur moment pour vous absenter ?

Stephen fixa la porte. Il avait projeté de se rendre jusqu'aux ruines du pont pour y rechercher des indices, des détails suspects. Ses chances de découvrir quoi que ce soit étaient déjà faibles : le mauvais temps, ainsi que les deux mois écoulés depuis l'accident, jouaient contre lui. Par conséquent, l'idée de retarder davantage son inspection ne lui plaisait guère.

Pourtant, Renard avait raison. Certes, la montagne de documents à traiter était telle qu'une ou deux heures d'attente de plus n'y changeraient pas grand-chose. Mais l'atmosphère funeste du manoir ne lui avait pas échappé. Les lieux n'étaient pas seulement frappés par le deuil, mais aussi par le ressentiment. Et, bien qu'il eût hâte d'en apprendre davantage sur la mort de ses amis, il savait que George et Roslyn auraient voulu qu'il se consacre avant tout au bien-être de leurs fils. C'était ce qu'il pouvait faire de mieux pour honorer leur mémoire.

— Burdis, je sortirai après le déjeuner, se ravisa-t-il. Veillez à ce que mon cheval soit prêt à temps.

*
* *

Stephen arrêta Emperor, son cheval, à un endroit qui lui paraissait idéal pour observer la rivière. Un nouveau pont de pierre avait été bâti en amont, à quelque distance de l'ancien, mais le lit de la rivière était encore jonché des ruines de la vieille structure de bois. Les arbres avaient déjà changé de couleur, l'herbe avait commencé à sécher, mais des oiseaux voletaient dans le ciel. L'arrivée de l'hiver ne les inquiétait pas encore.

Il avait laissé son chapeau au manoir à cause de la brise cinglante d'octobre. En sentant le froid cuisant sur ses oreilles et ses joues, il regretta un instant de ne pas s'être muni d'une écharpe.

Il embrassa du regard les terres qui s'étendaient à perte de vue. La propriété de Darrowgate était entourée de prairies à ciel ouvert, entrecoupées çà et là de taillis. De l'autre côté de la rivière, ce n'étaient que champs moissonnés, à l'exception de quelques prés où paissaient des troupeaux. Plus loin, on distinguait nettement le clocher de l'église et les toits de chaume des maisons environnantes.

Emperor s'ébroua, impatient. Stephen fit claquer sa langue pour l'apaiser avant de le mener au pas jusqu'à la rivière, au pied de la colline. Parvenu au niveau des arbres qui bordaient la rive, il sauta à terre et attacha l'animal près d'un carré d'herbe dont son estomac avide pourrait se satisfaire.

Il marcha ensuite jusqu'au bord de l'eau, et s'arrêta devant les ruines de l'ancien pont. Les yeux fixés sur les décombres, il avait parfaitement conscience de contempler le lieu où ses amis avaient rendu leur dernier souffle.

Des images du récit que lui avait fait Miss Hodges surgirent dans son esprit : les parents saluant leurs enfants de la main, le pont qui s'ébranlait avant de s'effondrer, la chute des chevaux, la voiture qui se disloquait, George qui mourait le premier, la nuque brisée, Roslyn enfin — juste ciel, Roslyn ! — gisant dans la calèche brisée, se vidant de son sang... Dire qu'elle respirait encore, lorsque les hommes étaient arrivés ! Comment avait-elle pu survivre aussi longtemps ?

La colère monta en lui, en même temps que la nausée. Pris d'un haut-le-cœur, il se pencha au-dessus d'un buisson pour restituer le contenu de son estomac. Quelques minutes plus tard, il descendit au bord de l'eau et, accroupi, s'aspergea le visage d'eau fraîche.

De là où il se trouvait, il aperçut un lieu propice à la baignade : une petite étendue de sable entourée de larges rochers plats. L'endroit idéal, en effet, pour emmener des enfants se rafraîchir pendant les chaudes journées d'été.

Se relevant, il décida de s'y rendre. Un chemin battu, qui se faufilait entre les buissons, reliait la petite plage à l'autre côté de la colline, jusqu'à Darrowgate. Le pont se trouvait à quelque cinq cents mètres en amont : non seulement la gouvernante et les garçons avaient été aux premières loges pour voir la chute, mais le sang des victimes, mêlé à l'eau de la rivière, avait dû couler juste devant leurs yeux.

Leur mutisme n'avait rien d'étonnant !

Détachant son regard du pont pour mieux observer la rivière, il essaya de se figurer le trio en train de s'amuser là, ignorant du danger. Les garçons devaient être dans l'eau, riant et s'éclaboussant, faisant étalage de leurs talents de nageurs, devant une Miss Hodges amusée.

Lorsqu'il aperçut un rocher plat près de lui, l'image de cette dernière s'attarda dans son esprit. Ne lui avait-elle pas dit qu'elle préférait se tremper les pieds dans l'eau plutôt que de se baigner ?

Il l'imagina sur le rocher, telle qu'il l'avait vue le soir précédent. L'expression de son visage, lorsqu'elle avait découvert le sien recouvert de farine… Son sourire si lumineux, qu'il avait du mal à se rappeler le reste. De quelle couleur étaient ses yeux ? Il était bien incapable de le dire ! Tout ce qu'il savait, c'était qu'ils étaient clairs et que sa chevelure était châtaine.

Et son rire… C'était la dernière chose à laquelle il s'était attendu de sa part. Il se trouvait dans une situation délicate : sans être véritablement le maître de la maisonnée, il devait en jouer le rôle jusqu'à la majorité de Henry. Qu'une domestique, et même une gouvernante, se laissât aller à un fou rire devant lui était totalement surprenant.

Mais sans doute valait-il mieux éviter de penser à ce rire, et à la brèche que celui-ci avait ouverte en lui.

L'image de la jeune femme assise sur le rocher lui apparut à nouveau. Les mains posées sur la pierre réchauffée par le soleil, penchée au-dessus de l'eau claire, elle riait aux pitreries des garçons, et les éclaboussait de ses jambes, s'ils s'aventuraient trop près d'elle. Pour éviter que la brise n'emporte ses bas, elle les avait prudemment roulés et rangés dans ses souliers.

Seigneur, il voyait presque la scène ! Les bas, bien à l'abri dans les chaussures, ses pieds nus, qu'elle trempait dans l'eau… Elle avait relevé ses jupes pour ne pas les mouiller, exposant ainsi ses chevilles fines. L'eau transparente ne les cachait pas. Voilà qu'il regardait dans le vide, maintenant, se représentant sans honte les chevilles de la jeune femme : oui, elles devaient être fines, ravissantes…

Fort heureusement, une calèche qui passait par-là produisit assez de bruit pour le tirer de cette rêverie digne d'un écolier.

Après avoir poussé un profond soupir, il quitta la petite plage et fit demi-tour pour examiner les ruines de plus près.

Chapitre 6

Ma très chère Claire,

Je dois t'avouer que je ne suis pas surprise d'apprendre que Mr Knightly a fermement insisté pour écourter vos fiançailles. Tout de même, a-t-il vraiment fait irruption dans le salon en brandissant la dispense de bans, le pasteur à ses côtés ? Et au milieu du petit déjeuner ? Mais tu as tenu bon, et je t'en félicite : vous ne pouviez tout de même pas prononcer vos vœux avant la fin des leçons de la matinée !

J'espère sincèrement que, toute à ton bonheur conjugal et à ta nouvelle vie de jeune mariée, tu ne seras pas trop contrariée par la nouvelle que j'ai à t'apprendre. J'avais promis de venir à Ridgestone dès l'arrivée du tuteur des enfants, mais je dois implorer encore une fois la patience du club des gouvernantes. Bien que Sir Stephen Montgomery soit parmi nous depuis huit jours, les circonstances font que je ne me sens toujours pas libre de partir.

Ce n'est pas à moi d'en juger, je le sais, mais j'ai des doutes sur son aptitude à s'occuper correctement des enfants. Depuis qu'il est au manoir, il a témoigné peu d'intérêt pour eux, sinon aucun, à l'exception des rares fois où ils se sont trouvés sous ses yeux. Sir Stephen passe tout son temps entre le bureau, où il travaille le plus souvent avec Mr Renard, et les terres de la propriété, qu'il parcourt inlassablement à cheval. Certes, le nombre de domestiques a augmenté et les gages dus ont été payés, mais ce sont là les seuls signes indiquant qu'il a pris la maison en main. À ce propos, j'ai déposé ma contribution en retard sur le compte du club.

Claire, cet homme est d'une telle froideur ! J'étais loin d'imaginer que le vicomte Darrow pourrait désigner comme tuteur un personnage aussi sévère, taciturne et maladroit. Pourquoi n'a-t-il pas choisi un homme qui lui ressemblait davantage ? Ils étaient amis depuis l'école, mais rien ne le laisse deviner. Je n'ai vu rire Sir Stephen qu'une fois. Et son comportement est des plus étrange : lors de son premier jour ici, il est revenu d'une sortie à cheval avec un morceau des décombres du pont, morceau qui se trouve aujourd'hui encore dans le bureau. Le lendemain, il s'est entretenu avec Mr Burdis, le majordome, pendant près de deux heures. Quand le pauvre homme a enfin été congédié, on eût dit, à sa mine défaite, qu'il venait de subir un interrogatoire à la Tour de Londres.

Je ne puis partir dans ces conditions. Il m'est impossible de laisser Henry et Arthur entre les mains d'un inconnu aussi distant. Ce n'est plus une question de devoir, je suis sûre que tu le comprendras. Je suis attachée à ces enfants, et pour l'instant, je suis tout ce qu'ils ont au monde. Je me dois de rester ; ma conscience et mon affection pour eux m'y obligent.

Je t'en prie, ne sois pas fâchée. Mes intentions n'ont pas changé, je suis toujours déterminée à vous rejoindre à Ridgestone ; ma venue n'est que retardée. Je suis certaine que Sara se montrera compréhensive, mais j'ai bien peur que Louisa ne réagisse pas aussi bien qu'elle. Je compte sur ton sang-froid pour l'apaiser. Fais appel à sa compassion : quelle femme abandonnerait des enfants dans une telle situation ?

J'espère que cette lettre te parviendra avant ton départ pour l'Écosse. Je te souhaite un heureux voyage de noces. Sir Stephen est écossais. L'avais-je mentionné dans ma précédente lettre ? Son accent n'est pas très marqué, mais il s'entend. Je suppose donc qu'il vient des Basses Terres. Mais je m'égare… Si jamais tu reçois cette lettre à ton retour de voyage, j'espère de tout mon cœur que celui-ci a été mémorable. Quoi qu'il en soit, j'ai hâte que tu me le racontes dans les moindres détails.

Avec toute mon amitié,

Bonnie

Chapitre 7

Stephen appuya les coudes sur la table, posa son front entre ses mains et se frictionna le crâne. Il ne se souvenait pas avoir jamais eu pareillement mal aux yeux et à la tête en même temps. Depuis neuf jours, Renard déposait inlassablement sous ses yeux livres de comptes, registres, lettres et factures. Et, malgré les innombrables heures passées à éplucher ces documents avec lui, il avait la décourageante impression que les piles de papiers qui encombraient le bureau ne diminuaient pas.

Plus ennuyeux encore, ces tâches ingrates l'empêchaient de se consacrer à la mission qu'il s'était fixée. Depuis que l'intendant l'avait accaparé, son enquête n'avait pas avancé d'un pouce : il n'avait rien pu faire d'autre qu'inspecter le pont en ruines et interroger Burdis. À sa grande surprise, ce dernier s'était montré fort mal informé des circonstances de l'accident. Tout ce qu'il avait pu lui indiquer, c'était que George et Roslyn avaient fait preuve d'une maladresse croissante au cours des mois qui avaient précédé leur mort.

Il regarda la grande horloge qui trônait dans la pièce. C'était à peu près l'heure à laquelle, la semaine précédente, il avait croisé la gouvernante dans l'escalier. Il ne l'avait qu'entraperçue depuis ce jour, et ignorait si elle avait pour habitude de prendre le thé à la cuisine à ce moment-là de la soirée. Mais s'il ne partait pas à sa recherche maintenant, combien de temps s'écoulerait-il avant qu'une nouvelle occasion ne se présente ?

Soudain décidé, il se leva et sortit du bureau à grands pas. *Si je n'y vais pas tout de suite, je devrai peut-être attendre neuf jours encore avant d'espérer la trouver. Il serait ridicule de ne pas tenter ma chance.*

La lumière qui emplissait le couloir de service acheva de le convaincre. Il tourna à l'angle et pénétra dans la cuisine éclairée. Miss Hodges était assise sur la même chaise que la dernière fois, les pieds posés sur le siège qui se trouvait à côté d'elle. La tête penchée en arrière, les yeux fermés, elle mâchait un biscuit. Il la regarda, fasciné, tandis qu'elle levait le dernier morceau au-dessus de sa tête d'un geste spectaculaire, avant de le glisser dans sa bouche. Quel homme résisterait à un tel spectacle ?

— Miam !

Elle laissa échapper un gémissement de plaisir.

— Mrs Dabbs, vos biscuits sont à se damner. Tout simplement exquis !

Il toussota pour signaler sa présence, et ne s'attendait pas à ce qu'elle pousse un cri strident, ni à ce qu'elle sursaute au point de tomber de sa chaise. Le bruit de sa chute sur le sol de pierre lui arracha une grimace, et il se précipita de l'autre côté de la table pour lui offrir son aide.

Il la trouva à quatre pattes, respirant avec difficulté.

— Miss Hodges ?

Incapable de répondre, elle esquissa de la main un signe de détresse. Sans attendre, il s'accroupit près d'elle et lui assena une grande claque dans le dos. Comme elle étouffait toujours, il répéta son geste. Puis une fois encore. Il levait la main pour la quatrième fois lorsqu'elle s'assit sur les talons. Alors, il s'arrêta net.

Elle avait le visage rougi, les yeux larmoyants et les cheveux ébouriffés. Après plusieurs quintes de toux, elle s'essuya le visage et arrangea sa coiffure.

— Tout va bien ? s'enquit-il.

Elle reprit son souffle avant de se lever avec effort, les jambes encore tremblantes. Il l'imita aussitôt.

— Monsieur, dit-elle en exécutant une révérence un peu gauche, désiriez-vous quelque chose ?

— Du thé, répondit-il après un silence.

Elle fit un petit signe de tête.

— L'eau doit être encore chaude. Je vais en ajouter dans la théière et je vous apporterai un plateau dans le bureau.

— Ce sera très bien ici. Vous n'êtes pas une fille de cuisine.

Il sentit qu'elle l'observait, tandis qu'il allait chercher une tasse.

— Non, mais je suis une gouvernante. Et les gouvernantes, monsieur, ont de nombreux talents. De plus, les filles de cuisine se lèvent à l'aube et ont déjà la gentillesse de me laisser de quoi faire du thé.

Il s'assit au même endroit que la fois précédente.

— Venez-vous souvent ici ?

— À la cuisine ? Chaque fois que j'ai faim, répondit-elle, une lueur de malice dans le regard.

Il observa ses yeux. Verts ? Non, noisette. Oui, c'était bien cela. Avec des nuances de vert, mais ils étaient noisette, sans le moindre doute.

Comme il ne réagissait pas à sa remarque, la lueur disparut de son regard aussi vite qu'elle était venue.

— Pardonnez-moi, dit-elle doucement en baissant la tête, avant de lui servir du thé.

Curieux, vraiment… Elle pouvait être d'un naturel désarmant, et se draper dans les convenances l'instant d'après.

— Je vous en prie, asseyez-vous et finissez votre tasse de thé avec moi, lui dit-il en désignant de la main le service disposé sur la table.

Bonnie s'exécuta avec hésitation. Son éducation et son instruction de gouvernante l'avaient préparée à de nombreuses situations. Mais prendre le thé dans la cuisine en compagnie du maître de maison était un cas qui n'avait jamais été abordé.

— Allons, finissez votre thé, répéta Sir Stephen avec douceur.

Ne sachant quoi faire d'autre, elle porta la tasse à ses lèvres et avala une gorgée. À son grand soulagement, le liquide chaud fit glisser dans sa gorge les miettes de biscuit qui l'irritaient encore.

— Vous avez mal compris ma question, tout à l'heure. Je voulais savoir si vous aviez l'habitude de prendre le thé à cette heure de la soirée.

— Autant que possible, oui, une fois que les enfants se sont endormis. Est-ce permis ? demanda-t-elle en s'efforçant de ne pas laisser paraître d'inquiétude dans son regard ni dans sa voix.

La vicomtesse l'avait toujours laissée faire, mais cet homme était encore un inconnu.

— Certainement, répondit-il en inclinant la tête. Je n'ai pas l'intention de perturber les habitudes de la maison plus que nécessaire.

Rassurée, elle plongea les yeux dans son thé. Ces moments passés seule dans le refuge de la cuisine lui étaient plus précieux encore depuis l'accident. Que deviendrait-elle, si on les lui enlevait ?

— Vous ne me croyez pas ?

La voix grave interrompit le cours de ses pensées.

— Si je puis me permettre, monsieur, cette maison vient de connaître le pire bouleversement que l'on puisse imaginer. L'arrivée d'un tuteur, quoique appréciée, n'est guère source d'affolement.

— Voulez-vous dire que toute initiative de changement de ma part serait accueillie avec joie ?

— Je dis simplement que vous êtes le maître ici. Nous n'avons pas à mettre vos décisions en question, quelles qu'elles soient.

— Ainsi, si je vous donnais votre congé, vous n'émettriez aucune objection ?

— Mon congé ? répéta-t-elle, sans parvenir tout à fait à dissimuler son effroi.

— Henry a l'âge de suivre les enseignements d'un précepteur, et Arthur semble avoir davantage besoin d'une nurse que d'une gouvernante, observa-t-il avec un haussement d'épaules. Sur le papier, il semble absurde de continuer à faire appel vos services.

Bonnie en resta sans voix. Était-il en train de la renvoyer ? Certes, cela la rendrait libre de rejoindre le manoir de Ridgestone. Toutefois, le fait de se voir congédier ternirait inévitablement sa réputation. La règle voulait que l'on ne remercie une gouvernante que lorsque le plus jeune des enfants achevait son enseignement primaire. C'était le seul moment où un renvoi était acceptable. En outre, Henry et Arthur avaient encore besoin d'elle. Les pauvres garçons étaient loin d'être remis du choc qu'ils avaient subi. Si on leur enlevait la seule personne en qui ils avaient confiance, le chemin vers leur rétablissement risquait d'être encore plus long.

Et comment les laisser avec cet homme qui, au bout de neuf jours, semblait déjà lassé de son rôle de tuteur ? Elle s'y refusait ; tout son être se révoltait à cette idée. Que ferait-il pendant les treize années à venir, si ses responsabilités pesaient déjà trop lourd pour lui ?

— Vous recevriez des références élogieuses, bien entendu, poursuivait-il. Il suffit d'ouvrir les yeux pour se rendre compte du bien que vous avez fait à ces enfants, surtout en ces circonstances difficiles.

— Merci, réussit-elle à articuler, malgré sa gorge nouée.

— Je suis certain que vous trouveriez sans mal une autre place. Les familles qui ont besoin de talents tels que les vôtres ne manquent pas.

Quelle façon subtile de la remettre à sa place ! Elle n'était qu'une gouvernante. Son emploi dépendait du bon vouloir de ceux qui tenaient les cordons de la bourse et prenaient les décisions.

Pauvre d'elle ! Elle avait eu la faiblesse de se croire en sécurité, parce que les deux enfants avaient désespérément besoin d'elle. Et cela lui avait fait oublier tout ce que sa mère lui avait appris, tout ce que son père lui avait montré. Même lorsque Louisa avait tenté de la mettre en garde, elle n'avait pas voulu l'écouter ! Pourtant, c'était précisément pour cette raison qu'elles avaient fondé le club des gouvernantes, ses amies et elle : pour qu'ensemble, elles soient protégées des décisions arbitraires et des mauvais traitements de leurs employeurs. Comment avait-elle pu être assez stupide pour relâcher sa vigilance ?

Après s'être éclairci la gorge, elle se leva.

— Préférez-vous que je parte immédiatement ou que

je reste jusqu'à ce que vous ayez trouvé un précepteur et une nurse ?

— Vous n'émettez pas d'objections ? demanda-t-il d'un air étonné.

— Je n'ai pas à en exprimer, monsieur.

Stephen se laissa aller contre le dossier de sa chaise pour examiner attentivement la jeune femme. Lorsqu'elle lui avait assuré que toute initiative de changement de sa part ne serait pas remise en question par les domestiques, il n'avait pas résisté à la tentation de l'éprouver : l'occasion était trop belle ! Était-elle vraiment sincère ? Oui, de toute évidence, puisqu'elle accueillait la nouvelle d'un possible renvoi avec calme et dignité. Tout semblait indiquer qu'elle était une femme de parole ; il pouvait donc lui faire confiance.

— Asseyez-vous, Miss Hodges.

Malgré la douceur de sa voix, Bonnie comprit qu'il s'agissait d'un ordre, et elle s'exécuta.

— Répétez ce que je vous ai dit, ajouta-t-il.

— Vous avez dit que vous me donniez mon congé, répondit-elle en le dévisageant, déconcertée.

— Vraiment ?

Elle fouilla dans sa mémoire.

— Vous avez dit que vous n'aviez pas de raison de me garder, et que, par conséquent, vous me donniez mon congé.

— Pas tout à fait. Réfléchissez encore.

Elle s'efforça de se remémorer toute la conversation. Chacune de ses paroles flottait dans son esprit. Enfin, un point significatif attira son attention.

— Vous avez dit que, sur le papier, il était absurde de continuer à m'employer.

Il la considéra d'un air triomphant.

— Cela signifie-t-il, sans l'ombre d'un doute, que je vais vous congédier ?

— Non.

— Pourquoi cela ?

— Les termes que vous avez employés semblent indiquer que vos décisions sont influencées par d'autres facteurs que ce que vous voyez sur le papier.

— Excellent ! commenta-t-il, tandis que les coins de sa bouche se relevaient pour former un petit sourire. Il est évident que les garçons ont besoin de vous et que vous avez sur eux un effet apaisant. Ce serait une grave erreur de vous congédier.

Dès qu'il eut prononcé ces mots, il la vit se détendre, sous l'effet manifeste d'un vif soulagement. Malgré le sang-froid avec lequel elle avait abordé l'idée de son renvoi, elle avait éprouvé une réelle frayeur.

Mais ce soulagement fut de courte durée. Bientôt, ses yeux noisette devinrent brillants de colère.

— Était-ce une mise à l'épreuve ?

— En quelque sorte.

— S'agit-il d'un jeu pour vous ? Dois-je éprouver de la gratitude, parce que vous avez la bonté de me garder ?

— Non. Si cela peut vous faire plaisir, vous vous en êtes sortie haut la main.

— Et si cela n'avait pas été le cas ?

— Je ne vous aurais pas confiance, répondit-il en secouant la tête.

— Vous ne m'auriez pas fait confiance? répéta-t-elle, avant de laisser échapper un rire incrédule. Qu'ai-je donc fait, depuis votre arrivée, qui vous donne lieu de croire que je ne suis pas digne de confiance?

— Rien ne me vient à l'esprit.

— Eh bien, je suis ravie d'apprendre que l'homme qui n'a pas fait le moindre effort pour gagner notre confiance m'estime digne de la sienne! Maintenant, si vous voulez bien m'excuser…

Se levant d'un bond, elle contourna la table avant de se diriger en hâte vers la porte.

— Miss Hodges, je ne voulais pas vous contrarier, dit-il en se levant à son tour.

Elle se retourna.

— Rien ne compte plus dans ma vie, en ce moment précis, que Henry et Arthur. Peu m'importe que leur tuteur exige que l'on gagne sa confiance avant de se donner la peine de montrer qu'il est digne de la même estime.

— Miss Hodges, calmez-vous.

— Avec tout le respect que je vous dois, monsieur, je vais continuer. Au cours des neuf jours qui se sont écoulés depuis votre arrivée, vous n'avez pas eu le moindre geste que l'on pût attendre d'un tuteur. Et vous considérez que c'est à moi qu'il revient de gagner votre confiance?

— Miss Hodges, je…, commença-t-il, stupéfait devant un tel emportement.

— Vous ne comprenez donc pas, Sir Stephen? Vous ne comprenez pas que ces enfants ont besoin d'autre chose que d'un homme qui compare des livres de comptes derrière un bureau? D'un homme qui engage des précepteurs et dirige la propriété? Il leur faut davantage que ce que vous leur offrez: ils ont besoin d'un père!

— Je ne suis pas leur père ! Leur père est mort ! Mes amis sont morts ! Nom d'une pipe, je ne suis pas leur sauveur !

— Si, répondit Bonnie d'une voix triste. Et vous êtes tout ce qui leur reste au monde.

Chapitre 8

— C'en est trop !

Stephen tapa du plat de la main sur le bureau, interrompant Renard au milieu de sa phrase.

— Monsieur…

— Non ! J'ai du mal à croire que Darrow ait pu laisser ses affaires prendre une tournure aussi catastrophique.

— Je comprends votre sentiment, Sir Stephen. Je vous assure que j'ai fait tout ce qui était en mon pouvoir. Mais au cours des derniers mois de sa vie, Lord Darrow n'était plus lui-même.

Cette remarque éveilla son attention.

— Expliquez-vous.

— Je ne voudrais pas dire du mal de feu monsieur le vicomte, objecta Renard en se tortillant sur son siège, l'air embarrassé.

— Si vous savez quoi que ce soit qui puisse m'aider à venir à bout de cette pile de documents, dit Stephen en désignant de la main les papiers amoncelés sur le bureau, alors parlez.

— Lord Darrow semblait… distrait.

— Mais encore ?

— Il passait moins de temps que par le passé à travailler avec moi. Les rares fois où il venait dans ce bureau, c'était pour prendre des décisions, effectuer des placements qui… Disons qu'il m'écoutait si peu que cela n'aurait rien changé, si je ne m'étais pas trouvé dans la pièce.

— Vous voulez dire qu'il a réalisé de mauvais placements ?

— Oui, monsieur. Sinon mauvais, du moins mal avisés. Des directeurs d'entreprise à la recherche de capitaux l'ont sollicité. Je lui ai déconseillé de faire affaire avec la plupart d'entre eux, mais il a refusé de m'écouter.

— Pourquoi donc, à votre avis ?

À nouveau, Renard hésita avant de répondre.

— Il s'était mis à boire, monsieur. On le trouvait rarement sans un verre à la main.

— À boire ?

L'intendant acquiesça d'un signe de tête. Stephen s'enfonça dans son fauteuil, se passant la main dans les cheveux. Il tombait des nues !

— Plus il buvait, plus il devenait soupçonneux, poursuivit Renard.

— Soupçonneux ?

— Il était convaincu que quelqu'un lui voulait du mal. Son penchant pour l'alcool le rendait maladroit, et il a été victime de plusieurs accidents. Un soir, très tard, je l'ai trouvé en train de faire les cent pas dans le bureau. Il marmonnait que quelqu'un voulait s'en prendre à sa famille et lui. Mais je n'ai jamais noté le moindre élément qui confirmât ses soupçons. Rien qui ne pût s'expliquer par l'abus de boisson dont il était devenu coutumier.

Stephen ne savait que penser. Aurait-il perdu le sommeil à cause des élucubrations d'un ivrogne ? Était-il possible que les peurs que George lui avait confiées dans sa lettre fussent le produit de son imagination ? Son ami avait pourtant dû l'écrire dans un moment de sobriété : ces quelques lignes semblaient l'œuvre d'un homme lucide.

— Renard, dit-il en se levant, je veux tout savoir sur ces placements. Trouvez dans cette pile tout ce qui pourra m'être utile.

— Bien, monsieur.

Stephen passa l'étrille sur le flanc d'Emperor, avant de recommencer, et de recommencer encore. Il aimait panser son cheval. Le lustre de la robe alezane du hongre, ainsi que l'odeur de l'écurie, produisaient sur lui un effet apaisant.

Tout cela ne rimait à rien. Si George pensait que quelqu'un avait pris sa famille pour cible, il devait avoir raison. Ses soupçons ne pouvaient tout de même pas être de simples divagations conçues sous l'emprise de l'alcool ! N'était-ce pas plutôt sa méfiance qui l'avait incité à la boisson ?

Une main posée sur la croupe de son cheval, il contourna l'animal pour lui brosser l'autre flanc. Les gestes répétitifs, la banalité de la tâche lui calmaient les nerfs. Emperor exprimait son contentement en faisant vibrer ses naseaux. Quand il tourna la tête vers lui pour quémander une friandise, Stephen ne se fit pas prier. Plongeant la main dans sa poche, il en sortit un morceau de sucre.

— Je sais, je t'ai négligé, lui murmura-t-il à l'oreille avec un sourire. Nous irons en promenade demain, je te le promets. Bien sûr, l'air de l'estuaire risque de te manquer, tout comme les collines qui bordent le fleuve Annan. Mais ici, il y a tout l'espace qu'il faut pour se dégourdir les jambes ! Et cette rivière est tout de même jolie, tu ne trouves pas ?

— Vous parlez à votre cheval ?

En entendant la voix enfantine, il se retourna. Henry se

tenait debout devant la porte, accompagné de son frère et de leur gouvernante. Arthur, comme à son habitude, tenait la main de Miss Hodges et suçait son pouce.

Stephen dirigea son attention vers Henry.

— Bien sûr, lui répondit-il. Les chevaux sont sensibles aux sons et reconnaissent fort bien les voix humaines. En parlant à sa monture, le cavalier noue un lien avec elle. De plus, Emperor sait écouter.

Le garçon ne sourit pas, mais avança d'un pas.

— Nous sommes venus voir les chatons. La chatte de la ferme a donné naissance à plusieurs petits, la semaine dernière.

— Vraiment ? demanda Stephen en étrillant le dos d'Emperor. Les chats sont utiles, mais, pour ma part, je préfère les chiens.

— Pourquoi ?

Il haussa les épaules avant de répondre.

— J'ai toujours aimé la façon dont les chiens suivent leur maître partout. On peut battre la campagne pendant des heures, ils ne feront jamais demi-tour. Et puis, on sait toujours ce qu'ils veulent, que ce soit courir après un oiseau ou ronger un os. Tandis qu'on ne sait jamais ce que pense un chat.

— Les chats n'ont besoin de personne, monsieur, observa Miss Hodges, se joignant à la conversation. Leur indépendance ne plaide-t-elle pas en leur faveur ? Les chiens, eux, sont désemparés sans leur maître.

— Ils en sont d'autant plus loyaux.

— Jusqu'à ce que quelqu'un d'autre leur présente un os plus alléchant. Je trouve au contraire les chats plus fidèles que les chiens : ils ne se laissent pas aussi facilement influencer par leurs désirs physiques.

Stephen s'interrompit un instant dans sa tâche, tandis que l'idée de désirs physiques faisait son chemin dans son esprit. Elle ne pouvait tout de même pas parler de ce à quoi il pensait ?

Il se racla la gorge avant de se remettre à brosser son cheval. Sans chercher à poursuivre la conversation, Miss Hodges aida les garçons à contourner l'animal pour les guider vers le fond de l'écurie, où la chatte avait sans doute élu domicile.

— Vous étrillez votre cheval vous-même ?

Tournant la tête, Stephen constata que Henry, resté derrière lui, le regardait.

— Oui. Un bon cavalier se doit de panser sa monture.

— Mon père aussi le faisait. Pas tous les jours, mais souvent.

— Viens ici…

Il lui montra comment s'approcher d'Emperor sans risque.

— Tiens, dit-il en tirant de sa poche un nouveau morceau de sucre. Emperor adore les friandises. Il ne te mordra pas.

Henry tendit sa paume bien à plat, et le cheval engloutit aussitôt son offrande.

— Je ne brosse pas sa robe tous les jours, moi non plus, poursuivit Stephen. Un garçon d'écurie peut le faire aussi bien que moi, et je n'en ai pas toujours le temps. Mais j'aime m'en charger, chaque fois que je le peux.

Henry s'était placé près de la tête d'Emperor pour lui flatter l'encolure. À en juger par la façon dont l'animal clignait des yeux, il devait être au paradis des chevaux.

— J'ai un poney, un Dartmoore, déclara-t-il. Mon père m'apprenait à monter. Il m'avait promis un étalon pour mon anniversaire.

Stephen n'en crut pas un mot.

— Il nous faudra d'abord juger tes talents de cavalier.

— Mais mon père m'avait dit…

— Henry, sais-tu que j'ai rencontré ton père lorsque nous étions à l'école ? le coupa-t-il. Nous étions dans la même promotion, à Harrow.

— Je sais qu'il est allé là-bas. Je dois y aller aussi, quand j'aurai onze ans.

— En effet. Et quand tu y seras, ne manque pas de te rendre aux écuries. C'est là que ton père et moi passions le plus clair de notre temps.

— Pourquoi ? demanda Henry avec curiosité.

— Vois-tu, les garçons, à cet âge, ne sont pas toujours très futés. Ils ont tendance à laisser parler leurs poings. Un écolier doté d'un accent écossais et un garçon plus brillant que les plus âgés de ses camarades étaient des cibles faciles. Les écuries constituaient donc notre refuge. Ton père et moi y passions presque tout notre temps libre. Nous avons beaucoup appris sur les chevaux, à cette époque.

Il esquissa un léger sourire en laissant les souvenirs affluer.

— Le maître d'écurie s'appelait Grimsby. Le meilleur service qu'il nous ait rendu a été de se comporter avec nous comme il l'aurait fait avec n'importe quel jeune garçon. Il ne nous a jamais accordé de traitement particulier pour la simple raison que, nous, nous avions un titre attaché à notre nom.

Il le regarda. Le petit garçon le dévisageait, captivé.

— Grimsby nous a appris qu'il fallait respecter les chevaux. Cela signifie, notamment, qu'il faut être conscient du danger qu'ils représentent. Un cavalier inexpérimenté ou trop naïf peut mettre sa vie en danger dès le moment où il monte en selle.

— C'est vrai ?

Stephen hocha la tête.

— Absolument. C'est pour cette raison que je sais que ton père ne t'a pas promis un étalon pour ton anniversaire. Il avait beau aimer profondément les chevaux et les respecter, il t'aimait davantage, et jamais il ne t'aurait exposé sciemment à une situation dangereuse.

Le garçonnet rougit jusqu'aux oreilles.

— Je regrette d'avoir menti, marmonna-t-il en baissant la tête.

— Henry, un homme intelligent n'évite pas les erreurs, mais il en tire des leçons. Ne me mens plus jamais.

— Oui, monsieur.

Il contemplait toujours le sol de l'écurie.

— Puis-je partir, maintenant ?

— Oui. Après-demain, je viendrai te voir monter. Tu me montreras ce que ton père t'a appris, et nous pourrons reprendre les exercices.

Un sourire radieux fendit le visage de l'enfant.

— Vraiment ?

Comme Stephen acquiesçait d'un signe de tête, son regard s'illumina.

— Merci, monsieur ! J'ai hâte d'être à après-demain !

Il disparut au fond de l'écurie, et Stephen se remit à étriller Emperor.

Chapitre 9

Des mines d'or en Cornouailles, des champs de maïs en Écosse, des compagnies maritimes affrétant des navires vers les colonies pénitentiaires d'Australie, des expéditions en vue de créer des lignes de transport terrestre rapides vers les Indes orientales… Les placements défilaient sous les yeux de Stephen au point que la tête lui tournait. Pourquoi diable George s'était-il lancé dans de telles affaires ? Avait-il perdu la tête ? À en croire Renard, c'était le cas : les vapeurs d'alcool avaient fini par altérer définitivement son jugement.

C'était terriblement agaçant. Écœurant, même, de tenter de mettre de l'ordre dans le fouillis qu'était devenue la vie de son ami au cours de ses derniers mois. Que faire à présent ? La seule idée qui lui venait à l'esprit était d'examiner la correspondance privée de George, dans l'espoir d'y découvrir des indices.

Et puis, comment réparer les dégâts ? Tout l'argent englouti dans ces mauvais placements était irrémédiablement perdu. À cela, il ne pouvait rien faire. Mais il lui faudrait surveiller de près les opérations financières à venir, afin de compenser les pertes. Pourtant, c'était George qui était doué pour les chiffres, pas lui ! Ce qui lui rendait la situation plus étrange encore.

— Monsieur, êtes-vous déjà allé à Astley ?

— Que dis-tu, Henry ? demanda Stephen, subitement arraché à ses sombres ruminations.

— Le cirque d'Astley, monsieur, à Londres. Y êtes-vous déjà allé ? Ce doit être formidable !

Juché sur son poney, le petit garçon rayonnait d'enthousiasme. Les joues rosies par l'air vif et piquant d'octobre, il respirait la santé.

— Comme j'aimerais voir les acrobaties qu'ils exécutent à cheval !

— Non, je ne connais pas, avoua Stephen, en serrant plus fermement les rênes d'Emperor.

— Peut-être que nous pourrions nous y rendre ensemble ? Je suis sûr que Miss Hodges et Arthur en seraient ravis, eux aussi.

— Je n'y vais pas souvent, dit Stephen, dont les pensées étaient à nouveau absorbées par les affaires de George.

— Oh.

À la voix de Henry, il devinait sa déception.

— Je ne crois pas que Miss Hodges soit passionnée par les chevaux, de toute façon, ajouta-t-il doucement. Mais elle aime les foires et les fêtes. Je ne sais pas si elle a déjà vu un cirque. Moi, non.

— Pourquoi penses-tu qu'elle n'aime pas les chevaux ?

— Je ne l'ai jamais vue monter, répondit le garçon avec un haussement d'épaules.

— Vraiment ?

Il avait trouvé sur le bureau de George la lettre d'un négociant à la recherche de fonds. Son projet était d'établir une ligne de chemin de fer dans le comté de Durham, pour convoyer du charbon jusqu'au port de Stockton-on-Tees.

— C'est tout de même incompréhensible, poursuivait

Henry. Comment une fille peut-elle ne pas aimer les chevaux ? C'est pareil pour les grenouilles. J'ai voulu donner ma grenouille apprivoisée à Elizabeth Talbot, et au lieu de me remercier, elle s'est enfuie en criant.

— Henry, reprit Stephen avec un petit sourire, la première chose que tu dois apprendre sur les femmes, c'est que ce ne sont pas des hommes.

Londres représentait le plus gros consommateur de charbon de l'Empire britannique. Un système de transport efficace permettrait d'approvisionner la capitale plus rapidement, tout en rapportant d'importants profits.

— Que voulez-vous dire ?

— Simplement qu'un homme est un homme, et qu'une femme est une femme. Elles ont des goûts différents des nôtres, et nous ne comprendrons jamais l'attrait qu'exercent sur elles les choses qu'elles aiment.

Il pourrait être judicieux de placer des fonds dans la ligne de chemin de fer, mais aussi dans les mines de charbon où les trains feraient halte.

— Et elles n'aiment pas les chevaux ni les grenouilles ?

— Elles aiment les fleurs, les rubans, les mots doux. prendre le thé et danser. Les hommes, eux, aiment les chevaux, les grenouilles, le cricket et le scotch. Nous leur offrons donc des fleurs, des rubans et des mots doux, parce que c'est la seule façon de nous faire aimer d'elles.

Le projet paraissait d'autant plus viable qu'il avait récemment reçu l'approbation du Parlement. Il fallait absolument que Renard se penche dessus.

— Mais Archibald était une magnifique grenouille ! Une sauteuse hors pair !

— Je n'en doute pas. Mais Miss Talbot n'a vu en elle qu'une chose gluante qui mange des insectes.

Il écrirait à son propre conseiller, à Édimbourg. Depuis qu'il avait renvoyé l'intendant de son père pour louer les services de cet homme, celui-ci s'était révélé extrêmement compétent.

— Oh. Vous allez donc offrir à Miss Hodges des fleurs et des mots doux ?

Cette fois, Henry avait réussi à attirer son attention.

— Pardon ?

— Je veux dire que, si vous vouliez plaire à Miss Hodges, vous pourriez lui offrir des fleurs, des rubans et des mots doux.

Stephen tira sur les rênes de son cheval avant de se tourner vers Henry.

— Qu'est-ce qui te fait dire que j'aimerais lui plaire ?

L'enfant eut un peu plus de mal à s'arrêter, mais il finit par y parvenir.

— Vous n'êtes pas marié, et ma mère disait que tous les hommes ont besoin d'une épouse, expliqua-t-il sans le regarder. Elle se disputait toujours avec mon père à ce propos, lorsqu'il recevait l'un de ses amis célibataires.

— Et tu as l'intention de perpétuer son œuvre de marieuse ? demanda Stephen, amusé.

Le petit ne répondit pas tout de suite. Il semblait embarrassé.

— Je ne veux pas que Miss Hodges s'en aille, lâcha-t-il enfin, mais je suis trop jeune pour l'épouser moi-même.

Ce fut au tour de Stephen d'hésiter.

— Crois-tu qu'elle veuille partir ? demanda-t-il en choisissant ses mots avec soin.

— Tant de gens sont partis, dit le petit garçon d'une voix étranglée. Je ne veux pas qu'elle s'en aille, elle aussi.

Hum… Ces propos résonnaient étrangement en lui.

— Vous êtes mon tuteur. Vous resterez donc à Darrowgate

jusqu'à ma majorité. Si vous épousiez Miss Hodges, elle serait obligée de rester, elle aussi.

— Ton raisonnement est d'une logique implacable, reconnut Stephen.

— Cela veut-il dire que vous êtes d'accord ? Vous allez l'épouser pour moi ?

Il y avait tant d'espoir, tant de ferveur dans sa voix !

— Non.

— Mais vous avez dit…

— Que ton raisonnement était d'une logique implacable, oui. Malheureusement, on ne peut appliquer la logique au mariage.

— Que voulez-vous dire ?

— Les mariages fondés sur la logique et la politique créent des couples malheureux. Or, les couples malheureux sont néfastes à la société ; ils tendent à devenir des fauteurs de trouble, des destructeurs. Si jamais j'épousais Miss Hodges pour les raisons logiques que tu as évoquées, le risque de troubles et de destruction serait très élevé.

— Je ne comprends pas, monsieur.

— Un homme est un homme, et une femme est une femme, répéta alors Stephen avec un soupir. Les hommes pensent avec leur tête, les femmes avec leur cœur. Tout est affaire d'émotion, pour elles, ce qui complique la situation, quelle qu'elle soit. Demander une dame en mariage pour des raisons de logique, c'est risquer de la blesser tôt ou tard ; et c'est la dernière chose que souhaite un gentleman.

— Pourquoi ?

— Quand elles le veulent, les femmes ont le don de rendre la vie des hommes infernale.

— Comment cela ?

— Je te le dirai quand tu seras plus grand, répondit

Stephen avec un sourire ironique. Il est temps de rentrer au manoir, à présent.

Il attendit que Henry l'ait dépassé de quelques mètres pour faire claquer sa langue. Aussitôt, Emperor se mit à avancer au pas.

Épouser Miss Hodges ? Quelle idée ridicule !

Il continua à suivre le garçon en le laissant prendre un peu d'avance sur lui.

Épouser Miss Hodges ? Totalement absurde !

Qu'aurait-il à gagner en épousant cette femme, hormis une source régulière de satisfaction physique ? Absolument rien ; il n'avait aucun intérêt à prendre une résolution aussi radicale. Les rêveries sensuelles qu'elle lui inspirait finiraient bien par cesser. Apaiser la peur d'abandon d'un enfant de huit ans n'était pas une raison suffisante pour se marier avec la première venue !

Non, il n'épouserait pas Miss Hodges. Il venait à peine de remettre de l'ordre dans les affaires de son père, et voilà qu'il devait s'occuper de celles de George. Aucune femme ne devait subir, par sa faute, ce que sa mère avait enduré durant toute sa vie conjugale.

Il se marierait lorsqu'il jouirait d'une situation stable, avec des perspectives financières sérieuses, pas avant. Miss Hodges continuerait à agrémenter ses rêveries nocturnes, il chercherait encore à déterminer la couleur de ses cheveux, mais cela n'irait pas plus loin.

Elle ne quitterait pas Darrowgate, il ne l'épouserait pas, et tout irait pour le mieux.

Il respira profondément pour chasser la sensation d'oppression qui lui serrait la poitrine. Puis il dirigea son attention vers Henry, qui se trouvait maintenant loin devant lui. Le garçonnet était parvenu au sommet de la colline qui les séparait du manoir.

Stephen plissa les yeux, apercevant soudain quelque chose qui ballottait sous sa selle. Était-il possible que la sangle fût détachée ?

Henry se tourna vers lui à cet instant avec un grand sourire.

— Je les vois qui nous attendent, monsieur ! Faisons la course jusqu'en bas !

— Non, Henry, attends ! cria-t-il.

Mais il était déjà trop tard. Le jeune cavalier avait éperonné Harold, et l'animal descendait la colline au petit galop. Stephen piqua des éperons à son tour, doutant que l'enfant fût capable de maîtriser sa monture. Le poney avait beau être de petite taille, il pouvait causer des dégâts.

Martelant le sol de ses sabots, Emperor l'emmena bien vite au sommet de la colline. Henry le distançait toujours. Miss Hodges et Arthur, qui lui faisaient signe de la main, étaient trop loin pour voir la sangle traîner par terre. Trop loin, surtout, pour venir en aide au petit garçon…

La gorge nouée, Stephen dû lutter pour parvenir à faire sortir un son de sa poitrine.

— Henry, arrête-toi ! cria-t-il d'une voix rauque, avant de répéter son appel avec plus de force.

Mais ce dernier ne l'entendit pas, car il maintint son allure. Priant pour qu'il arrive sans mal jusqu'à l'écurie, Stephen éperonna à nouveau Emperor, qui partit au grand galop.

Hélas, son vœu ne fut pas exaucé. Il vit bientôt la selle glisser sur le côté. Henry sembla le remarquer. Son dos se raidit, tout comme le reste de son corps, et Stephen comprit alors qu'il était paralysé de peur.

Il cria à nouveau pour faire accélérer son cheval. Tout en se rapprochant, il se prépara à arracher l'enfant au poney.

Tenant les rênes d'une main, il se pencha, le bras tendu. Il ne voulait pas prendre le risque de le manquer.

Les mètres qui les séparaient diminuaient rapidement. Il ne quittait pas le petit cavalier des yeux. Pourvu que la selle ne glisse pas davantage !

Mais ce deuxième vœu non plus ne fut pas exaucé. Stephen résolut alors d'avoir une petite discussion avec le Tout-Puissant. Sa mission de tuteur ne mènerait nulle part, s'ils ne parvenaient pas à se mettre d'accord, tous les deux.

Chapitre 10

— Allons, Arthur, par quelle lettre commence le mot « clôture » ? C-c-c-clôture.

Debout devant l'enclos, Bonnie attendait avec le petit garçon que Stephen et Henry rentrent de leur promenade. L'enfant tapait sur l'un des piquets tout en la regardant. Si ses lèvres restaient obstinément figées, elle était certaine de voir un sourire dans ses yeux.

— Et le mot « piquet », mon petit ? P-p-p-piquet. Allons, vous connaissez la réponse !

Apercevant une silhouette au loin, elle se redressa et la désigna du doigt.

— Regardez, voilà Henry !

Le soulevant, elle l'installa debout sur la barrière, afin qu'il pût mieux voir son frère.

— Ils reviennent à l'écurie. Faisons-leur signe !

Entourant fermement Arthur d'un bras, elle agita sa main libre, tous deux fixant Henry qui dévalait la colline au galop. L'espace d'un instant, elle craignit qu'il n'aille trop vite, qu'il ne parvienne pas à maîtriser son poney à une telle allure. Mais elle chassa aussitôt ses peurs : Sir Stephen l'avait certainement entraîné au galop dans les champs.

Ils lui faisaient toujours signe, lorsqu'ils virent Sir Stephen apparaître, ventre à terre, au sommet de la colline. Étonnamment, il fonçait vers Henry. Lorsque, portés par le vent, ses cris lui parvinrent, elle ne comprit pas ce qu'il disait, mais distingua clairement la panique dans sa voix.

Il se passait quelque chose. Quelque chose de grave. Sir Stephen n'était pas homme à céder à l'affolement.

Arthur continuait à regarder son frère tout en agitant la main, tandis que, le cœur serré, elle voyait la scène défiler lentement sous ses yeux : la selle de Henry glissait sur le côté, et lui avec elle. Sir Stephen approchait, le bras tendu pour l'attraper, mais il était encore trop loin. Au dernier moment, l'enfant tenta de s'agripper à la crinière de son poney, en vain. Il tomba et la selle se renversa sur lui.

Il roula à terre, le corps recroquevillé. Comme Emperor s'élançait vers sa silhouette inerte, menaçant de le piétiner, Sir Stephen tira d'un coup sec sur les rênes. L'animal se cabra et Bonnie eut une nouvelle frayeur à l'idée que son cavalier allait être à son tour jeté à terre. Mais il resta en selle et parvint à dominer sa monture.

Sans perdre un instant, elle déposa Arthur sur le sol, releva ses jupes et se mit à courir vers Henry, s'efforçant de chasser les noires pensées qui l'assaillaient. Derrière elle retentissaient les exclamations des garçons d'écurie et les cris stridents du bambin. Mais elle n'avait d'autre choix que de les ignorer : Henry avait besoin d'elle, tout de suite.

Lorsqu'elle arriva à sa hauteur, Sir Stephen avait déjà mis pied à terre et se tenait auprès de lui. Tombant à genoux, elle prit le visage de l'enfant dans ses mains.

— Henry, mon petit, réveillez-vous, réveillez-vous !

— Il a perdu connaissance. Profitons-en pour le déplacer ; il ne sentira rien.

— Henry !

Elle lui donna de petites tapes dans l'espoir de le ranimer.

— Réveillez-vous, Henry ! Tout va bien, vous n'êtes pas blessé !

Sir Stephen la repoussa pour prendre l'enfant dans ses bras.

— Miss Hodges, occupez-vous d'Arthur. Vous, ajouta-t-il en faisant un signe de tête à deux garçons d'écurie, ramenez Emperor et Harold. Et faites venir le médecin le plus proche. Vous, dit-il en s'adressant à un valet de pied qui approchait, alerté par l'agitation, récupérez la selle de Lord Darrow et rapportez-la dans le bureau. Fermez la pièce à clé et ne laissez entrer personne. Pas même Renard.

Puis il se dirigea à grands pas vers la maison, sans attendre de voir si on exécutait bien ses ordres.

Bonnie se précipita à sa suite.

— Henry est sain et sauf, n'est-ce pas ? Il n'est pas mort, il ne peut pas être mort ! Il n'a rien ? Qu'allons-nous faire, s'il est blessé ou mort ?

Elle savait qu'elle parlait à tort et à travers, mais elle ne pouvait s'en empêcher.

— Reprenez-vous ! la houspilla Sir Stephen en s'arrêtant, les yeux brillants de colère. Ce n'est pas le moment de faiblir. Vous devez vous occuper d'Arthur. Je me charge de Henry. Son petit frère a besoin de vous, souvenez-vous-en.

— Vous avez raison, répondit-elle en hochant plusieurs fois la tête, tremblante. Arthur a besoin de moi. Je vais le chercher. Nous nous occuperons de Henry ensemble. Il ne doit pas me voir dans cet état.

Elle prit une profonde inspiration pour recouvrer son calme et se dirigea vers l'enfant, qui poussait toujours des hurlements déchirants.

— Allons à la nurserie, mon petit, lui dit-elle en le prenant dans ses bras.

*
* *

Bonnie frappa à la porte du bureau. Une voix bourrue l'invita à entrer, ce qu'elle fit. Malgré l'heure tardive, la maisonnée était loin d'être endormie. La crainte de perdre un second vicomte en l'espace de quelques mois avait secoué jusqu'aux poutres du vieux manoir.

Elle se tint discrètement à l'entrée de la pièce. Sir Stephen jeta un bref regard dans sa direction avant de se lever.

— Merci, docteur, dit-il en serrant la main du vieil homme qui lui faisait face. Je vous suis reconnaissant d'être venu aussi vite.

— C'est bien normal, répondit celui-ci. C'est un petit garçon ; un vicomte, qui plus est. Nous ne pouvons pas en perdre un autre, ajouta-t-il avec un profond soupir.

Une fois le médecin parti, Sir Stephen referma la porte derrière lui et regagna sa place derrière le bureau.

— Il dit que Henry va s'en sortir. Il a une épaule démise et souffre d'un choc mineur. On lui a administré du laudanum.

— Oui, je viens de passer un petit moment auprès de lui.

Elle s'approcha du bureau.

— Arthur refusait de se calmer avant d'avoir vu son frère. Nous sommes très soulagés de savoir qu'il n'est pas gravement blessé.

— Cela aurait pu être pire.

— Oui. C'est une chance qu'il soit tombé d'un poney, et non de l'étalon qu'il réclamait il y a trois jours, observa-t-elle avec un sourire qui mourut lorsqu'il la foudroya du regard.

L'homme qui se tenait de l'autre côté du bureau était bien différent de celui qui avait pris le thé avec elle. Il ne fallait pas qu'elle l'oublie. Bercée par la cadence toute écossaise de sa voix, elle s'était laissé gagner par l'atmosphère intime et détendue de la cuisine. Mais il était le nouveau maître de maison, et elle une simple gouvernante. Elle n'avait pas le droit d'apprécier son accent, ni de repenser à la façon dont il s'était élancé au secours de Henry, tel un preux chevalier du Moyen Âge. C'était ainsi.

Il lui tendit une liste avant de s'asseoir pour écrire sur une autre feuille de papier. Comme il ne disait rien, elle commença à lire.

Avant même d'être parvenue à la fin, elle leva des yeux étonnés et toussota.

— Quelque chose vous chagrine ?

À part votre écriture déplorable ?

— Je ne comprends pas de quoi il s'agit.

— Il s'agit d'une liste, répondit-il sans lever les yeux.

— Je l'ai bien compris, monsieur. Ce que je ne comprends pas, c'est son objet.

— Vous devez accepter les restrictions que j'ai énumérées.

— Toutes les excursions hors du manoir doivent être préalablement soumises à votre approbation, dit-elle en parcourant à nouveau la feuille de papier.

— Oui.

— Je dois vous fournir l'itinéraire détaillé de chaque excursion que vous aurez approuvée.

— Oui.

— Si vous n'êtes pas disponible, nous devons nous faire accompagner de deux valets de pied ou de deux garçons d'écurie.

— Je connais le contenu de cette liste.

— Toutes les rencontres que nous pourrons faire devront vous être rapportées à notre retour, quand bien même elles sembleraient insignifiantes.

Il laissa tomber sa plume sur le bureau.

— Cette liste vous pose-t-elle un problème ?

Quelle perspicacité !

— Mon opinion n'a pas d'importance, monsieur.

— Vous êtes pourtant en train de me la donner.

— Pourquoi ces restrictions ?

— Je n'ai pas à vous exposer mes raisons.

— Si je peux me permettre, monsieur, mon rôle est de doter Henry et Arthur d'une éducation exemplaire. Or, je ne peux le faire en appliquant ces restrictions.

— Il faudra vous adapter.

— C'est impossible.

— Vous n'avez pas le choix.

Elle avait l'impression de se trouver face à Arthur dans les moments où il se montrait le plus têtu.

— Ces restrictions sont trop… restrictives.

— Est-ce là un exemple de l'éducation exemplaire que vous dispensez ? demanda-t-il en haussant un sourcil.

— Ce que je veux dire, monsieur, c'est que je ne serai pas en mesure de dispenser cette éducation exemplaire, si je dois respecter ces restrictions.

— Lord Darrow et moi avions inventé un jeu, autrefois : il s'agissait de faire répéter une expression à nos professeurs le plus grand nombre de fois possible. À votre avis, combien de fois emploierons-nous « éducation exemplaire » ?

Elle s'efforça de respirer calmement pour surmonter son exaspération.

— Monsieur, vous plaisantez, alors qu'il s'agit pour moi d'un sujet fort sérieux.

— En réalité, j'essaie de distraire votre attention. Mais cela ne semble guère fonctionner.

— Je vous en prie, expliquez-moi la nécessité de ces restrictions.

— Non.
— Monsieur, je me dois d'insister…
— Miss Hodges, vous avez une conception toute personnelle des libertés que vous octroie votre position de gouvernante.
— Sauf votre respect, comme je vous l'ai dit, ma priorité est l'éducation de Henry et d'Arthur. Et depuis peu, à cette préoccupation se sont ajoutés leur bien-être et leur sécurité.
— Vous vous êtes adaptée.
— Oui.
— Adaptez-vous encore.
— Je me suis adaptée parce que j'avais un motif clair de le faire, monsieur, ce qui n'est pas le cas dans cette situation.

Stephen soupira. Elle n'abandonnait pas facilement la partie.
— Ne pouvez-vous simplement partir du principe que j'agis dans l'intérêt des garçons ?
— Cela m'est impossible, dès lors que vos décisions m'empêchent de remplir mon rôle.
Il s'appuya contre le dossier du fauteuil de George. Comment Henry avait-il pu penser qu'ils s'entendraient assez bien pour se marier ? Cette femme était affreusement butée. Intelligente, mais butée.
Il la regarda, debout devant lui, de l'autre côté du bureau. Elle portait une robe verte aussi simple que sage. Ses mains jointes devant elle, son air réservé, son regard raisonnable posé sur lui contrastaient singulièrement avec l'obstination dont elle faisait preuve à cet instant. Il en venait presque à plaindre Henry et Arthur…
Comme il l'avait fait le jour de son arrivée, il observa

ses mains, qu'elle tenait croisées devant elle, ainsi qu'elle l'avait fait alors. À nouveau, il fut frappé par la petitesse et la délicatesse de ses doigts. À nouveau, il devina malgré cela qu'il y avait en eux une force et une confiance remarquables.

De ses mains, son regard glissa vers son poignet pour suivre la douce courbe de son bras, avant de s'arrêter sur le creux de son cou. Il descendit ensuite jusqu'au séduisant galbe de sa gorge, puis revint à son visage. Oui, il en était certain : derrière cette frêle et gracieuse silhouette se cachaient la force, l'assurance et le ressort qui avaient manqué à sa propre mère.

Elle était décidément à son goût, cette Miss Hodges aux yeux noisette, aux seins ravissants et aux chevilles fines ! Ces chevilles qui hantaient ses rêves, alors qu'il ne les avait encore jamais vues…

Il interrompit son examen pour lever les yeux vers son visage. Il constata qu'elle n'avait cessé de le fixer, et que son regard était teinté d'une nuance réprobatrice. Le front soudain chaud, il se redressa sur son fauteuil et revint à des considérations plus terre à terre.

Étant donné la place privilégiée qu'elle occupait auprès des garçons, il avait tout intérêt à la mettre dans la confidence. Si les enfants étaient en danger, elle devait en être avertie. En outre, sa proximité avec eux la plaçait, elle aussi, dans une situation risquée. Cette pensée lui donna la chair de poule.

Mais avant tout chose, il décida de s'accorder un petit plaisir.

— Miss Hodges, quel est votre nom ?

— Mon nom ? répéta-t-elle, visiblement déconcertée par sa question.

— Je veux dire votre prénom.

— Bonnie, monsieur.

Bonnie. Jolie Bonnie. Vos chevilles me donnent des insomnies.

Il s'autorisa un petit sourire.

— Miss Hodges, ces restrictions sont nécessaires après ce qui est arrivé à Henry aujourd'hui.

— Il a été victime d'un accident, objecta-t-elle, comme cela arrive souvent aux jeunes garçons. Ce n'est guère une raison pour limiter à ce point leurs mouvements.

— Je ne suis pas d'accord avec…

— Monsieur, ces restrictions sont dignes de la prison de Newgate, et non d'une honnête maison !

— Miss Hodges, interrompre son interlocuteur fait-il partie des éléments que vous enseignez dans le cadre de votre éducation exemplaire ?

— Je vous demande pardon, monsieur, dit-elle en s'inclinant brièvement.

— Ce n'était pas un accident, reprit-il après avoir accepté ses excuses d'un hochement de tête. La vie de Henry est menacée, et celle d'Arthur l'est peut-être également.

— Si je peux me permettre, monsieur, il est tombé de son poney. Les chutes ne sont pas rares chez les jeunes cavaliers.

— Il n'est pas tombé.

— J'ai assisté à la scène. Vous aussi. Il est tombé !

Il se leva et contourna le bureau.

— Non, il n'est pas tombé.

Il se dirigea vers les sofas installés devant le feu et tira de derrière l'un d'eux la selle de Henry, qu'il posa sur les coussins.

— Savez-vous comment une selle est fixée ?

— Pas vraiment. Je ne sais pas monter.

— Approchez, dit-il en lui faisant signe de la main.

S'agenouillant, il prit la sangle entre ses doigts.

— Ceci passe sous le ventre de la monture pour maintenir

la selle en place. Henry est tombé de son poney, parce que cette sangle ne remplissait plus son office.

— Vous voulez dire qu'il ne l'avait pas attachée correctement ?

Stephen lui montra les boucles des sanglons.

— Je les ai vérifiées moi-même avant qu'il ne monte Harold. Elles sont intactes. C'est la sangle qui a cédé, ajouta-t-il en faisant glisser sa main jusqu'à la section rompue.

Sur ces mots, il lui tendit la bande de cuir. Elle lui lança un regard interrogateur avant de s'agenouiller à ses côtés pour s'en saisir. Lorsque sa main effleura la sienne, il ressentit des picotements le long du bras. Il toussa avant de reprendre la parole.

— Que remarquez-vous ?

— Pourquoi n'est-elle que partiellement effilochée ? demanda-t-elle, passant les doigts sur l'extrémité rompue.

— Parce que la moitié du travail avait déjà été faite, répondit-il. Quelqu'un en a discrètement coupé une partie. Dès lors, il suffisait d'une promenade, surtout terminée par un galop, pour qu'elle casse complètement.

Frappée de stupeur, Bonnie leva les yeux vers lui.

— Que…

Il se remit sur ses pieds et plongea de nouveau la main derrière le sofa. Il en sortit une planche de bois qu'il posa sur la selle, avant de lui montrer l'une des extrémités.

Comme sur la sangle, une partie de la planche était fendue en éclats, mais les deux tiers étaient coupés net, comme par une scie.

Juste ciel !

— C'est… une planche du pont ? s'étrangla-t-elle.

— Tôt ou tard, elle ne pouvait que se briser. N'importe qui aurait pu traverser à ce moment-là.

— Alors, il… j'au… quand…

— Oui, vous auriez pu vous trouver sur ce pont au moment où il s'est écroulé.

Soudain, l'air lui manqua. Elle essaya de reprendre son souffle, sans succès. Après deux nouvelles tentatives, elle suffoquait de plus belle.

— Je n'arrive pas à respirer !

Sir Stephen ne perdit pas une minute. Après avoir dénoué les lacets qui fermaient le dos de sa robe, il se dirigea vers le guéridon et remplit généreusement deux verres de scotch. Puis il revint vers elle et lui en tendit un.

— Non ! Respirer, je dois respirer ! dit-elle, haletante, la main sur le ventre.

— Ceci vous y aidera.

Il porta le verre à ses lèvres et lui en fit boire une gorgée. Elle s'étouffa, crachota. Il recommença. Le liquide ardent qui lui coulait dans la gorge lui arrachait des larmes et lui brûlait l'estomac. Enfin, après un dernier hoquet, elle sentit l'air pénétrer dans ses poumons.

— Vous vous sentez mieux ?

— Qu'allons-nous faire ? demanda-t-elle après avoir acquiescé d'un signe.

— Tout d'abord, nous devons rester discrets. Je suis convaincu que les attaques visent le titre de comte. Cela signifie que s'il arrivait malheur à Henry, Arthur serait la cible suivante.

— Mais ce ne sont que des enfants !

— Cela ne semble n'avoir aucune espèce d'importance pour le responsable de ces actes. Et votre présence auprès des garçons vous rend également vulnérable.

— Ma mère m'a élevée pour faire de moi une gouvernante, dit-elle, la gorge serrée. Elle m'a préparée à toutes sortes de situations. Mais celle-ci n'en fait pas partie.

Après avoir bu une nouvelle gorgée de scotch, elle se tourna vers lui.

— Comment avez-vous découvert tout cela ?

Sir Stephen tira une lettre froissée de la poche intérieure de sa redingote.

— Darrow m'a écrit moins d'une semaine avant sa mort. Je n'ai reçu sa lettre que deux semaines plus tard. Lisez ce paragraphe, dit-il en lui montrant le passage du doigt.

Après avoir parcouru les quelques lignes, Bonnie dut les lire à nouveau.

— Ainsi, lorsque Lady Darrow…

Il l'interrompit immédiatement.

— Arrêtez. Ne commencez pas à analyser le moindre incident. Nous n'avons aucun moyen de distinguer ce qui était criminel de ce qui ne l'était pas. J'ai eu beaucoup de chance en trouvant cet indice dans les décombres du pont.

Bonnie posa à nouveau les yeux sur la lettre.

— Il vous a demandé votre aide ?

— Oui. Nous nous connaissions depuis près de vingt ans.

— Pourtant, je ne vous avais jamais vu avant votre arrivée au manoir, il y a deux semaines.

L'air embarrassé, il ne répondit pas. Au bout d'un moment, il se leva et lui offrit sa main. En la prenant, Bonnie ne put s'empêcher de remarquer la rudesse et la chaleur de sa paume. Lorsqu'elle fut debout, sa robe, desserrée, commença à glisser sur ses épaules, et elle la retint juste avant qu'elle ne tombe à terre.

*
* *

C'était plus fort que lui : il devait la regarder. Un gentleman aurait détourné les yeux, lui aurait laissé le temps d'ajuster sa toilette. Lui n'en fit rien. Sa robe s'était ouverte juste assez pour dévoiler la courbe de sa gorge et la bordure de sa chemise de coton.

Par tous les saints, lui qui se croyait hardi d'imaginer ses chevilles ! Voilà qu'il disposait d'une image de sa gorge dénudée qui le hanterait, le soir, longtemps après avoir fermé les yeux ! La blancheur laiteuse de ses seins brillait à la lumière des bougies, et il crut même apercevoir le cercle foncé qui entourait leur pointe. Subitement, il fut pris d'une envie irrésistible, presque violente, d'enfouir sa tête dans ce refuge moelleux pour découvrir son odeur et le goût de sa peau, avant de s'y endormir, comblé.

— Pourriez-vous renouer les lacets de ma robe, je vous prie ?

Sa voix mélodieuse l'arracha à sa rêverie. Elle lui tournait maintenant le dos, attendant patiemment qu'il répare ce qu'il avait défait. S'efforçant de dissimuler son trouble, il saisit les lacets. Mais il avait bien du mal à maîtriser le tremblement de ses doigts.

— Qui d'autre est au fait de la situation ? demanda-t-elle, lorsqu'elle put à nouveau lui faire face.

Il se dirigea vers la porte, mais ne l'ouvrit pas.

— Personne, répondit-il en s'efforçant de la regarder dans les yeux.

— Personne ? Pas même Mr Renard ?

— Non. Darrow disait qu'il ne savait pas à qui se fier. Je ne vois aucune raison de faire confiance à un homme qui n'est pour moi qu'un parfait inconnu.

Elle s'arrêta devant lui. Si elle savait quels efforts il devait déployer pour ne pas laisser errer son regard plus bas que son menton !

— Pourtant, vous me faites confiance. Dois-je en être honorée ? demanda-t-elle avec douceur.

Il inclina la tête tout en posant la main sur la poignée de la porte.

— Vous avez fait vos preuves.

Ses joues s'empourprèrent légèrement et elle sourit, le visage tout près de son torse.

— Merci, dit-elle comme il lui ouvrait. Bonne nuit, monsieur.

Après une révérence, elle disparut dans le couloir, le laissant seul avec ses visions et le parfum suave qui flottait encore dans la pièce.

Chapitre 11

Sept jours plus tard, Bonnie et Arthur pénétraient dans la maison en se poursuivant, dans une explosion de rires.

— Oh non, jamais de la vie ! criait Bonnie en attrapant le petit garçon. Vous ne gagnerez pas ! J'arriverai la première devant l'escalier !

Arthur poussait des cris perçants en se débattant dans ses bras. Quand elle fit mine de le lâcher, il prit l'avantage. Hors d'haleine, elle s'élança alors à ses trousses dans un bruissement de jupes. Leurs pas rapides résonnaient dans le grand vestibule du manoir. Un valet de pied, pris par surprise, dut détaler à leur approche. Burdis, quant à lui, souleva élégamment au-dessus de leurs têtes le plateau chargé de verres qu'il transportait, avant de continuer son chemin, comme si tout était parfaitement normal.

Arthur parvint au pied de l'escalier avec une foulée d'avance. Bonnie le souleva à nouveau dans ses bras et se laissa tomber sur la première marche pour le chatouiller jusqu'à ce qu'il suffoque de rire.

— Comment osez-vous me battre ? le taquinait-elle, sans cesser de le tourmenter, pour le plus grand plaisir du garçonnet. Ne savez-vous pas qu'il faut laisser les filles gagner, petit polisson ?

Vaincu, il s'assit à côté d'elle, passa les bras autour de son cou et posa un baiser humide sur sa joue. Puis il la gratifia d'un grand sourire, qu'elle lui rendit immédiatement.

— Mon petit monsieur, vous serez un vrai charmeur lorsque vous serez grand !

— Miss Hodges, avez-vous besoin d'aide ?

— Pardon ?

Levant les yeux, Bonnie découvrit devant elle Alfred, l'un des valets de pied de Darrowgate.

— Vous disiez ?

— Avez-vous besoin d'aide, mademoiselle ? Je peux m'occuper de Mr Arthur pendant que vous arrangez votre toilette.

Alfred. Un excellent valet de pied, efficace et attentionné. Un homme discret, voire renfermé. Ils travaillaient ensemble depuis quatre ans et elle ne savait même pas s'il était originaire de la région. Lui confier Arthur ? Certainement pas !

Elle se leva en souriant, entraînant l'enfant avec elle.

— Non, je vous remercie. Nous nous débrouillerons très bien tous les deux. Savez-vous si Mrs Dabbs a déjà fait porter le thé à la nurserie ?

— Je crois que oui, mademoiselle.

— Parfait ! dit-elle en prenant Arthur par la main. Si nous filions à l'étage ? Nous pourrons peut-être chiper un petit gâteau avant l'arrivée de Henry et de Sir Stephen. Qu'en dites-vous, Arthur ?

Ils échangèrent des regards de conspirateurs avant de grimper l'escalier.

Doux Jésus, pourvu que Sir Stephen parvienne à éclaircir cette affaire promptement ! C'était épuisant de se méfier de tout le monde en permanence.

Épuisant, oui !

— Avez-vous faim ? demanda-t-elle à l'enfant, tout en l'aidant à ôter sa redingote et son chapeau.

En cette journée de fin octobre, malgré un soleil resplendissant, ils avaient dû revêtir des habits chauds. Bonnie retira à son tour son manteau, avant de le ranger dans l'armoire de la nurserie.

Arthur se précipita vers le plateau disposé sur la table.

— Oh non, jeune homme, pas si vite !

Il s'arrêta net avant de se tourner vers elle.

— Avez-vous l'intention de laisser votre redingote et votre chapeau par terre ? demanda-t-elle d'un ton désapprobateur.

Arthur poussa un énorme soupir, puis fit demi-tour pour aller ramasser ses vêtements en renâclant.

Bonnie hocha la tête, satisfaite, et se dirigea vers la table.

— Miam, des biscuits !

Henry installait une fois de plus sa selle sur le dos de Harold.

— Excellent travail, Henry ! approuva Stephen. Commence à l'enlever, maintenant.

— Merci, monsieur. Je ne referai plus la même erreur.

— Tu aurais tort de croire que tu ne tomberas plus jamais. Personne n'est à l'abri d'un accident. Mais on en devient meilleur cavalier, pour peu que l'on en tire des leçons.

Il s'approcha du garçon pour lui prendre la selle ; son épaule n'était pas suffisamment remise pour lui permettre de porter de lourdes charges.

— Miss Hodges doit nous attendre pour le thé.

— Vous ne la connaissez pas très bien, observa l'enfant en souriant. Si Mrs Dabbs a mis des biscuits sur le plateau, seul un garde armé pourra l'empêcher d'y toucher !

— Alors, dépêchons-nous, avant qu'elle ne mange tout !

Arrivés au manoir, ils laissèrent leurs redingotes entre les mains d'Alfred.

Ils se trouvaient au milieu de l'escalier lorsqu'un hurlement glaçant les interrompit.

— C'est Arthur, dit Henry.

Son inquiétude se percevait sur son visage comme dans sa voix.

Stephen gravit l'escalier à toutes jambes sans l'attendre. Qu'avait-il bien pu se passer ? Où était Miss Hodges, et pourquoi n'était-elle pas en train de calmer le petit garçon ?

Il entra en trombe par la porte ouverte de la nurserie. La première chose qu'il vit fut le plateau posé sur la table ; mais bien vite, son attention fut attirée par Miss Hodges. Étendue sur le sol, elle se tenait le ventre en gémissant, le visage baigné de larmes. Assis près d'elle, Arthur, en pleurs, continuait à pousser des cris atroces.

À côté d'elle se trouvait un biscuit entamé.

Sans hésiter un instant, Stephen s'agenouilla près d'elle.

— Miss Hodges ! dit-il, en essayant de couvrir les hurlements de l'enfant. Miss Hodges !

— J'ai affreusement mal !

— Où ?

— Au ventre.

— Très bien. Je vous préviens, vous n'allez pas aimer ce que je vais faire.

Il se tourna vers Henry, qui venait à son tour de pénétrer dans la pièce.

— Va chercher le pot de chambre.

L'enfant s'exécuta sans tarder. Stephen souleva alors la jeune femme pour la mettre à genoux, tout en la soutenant par la taille. De sa main libre, il lui ouvrit la bouche et lui enfonça deux doigts dans la gorge.

Elle eut aussitôt un haut-le-cœur. Lorsque le premier spasme arriva, il l'aida à se pencher au-dessus du récipient. Les hurlements d'Arthur redoublèrent d'intensité.

Stephen répéta l'opération.

— C'est dégoûtant ! s'exclama Henry.

Stephen le foudroya du regard. Le garçon semblait lui-même pris de nausée.

— Occupe-toi d'Arthur. Fais-le taire.

— Oui, monsieur. Est-ce qu'elle va encore vomir ?

— Non, je vous en prie ! l'implora-t-elle.

— Il le faut.

Joignant le geste à la parole, il la soutint tandis qu'une fois encore, elle vidait le contenu de son estomac.

— Assez ! le supplia-t-elle à nouveau. Il ne reste plus rien.

— C'était le but.

Alors, elle s'effondra dans ses bras, épuisée, avant de lever faiblement la tête pour le regarder. Le mélange de douleur et de tristesse qu'il lut dans ses beaux yeux noisette lui déchira le cœur.

— Les garçons…, murmura-t-elle.

— Ils vont parfaitement bien.

Son visage se détendit légèrement : le soulagement semblait momentanément lui faire oublier ses souffrances. Mais immédiatement après, elle battit des cils, ses yeux chavirèrent et elle se laissa aller contre son épaule, inconsciente.

Tandis qu'il la tenait enlacée, ses yeux tombèrent sur le biscuit, oublié sur le sol. Il se tourna vers la porte. Debout dans l'entrebâillement, plusieurs bonnes et valets observaient la scène.

— Nettoyez cela, leur ordonna-t-il.

Pendant qu'ils s'affairaient, il ramassa le biscuit. Se levant, il en prit discrètement deux autres sur le plateau, et les glissa dans sa poche.

Ensuite, il souleva Miss Hodges dans ses bras et sortit de la nurserie, serrant contre lui son corps inerte.

Chapitre 12

Après avoir brièvement repris connaissance, Miss Hodges avait sombré dans le sommeil. Le médecin la disait sauvée. Il avait voulu la saigner pour éliminer toute trace de poison, mais Stephen s'y était fermement opposé. Tous deux avaient donc trouvé un compromis : la convalescente s'était vu administrer du laudanum pour l'aider à dormir.

À présent, les rayons du soleil qui se reflétaient sur le lac le forçaient à plisser les yeux. Il regardait les quelques canards qui se trouvaient encore là malgré le froid. Trop gras, et habitués à être nourris par les membres de la maisonnée, sans doute avaient-ils renoncé à migrer. Il jeta encore quelques miettes dans l'eau, attendant qu'ils cèdent à la tentation.

Henry et Arthur étaient au chevet de leur gouvernante. Une fois encore, ils avaient refusé de la quitter. Parmi les domestiques nouvellement engagés, plusieurs murmuraient déjà leur intention de partir, d'après l'intendant. L'atmosphère de méfiance était de plus en plus palpable au manoir, les plus superstitieux allant jusqu'à évoquer à demi-mot une malédiction.

Une fois rassuré sur le sort de la jeune femme, il avait décidé d'interroger Mrs Dabbs. En pénétrant dans la cuisine, il l'avait trouvée dans les bras de Renard. Elle était en larmes, et il la réconfortait, couvrant son front de baisers. Leur intimité ne faisait aucun doute. C'était un spectacle étrange que ce couple vieillissant tendrement enlacé.

L'intendant avait refusé de quitter la pièce.

— Nous avions décidé de rester discrets, lui avait expliqué ce dernier, mais cela n'a plus de sens à présent. Mrs Dabbs et moi nous fréquentons depuis plusieurs mois, maintenant. Nous avons l'intention de nous marier.

— Vous me permettrez de réserver mes vœux pour un moment plus approprié.

— Sylvester… Mr Renard était avec moi, quand j'ai préparé ces biscuits. Je jure que je n'ai rien ajouté à la pâte ! J'ai utilisé ma recette habituelle, celle qu'aiment les maîtres. Je ne ferais jamais rien pour leur nuire !

Renard avait confirmé ses dires.

— Je n'ai vu ni Mrs Dabbs, ni personne d'autre, verser quoi que ce soit d'anormal à la préparation.

Stephen jeta à nouveau quelques miettes dans l'eau. Les canards s'étaient enhardis et picoraient maintenant les petits morceaux avec plaisir.

Questionnée à son tour, la bonne qui avait apporté le plateau à la nurserie ne lui avait pas été plus utile. Il s'était simplement trouvé avec une seconde femme en larmes sur les bras, et pas la moindre information utile.

Les canards continuaient à manger. Soudain, l'un d'eux se mit à tousser, bientôt imité par les autres. Certains tentèrent de s'envoler pour échapper à ce qu'ils pressentaient être un danger, mais aucun ne parvint à prendre son essor. Des sons qu'il n'avait jamais entendus auparavant s'élevèrent de leurs corps tordus de douleur. Il ne s'écoula pas plus de deux minutes avant que le premier volatile ne meure. Stephen regarda, impassible, les autres succomber l'un après l'autre.

Il n'y avait plus le moindre doute : les biscuits étaient empoisonnés.

Bonnie grimaça. Son corps tout entier la faisait souffrir. Ses paupières étaient lourdes, sa gorge aussi sèche que si elle avait avalé du coton, et elle avait un goût amer dans la bouche. Enfin, son bras et sa hanche gauches étaient complètement engourdis. Elle entendit une respiration. Était-ce la sienne ? Non, plusieurs souffles se mêlaient.

Lorsqu'elle essaya d'ouvrir les yeux, tout était noir. Était-elle devenue aveugle ? Non : à la seconde tentative, elle perçut la faible lueur d'une bougie presque consumée.

Elle voulut s'asseoir, mais elle ressentait toujours cette gêne, du côté gauche. Elle réussit cependant à garder les yeux ouverts et à incliner la tête pour regarder devant elle. Ce geste lui arracha un gémissement : c'était comme si son crâne était transpercé d'éclairs.

Elle perçut une présence à côté du lit.

— Miss Hodges ?

Elle reconnut, moins assurée qu'à l'accoutumée, la voix grave de Sir Stephen.

— Je ne peux pas bouger mon bras ni ma hanche gauches, chuchota-t-elle.

— Ce… ce doit être à cause d'Arthur. Il est allongé contre vous.

— J'ai la bouche pâteuse.

— Buvez un peu d'eau.

Elle sentit une main large et chaude lui soulever doucement la tête, tandis qu'il portait un verre à ses lèvres. Bien que le moindre mouvement lui fût douloureux, elle sentit l'action bienfaisante du liquide. Elle but encore, chaque gorgée la rafraîchissant un peu plus.

— Vous sentez-vous mieux ? demanda-t-il.

Elle fit signe que oui.

— Et Henry ?

— Il est dans le lit gigogne. Il dort à poings fermés.

— Comment vont-ils ?

— Ils sont secoués, mais indemnes.

— Que s'est-il passé ?

— Vous ne vous souvenez pas ?

Elle secoua la tête.

— Le biscuit que vous avez mangé était empoisonné. Plusieurs autres aussi, sinon la totalité. Mrs Dabbs a jeté tous les ingrédients qu'elle conservait dans la cuisine, par précaution.

Doux Jésus, elle avait donc frôlé la mort ! Une fois de plus… Même en fermant les yeux, elle ne put empêcher ses larmes de couler. Elle sentait leurs traînées chaudes sur ses joues.

— Non, ne… ne pleu… eurez pas.

De ses pouces, il essuya son visage.

Un petit gloussement s'échappa des lèvres de Bonnie. C'était plus fort qu'elle : elle avait toujours eu la fâcheuse habitude de s'esclaffer aux moments les plus incongrus. Malgré ses tentatives de se retenir, elle éclata bientôt d'un rire incontrôlable.

— Je… je vous le promets, Miss Hodges, je… je retrouverai ce… scélérat, et je… je veillerai à ce qu'il ne vous fasse plus… plus jamais de mal, ni à vous, ni… ni aux enfants.

Ces paroles eurent pour effet de redoubler son hilarité.

— Vous sentez-vous bien, ma… mademoiselle ?

— Je suis désolée, pouffa Bonnie en s'éventant de la main.

— Non, il… il ne faut pas vous… vous en vouloir d'avoir peur. Ce… ce n'est pas une faiblesse.

— Non, ce n'est pas cela !

— Que… qu'y a-t-il, alors ? Je… je ferai tout ce que vous me de… manderez.

Elle réussit enfin à se dominer et tourna les yeux vers lui. Il avait l'air exténué. Une barbe naissante lui assombrissait le visage, et ses cheveux bruns, d'ordinaire soigneusement peignés, étaient ébouriffés, lui cachant le front.

Elle eut soudain terriblement envie de passer la main dans cette toison, de sentir sa caresse sur ses doigts.

— Savez-vous que vous bégayez, lorsque vous êtes ému ? demanda-t-elle en lui souriant.

— Je ne suis pas ému ! rétorqua-t-il en se redressant sur son siège.

Il avait rapidement retrouvé son aplomb.

— Quand avez-vous mangé pour la dernière fois ? Et dormi ?

— Ne vous préoccupez pas de moi. C'est vous qui avez été empoisonnée.

— C'est pourtant vous qui avez une mine effroyable.

— Vous êtes-vous vue dans un miroir ?

— Et vous ?

Stephen la dévisagea longuement. Comme dans la cuisine, la première fois qu'ils avaient pris le thé ensemble, son rire l'avait pris par surprise. Qu'elle trouve la force de le taquiner, alors qu'elle venait de faire face à un tel danger, qu'elle rie, alors que l'ombre de la mort voilait encore son visage, cela lui paraissait inconcevable. Il espéra sincèrement qu'elle ne lui demanderait pas de miroir.

Mais elle était saine et sauve. Un immense soulagement l'envahit à cette pensée. Il lui faudrait quelques jours pour se rétablir, bien sûr, mais elle était saine et sauve. Cette certitude le submergea d'une telle joie qu'il se sentit incapable de se maîtriser davantage.

Sans plus réfléchir, il lui saisit le visage et posa ses lèvres sur les siennes. Étouffant son halètement de surprise, il l'embrassa.

Ce fut un baiser sans finesse, sans séduction ; la simple rencontre de deux bouches. Mais un baiser qui le laissa plus troublé que jamais.

Il goûta la chaleur de ses lèvres, dont la forme épousait si bien les siennes, respira le parfum de son corps ensommeillé, auquel se mêlait l'odeur sucrée de biscuit qu'il avait appris à reconnaître.

Elle ne s'écarta pas de lui, ne s'arracha pas à son baiser, pas plus qu'elle ne le gifla pour le réprimander. Non ; elle resta sans bouger, sans même respirer, avant de se laisser aller contre lui avec un petit soupir.

Le cœur de Stephen se mit alors à battre avec l'enthousiasme d'un tambour de fanfare militaire. Lorsque, de sa bouche, il frôla à nouveau ses lèvres, elle se mit à suivre ses mouvements. Aussitôt, son corps fut parcouru de frissons et il sentit des picotements sur la peau de ses bras. Un désir ardent l'envahit, le désir de trouver le réconfort que ce court baiser promettait.

Seigneur, c'était encore mieux que ce qu'il avait imaginé !

Un petit gémissement lui parvint aux oreilles. Lorsqu'il l'entendit à nouveau, accompagné d'un bruit de draps froissés, il comprit que ce gémissement ne provenait pas d'elle.

Interrompant leur baiser, il tourna la tête et découvrit Arthur qui les regardait, les cheveux en bataille. L'enfant cligna plusieurs fois des yeux, avant de se tourner sur le côté et de se rendormir.

Stephen écarta les mains du visage de Miss Hodges comme s'il les avait tenues trop près d'un feu. L'espace de plusieurs battements de cœur, il la contempla avec intensité. Enfin, il se leva et quitta la pièce sans un mot.

Chapitre 13

— Essayez encore, Henry.

L'enfant poussa un long soupir de lassitude et reprit le manuel au début.

— Allons, vous devez vous entraîner !

Bonnie était assise, le dos appuyée contre la tête du lit, tandis que Henry était couché sur le ventre à ses côtés.

— Je l'ai déjà lu deux fois, Miss Hodges ! Quand quitterez-vous le lit ?

— Étant donné les progrès considérables que je fais, je devrais pouvoir m'installer dans le petit salon à la fin de la semaine prochaine.

— Dans le petit salon ?

Il prit un air si désespéré que Bonnie eut du mal à cacher son amusement.

— Comment se passent vos après-midi avec Sir Stephen ? demanda-t-elle d'un ton qu'elle voulut nonchalant.

Elle ne l'avait pas vu depuis le jour où elle avait mangé le biscuit empoisonné, ou plutôt depuis la nuit où ils avaient échangé un baiser. À présent, elle ne savait que penser.

Oh ! elle n'était pas assez stupide pour s'attendre à une proposition honnête, ni à quelque proposition que ce soit, du reste. Un simple baiser n'appelait pas de mesures aussi radicales. Sinon, il y aurait beaucoup plus de mariages et nettement moins de prostituées!

Surtout si tous les baisers ressemblaient à celui que Sir Stephen lui avait donné. D'après son expérience, qui se limitait, il fallait bien l'admettre, à cette unique étreinte, les baisers étaient des moments chargés de sensations. Les sensations, juste ciel! Cet homme avait fait jaillir dans son corps des étincelles à lui donner le vertige. Comme elle avait aimé le contact de ses lèvres contre les siennes : fermes, chaudes, pleines d'assurance! Et que dire de ses mains sur ses joues : expertes, douces malgré leur peau tannée, confiantes?

Mais c'était respirer son odeur et sentir son haleine qui l'avait véritablement transportée. Son eau de Cologne au bois de santal lui avait agréablement chatouillé le nez, tandis qu'en dansant sur sa peau son souffle avait fait frémir tout son corps.

Pourtant, cela n'était rien à côté du moment où leurs respirations s'étaient soudain accordées, trouvant le même rythme. À cet instant, si bref avait-il été, elle avait connu la magie d'un baiser. Et elle avait compris le regard éperdu d'amour que sa mère posait sur son père, chaque fois qu'il rentrait à la maison.

Bien sûr, cette attirance ne pouvait mener à rien, elle le savait. Elle était la gouvernante et lui le tuteur. Malgré cela, elle n'avait qu'une envie : le voir davantage. Pourquoi semblait-il l'éviter, depuis le soir de leur baiser? Elle avait beau tenter de se raisonner, son attitude distante la faisait souffrir.

Elle fut tirée de sa rêverie par Henry qui, haussant les épaules, avait fait tressauter le matelas.

— Bien.

— Bien ? Est-ce là tout ce que vous avez à dire ? demanda-t-elle en levant sur lui des yeux étonnés.

— Nous allons voir les chevaux et nous restons assis pendant des heures dans le bureau, expliqua Henry avec un nouveau haussement d'épaules. Ce n'est guère amusant.

— Je croyais que vous aimiez les chevaux.

— Mais je ne peux rien faire avec mon épaule douloureuse ! Comme je ne peux pas monter, oncle Stephen m'apprend à graisser ma selle et à étriller Harold. Et lorsque nous sommes dans le bureau, il ne fait rien d'autre que travailler avec Mr Renard. Il me parle un peu de la propriété, mais c'est d'un ennui !

Mon Dieu…

— Henry…, Sir Stephen a beaucoup à faire. Son rôle de tuteur lui donne énormément de travail.

Sans parler de ses efforts pour découvrir qui veut attenter à votre vie et à celle d'Arthur.

— L'une de ses responsabilités est de vous préparer à assumer les devoirs qui incombent à un vicomte. Vous devriez être reconnaissant de le voir prendre cette tâche au sérieux.

Sans répondre, Henry se remit à lire son manuel.

Lorsqu'on frappa à la porte, Stephen ne quitta pas des yeux le document qu'il était en train d'examiner.

— Entrez !

Ce n'est que lorsque le parfum qui avait si profondément marqué ses sens parvint jusqu'à lui qu'il leva la tête. Bonnie, ou plutôt Miss Hodges, se tenait debout devant lui, le visage pâle et fiévreux. Le bruissement de ses jupes trahissait le tremblement de ses jambes.

Il se leva brusquement.

— Vous n'auriez pas dû quitter le lit, dit-il en contournant le bureau pour s'approcher d'elle.

— Je dois vous parler, monsieur.

Elle s'était exprimée d'une voix grêle, essoufflée.

— C'est très imprudent, reprit-il avec sévérité, la soulevant dans ses bras, et lui arrachant un petit cri aigu. Je vous ramène dans votre chambre.

— Non, je vous en prie ! Je dois absolument vous parler.

— Nous le ferons dans votre chambre, répliqua-t-il en marchant vers la porte.

— Monsieur !

Avec un grognement excédé, Stephen tourna les talons et se dirigea vers les deux sofas qui se faisaient face, près du feu. Il la déposa délicatement sur l'un d'eux, veillant à la caler confortablement contre les coussins.

— Avez-vous assez chaud ? Voulez-vous un châle ou une couverture ?

— Tout va bien, je vous remercie.

Le timbre de sa voix était encore très faible. Il saisit la courtepointe qui se trouvait sur le dossier du sofa et lui en enveloppa les jambes. Comme il prenait soin de la border, sa main s'attarda sur ses hanches. Souples et douces, elles remplirent sa paume jusqu'à ce qu'il brûle du désir de relever ses jupes et son jupon pour caresser sa peau.

Il resserra les doigts autour d'elle un bref instant, avant de se forcer à lâcher prise.

Reculant d'un pas, il s'éclaircit la voix.

— Les garçons sont-ils endormis ? Voulez-vous du thé ou quelque chose à manger ?

— Non merci, monsieur.

— Vraiment ?

— Vous êtes très prévenant, observa-t-elle avec un petit sourire.

— Miss Hodges, vous avez failli mourir. Et vous n'êtes pas encore complètement rétablie.

— Nous ne nous sommes pas vus depuis quatre jours. Comment pouvez-vous savoir que je ne suis pas complètement rétablie ?

Parlait-elle sérieusement ?

— Vous étiez sur le point de vous effondrer, il y a un instant. Marcher de votre chambre jusqu'ici vous a manifestement demandé trop d'efforts.

— J'oubliais votre capacité de déduction, railla-t-elle en souriant à nouveau.

Seigneur, quel sourire ! S'il n'y prenait garde, il ne pourrait bientôt plus s'en passer. Quoique dépourvu de coquetterie, de séduction, de sous-entendus, il était d'une puissance irrésistible.

Il prit place en face d'elle, sur l'autre sofa, s'appuyant contre le dossier, les jambes croisées.

— Vous disiez vouloir me parler…

— Oui. C'est à propos de vos après-midis avec Henry. Il m'a dit que vous aviez entrepris de lui apprendre à diriger la propriété.

— En effet.

Encore une fois, elle retrouvait le sens des convenances avec une rapidité déconcertante. Une qualité appréciable, de son point de vue : elle lui permettait de ne pas perdre de vue leurs positions respectives.

— Ne le croyez-vous pas trop jeune pour cela ?

— Non.

— Je dois avouer que je suis un peu inquiète à son sujet. Il dit ne pas trouver ces séances… amusantes.

— Diriger un domaine est une responsabilité et une nécessité, répondit-il en la regardant avec des yeux rieurs. Cela n'a rien d'un amusement.

Ce regard fit courir sur la peau de Bonnie une onde de chaleur qu'elle s'efforça d'ignorer.

— On ne peut demander à un garçon de huit ans de le comprendre !

— Henry est vicomte, désormais. Tout enfant qu'il est, il doit être préparé à endosser cette responsabilité. Il est trop facile de prendre pour acquis ce que l'on a hérité, ce que l'on n'a pas eu à gagner.

— J'en conviens, mais…

— Je vous prierai donc de m'accorder un peu de crédit, et de considérer que je sais ce que je fais.

Elle n'avait jamais aimé que qui que ce soit lui coupe la parole, encore moins que l'on s'adresse à elle avec condescendance. Sa condition de gouvernante l'avait, certes, obligée à supporter ce type de comportement, mais il lui arrivait parfois de perdre patience. Comme à ce moment précis. Un beau visage et un accent charmant n'étaient pas des excuses suffisantes pour s'affranchir des bonnes manières.

— Dans ce cas, monsieur, je vous prierai de m'accorder le même crédit. Je sais ce que je fais, moi aussi.

— Mais je n'en doute pas ! s'écria-t-il, visiblement surpris par le ton abrupt de sa remarque.

— Alors, croyez-moi lorsque je vous dis que je connais les garçons de huit ans. Je ne conteste pas l'importance des enseignements que vous entendez dispenser à Henry. C'est votre méthode que je mets en question.

— Ma méthode ?

— Je connais mon métier et les enfants, répéta-t-elle d'un ton plus doux. Henry n'ignore pas sa qualité de vicomte. Il en a conscience, même s'il ne comprend sans doute pas tout ce que cela suppose.

— S'il en a conscience, que reprochez-vous à ma méthode?

Elle le regarda en souriant.

— Il n'a que huit ans! L'obliger à rester assis sur une chaise pour écouter vos conversations avec Mr Renard ne lui apprend rien! Vous employez des mots et évoquez des idées qui lui sont incompréhensibles. En procédant de la sorte, vous risquez de lui faire détester son titre!

Il fit une grimace.

— C'est la dernière chose que je souhaite. Je vais donc devoir faire appel à votre savoir-faire, ajouta-t-il en se passant la main dans les cheveux. Que suggérez-vous?

— Il faut lui montrer l'utilité de son rôle, répondit patiemment Bonnie. Il doit connaître l'importance de la vicomté. Comment votre père vous a-t-il préparé à porter son titre?

— Mon père? demanda-t-il, le visage soudain tendu.

— Je suppose que vous avez hérité votre baronnie, Sir Stephen. Comment votre père vous a-t-il préparé à diriger le domaine familial?

— Mon titre est un titre sans terre.

— Oh. Je l'ignorais.

Il détourna le regard, la mâchoire serrée.

Bonnie n'aimait pas le tour qu'avait pris la conversation. Pourquoi était-il devenu si distant, tout à coup? C'était comme s'il avait élevé un mur entre eux. Avait-il honte d'être un baron sans terre?

— Peu importe que vous possédiez ou non un domaine.

Il se leva et contourna la table pour aller se placer devant le feu. Il resta un moment appuyé contre la cheminée, sa redingote tendue sur son dos musclé.

Bonnie ne pouvait détacher ses yeux de lui. Si sa force physique se devinait à ce point lorsqu'il était vêtu, comme son corps devait sembler vigoureux, une fois nu !

À cette pensée, une vive chaleur l'envahit.

— Dites-moi simplement ce que je dois faire avec Henry.

Le timbre de sa voix déclencha en elle un sentiment étrange. Incapable de se retenir, elle se leva d'un bond, laissant la couverture tomber sur le sol, et le rejoignit. Elle approcha une main hésitante de son épaule, brûlant de le toucher, mais l'écarta, lorsqu'il tourna la tête vers elle.

— Vous ne devriez pas rester debout, lui dit-il avec un regard désapprobateur.

— Cela fait partie de vos défauts, n'est-ce pas ?

Il se retourna complètement pour lui faire face.

— Je vous demande pardon ?

— Vous vous sentez responsable des êtres qui vous entourent. Vous prenez soin d'eux.

— Pas du tout !

— Pourquoi le nier ? dit-elle en souriant. Il n'y a rien de mal à cela.

— C'est vous qui avez parlé de défaut. Vous considérez donc cela comme un trait négatif.

— Seulement si l'on se néglige à force de trop donner aux autres.

Levant la main, elle écarta une mèche de cheveux de son front.

— Qui prend soin de vous ?

— Je pourrais vous poser la même question, dit-il en la dévisageant.

— Je suis gouvernante. Mon travail est de prendre soin des autres.

Il secoua la tête, réprobateur.

— Pas à ce point-là. Pas au point de rester quand vos gages ne sont pas payés, ni de veiller sur des enfants gravement perturbés. Pas au point d'être empoisonnée.

— Ce n'est pas de votre faute.

— Peut-être, mais je peux faciliter votre rétablissement.

— Comment ? demanda-t-elle en levant vers lui un visage souriant.

— En vous reconduisant au lit.

À nouveau, il la souleva dans ses bras sans la moindre difficulté et se dirigea vers la porte.

— Mais Henry…

— Nous parlerons de lui demain, Miss Hodges. Vous avez besoin de repos.

— Laissez-moi au moins marcher !

À vrai dire, elle n'en avait pas tellement envie. C'était si bon d'être lovée contre sa poitrine, un bras autour de son cou ! Ainsi, elle pouvait se faire une bien meilleure idée de sa force, sans avoir à imaginer ce qu'il y avait sous sa redingote. Elle résista à l'envie de se blottir contre son torse ferme.

— Suivez le conseil que vous vouliez me donner. Laissez-moi m'occuper de vous pour le moment.

Ma foi, comment refuser une telle proposition ?

Chapitre 14

— Puis-je vous aider, monsieur ? Vous semblez perplexe.

— Non, répondit Stephen en levant les yeux vers Renard, avant de se replonger dans le livre de comptes.

Les chiffres restaient les mêmes. À force de mauvais placements et d'aménagements inefficaces, auxquels s'ajoutait une mauvaise gestion généralisée, les finances du domaine étaient exsangues.

Les problèmes de gestion avaient été assez faciles à déceler. Même s'ils étaient bien cachés, Stephen avait suffisamment d'expérience pour savoir ce qu'il devait chercher. Il lui avait fallu près de trois ans, après la mort de son père, pour finir de payer les créditeurs et rendre au titre sa solvabilité.

Comment George avait-il pu laisser les choses en arriver là ? En avait-il seulement parlé à Roslyn ? D'aussi loin qu'il pût se souvenir, sa propre mère avait toujours été au fait des problèmes financiers de son père, mais la situation était déjà grave lorsque lui-même en avait eu connaissance. Il était écœuré de constater que George avait été sur le point d'infliger à Roslyn et à ses fils ce que son propre père lui avait fait endurer.

Pourquoi n'avait-il pas été capable de deviner ce travers chez son ami ? Certes, il était resté plus de quatre ans sans lui rendre visite. Les responsabilités qu'il avait dû assumer à la mort de son père lui avaient laissé bien peu de temps et bien peu de ressources pour quitter l'Écosse. Et les difficultés de Darrow étaient peut-être récentes.

Une pensée lui traversa soudain l'esprit. Si évidente qu'il fut surpris de n'y avoir pas songé plus tôt : il lui fallait consulter les livres de comptes précédents, ceux qui remontaient à plusieurs années. Il pourrait ainsi mieux comprendre ce qui avait pu se passer.

Il jeta un regard dans la direction de Renard, penché sur son travail. Malgré l'aide que ce dernier lui avait apportée, il ne lui faisait toujours pas confiance : l'homme était trop prompt à relever les erreurs et les faiblesses de George. Or, un intendant se devait de faire preuve de discrétion, quelles que fussent les circonstances.

Son attention se dirigea ensuite vers la bibliothèque, qui renfermait les registres plus anciens : les comptes des cinquante dernières années y étaient consignés. Il attendrait cependant de se trouver seul dans le bureau pour les consulter, afin de ne pas éveiller les soupçons de Renard.

— Monsieur ?

Stephen tourna brusquement la tête ; l'intendant se trouvait à ses côtés. Il lui répondit d'un simple haussement de sourcils.

— Vous devez signer cette lettre, monsieur.

Sans dire un mot, Stephen saisit la feuille de papier. Tout en la signant, il commença à chercher un prétexte pour le faire sortir de la pièce.

— Monsieur ?

De nouveau, il haussa un sourcil.

— Si vous me permettez une remarque, vous semblez distrait, cet après-midi.

— Je ne vous permets pas.

— Je vous demande pardon, monsieur.

La longue silhouette s'éloigna pour se rasseoir à son bureau et reprendre son travail.

Avec un profond soupir, Stephen se leva pour diriger ses pas vers la fenêtre. Le jardin commençait à entrer dans un sommeil hivernal et des nuages gris planaient dans le ciel, menaçant de déclencher la pluie qui, en Angleterre, accompagnait immanquablement cette saison.

Comme il détestait la méfiance que son enquête lui imposait ! Soupçonner tout le monde, mettre le moindre agissement en doute… Cette méfiance le poursuivait depuis qu'il avait pris en charge les affaires de son père : elle l'avait accompagné chaque jour, avant et après sa mort.

Qu'il était las de cette suspicion permanente !

Soudain, son œil fut attiré par l'arrivée des enfants, sortis dans le jardin par la porte du salon. Henry descendit le premier les marches de l'escalier quatre à quatre, un ballon dans les mains. Arthur le suivait tant bien que mal sur ses petites jambes potelées. Bien enveloppés dans leurs manteaux, leurs écharpes nouées autour du cou, ils poussaient des cris enthousiastes.

Miss Hodges fit à son tour son entrée sur la terrasse, d'un pas beaucoup plus lent. Vêtue d'une pelisse grise, elle portait une écharpe rose et un bonnet assorti. Il la regarda, tandis qu'elle s'arrêtait en haut des escaliers de la terrasse pour lever le visage vers le soleil. Plus d'une semaine s'était écoulée depuis son empoisonnement, et c'était la première fois, à sa connaissance, qu'elle mettait les pieds dehors.

Il fronça les sourcils lorsqu'elle s'appuya sur la balustrade pour descendre les marches avec précaution. Elle n'était pas encore assez vaillante pour marcher seule, encore moins pour courir après deux enfants débordants de vie.

— Je sors, Renard, déclara-t-il en quittant le bureau d'un pas décidé.

Jetant sa redingote sur ses épaules, il prit le même chemin que les garçons et leur gouvernante pour gagner la terrasse, se hâtant pour les rattraper.

Il ne lui fallut qu'une minute pour y parvenir. Au pied des marches, il interpella Miss Hodges, qui se tourna vers lui. Aussitôt, il s'empara de son bras, s'émerveillant du poids de sa main sur le sien.

— Vous ne devriez pas être dehors !

— Vous êtes devenu un expert, s'agissant de ce que je dois ou ne dois pas faire, on dirait ? rétorqua-t-elle, levant les yeux vers lui.

— Je voulais seulement dire que vous ne devriez pas être dehors toute seule.

— Pourquoi donc ?

— Henry et Arthur sont jeunes et pleins d'énergie.

— Ils l'ont toujours été. Je ne considère pas cela comme un problème.

— Vous avez récemment été victime d'un empoisonnement.

— Et pourtant, j'ai survécu. Peut-être suis-je plus solide que je n'en ai l'air.

Il s'arrêta pour l'observer attentivement. Il la trouvait encore bien pâle, et ses yeux restaient cernés de noir.

— Je crois que vous comptez parmi les femmes les plus solides qu'il m'ait été donné de connaître.

Elle ouvrit grand ses yeux verts aux nuances noisette, et ses joues s'empourprèrent légèrement. Elle jeta un regard dans la direction des garçons, puis du manoir.

— Vous ne devriez pas dire des choses pareilles, chuchota-t-elle.

Stephen esquissa un demi-sourire.

— Vous voilà experte, vous aussi ? Vous avez raison : chacun son tour. Expliquez-moi pourquoi je ne dois pas parler ainsi, et je vous dirai si je suis d'accord.

— Monsieur, vous êtes le tuteur et je suis la gouvernante. Ce que vous dites est inconvenant.

Il se remit en marche, l'entraînant à son bras. Non loin, sur la pelouse, Henry et Arthur jouaient au ballon.

— Je vous assure, Miss Hodges, que je n'ai pas pour habitude de me livrer à des propos inconvenants. Je suis un gentleman.

— Merci, monsieur.

— Mais, voyez-vous, je me trouve dans des circonstances anormales.

— Monsieur...

— En effet, je me reconnais à peine depuis quelque temps : mon esprit est occupé par des pensées tout à fait inconvenantes.

— Monsieur, vous devez vous taire !

— Vos raisons ne m'ont toujours pas convaincu.

D'où lui venaient donc ces manières de séducteur ?

— En voilà une autre : si vous ne vous taisez pas, je serai forcée d'avouer que je nourris les mêmes pensées, or, nous savons tous deux que ce serait désastreux, répondit-elle d'une voix calme.

Seigneur ! Il ne s'attendait pas à cela.

— Je vous en prie, poursuivit-elle, pouvons-nous changer de sujet ?

Il décida de se montrer obligeant.

— Henry a un excellent coup de pied.

— Je crois qu'Arthur pourrait rivaliser avec lui, si son grand frère lui en laissait l'occasion.

— Ah, les garçons sont tous les mêmes ! commenta-t-il en riant.

— Henry semble complètement remis de sa chute, observa-t-elle en levant à nouveau les yeux vers lui. Il a même évoqué la possibilité de retourner dans sa chambre.

Comme le ballon arrivait dans leur direction, Stephen lui lâcha un instant le bras pour le renvoyer aux garçons d'un coup de pied.

— Oncle Stephen, venez jouer avec nous ! cria Henry.

— Je vous rejoindrai dans un moment. Laisse Arthur s'entraîner. Je jouerai ensuite contre vous deux.

— Oncle Stephen ? s'étonna Miss Hodges, lorsqu'il vint la retrouver.

Il désigna d'un geste quelques bancs disposés à la limite de la pelouse.

— Venez vous asseoir…

— N'ai-je pas le droit de jouer, moi aussi ? demanda-t-elle avec un air faussement indigné. Avez-vous peur que je vous batte ?

Il la considéra en penchant la tête.

— Nous n'avons fait que quelques pas et vous êtes visiblement épuisée. Croyez-vous réellement représenter une menace ?

— Toujours ! répondit-elle dans un éclat de rire.

Il l'aida à s'asseoir, avant de prendre place à ses côtés.

— Il y a une chose que je veux que vous sachiez.

Bonnie perçut aussitôt le changement de ton.

— Je vous écoute.

Il tira de sa poche un petit carnet.

— J'ai noté tous les événements inquiétants qui se sont produits ici dans l'ordre chronologique. J'ai commencé par l'effondrement du pont, puis j'ai ajouté ce qui est arrivé avant et après. Et j'ai remarqué quelque chose.

— Quoi donc ?

Il lui montra ses notes.

— Avant l'effondrement du pont, les incidents se sont produits à peu près une fois par mois, une fois toutes les trois semaines tout au plus. Puis, entre l'épisode du pont et la chute de Henry, il s'est écoulé neuf semaines. Vous, vous avez été empoisonnée sept jours plus tard.

Elle le fixa, perplexe.

— Vous dites qu'après deux mois sans le moindre événement, deux nouveaux incidents se sont produits à une semaine d'intervalle.

— Exactement.

— Et vous êtes convaincu que ces incidents ne sont pas dus au hasard.

C'était une affirmation, non pas une question.

— Je ne peux me prononcer avec certitude sur les incidents qui ont eu lieu avant l'effondrement du pont, mais je n'ai aucun doute sur les autres. Une sangle coupée, des biscuits empoisonnés ne peuvent en aucun cas être le fruit du hasard. Vous allez devoir faire preuve de prudence.

Comme il la regardait droit dans les yeux, elle tourna son attention vers les garçons.

— Avez-vous découvert quoi que ce soit qui puisse identifier le responsable ?

Il n'eut pas le temps de répondre : Arthur approchait, deux cailloux dans ses menottes. Bonnie ouvrit la main pour les recevoir.

— Tenez, maman, dit-il en les posant sur sa paume, avant de courir rejoindre son frère.

Juste ciel, avait-elle bien entendu ? Interdite, le cœur tremblant, elle garda les yeux fixés sur le petit garçon, tandis qu'il s'éloignait. Puis elle se tourna vers Sir Stephen, qui la regardait d'un air ébahi.

— *Maman ?* répéta-t-il.

— Il a parlé, souligna-t-elle d'une voix faible. Je crois que nous devons nous concentrer sur ce point, et pas nécessairement sur les mots qu'il a prononcés.

— *Maman ?* dit-il encore.

Bonnie secoua la tête.

— C'est la première fois qu'il m'appelle ainsi.

Et, je l'espère, la dernière !

— Sachez qu'à partir de maintenant vous n'avez plus le droit de vous moquer, si Henry m'appelle oncle Stephen ! dit-il en pinçant les lèvres.

— Entendu !

Sur ce, il se leva, rajusta sa redingote et lui tendit son chapeau pour qu'elle le lui garde.

— À propos de ce que nous disions tout à l'heure… Il y a autre chose que je veux que vous sachiez.

— Ce n'est pas tout ? demanda-t-elle, sans chercher à dissimuler son désarroi.

Tout en la regardant avec intensité, il se pencha vers elle et posa les mains sur le dossier du banc, l'emprisonnant ainsi entre ses bras. Puis il approcha la bouche de son oreille.

— Je ne suis pas d'accord avec vous : nous deux, cela n'aurait rien de désastreux.

Chapitre 15

Venez prendre le thé dans le bureau ce soir. S.

Le message était présomptueux. Arrogant, même. Quel toupet de s'attendre à ce qu'elle réponde à une telle convocation !

Cela dit, elle devait bien admettre qu'elle était, en quelque sorte, une domestique, censée, donc, obéir aux ordres.

Pourtant, ses relations avec Sir Stephen ne ressemblaient en rien aux rapports qu'entretiennent habituellement un maître et son employée. Ce qui était dangereux, d'ailleurs. Oui, il lui fallait considérer ce message comme celui d'un maître ordinaire qui convoquait une domestique ordinaire dans son bureau.

Pour prendre le thé.

Seigneur, voilà qu'elle devenait comme ces femmes qui analysent les moindres faits et gestes du gentleman qui leur fait la cour !

Sauf que ce n'était pas le cas : il ne lui faisait pas la cour. Malgré ce qu'il lui avait dit plus tôt, c'était impossible. La courtiser n'aurait pas été convenable, ni intelligent.

Tout en frappant à la porte, elle se répéta que cette entrevue n'avait rien d'un rendez-vous galant. Elle ne le voulait pas, et lui non plus. Ce n'était qu'un maître qui convoquait une domestique.

Pour prendre le thé. Dans son bureau.

Elle ne devait pas en attendre davantage ; elle s'y refusait, même.

La voix grave de Sir Stephen l'invita à entrer, et elle ouvrit la porte. Dans la pièce, le feu de cheminée éclairait d'un vif halo le lambris de noyer aux tons chauds qu'elle connaissait si bien.

Contrairement à son habitude, Sir Stephen n'était pas installé au bureau. Se levant du sofa sur lequel il était assis, il l'accueillit en tirant sur son gilet pour le défroisser.

— Miss Hodges, la salua-t-il en inclinant la tête. Asseyez-vous, je vous prie.

Il était décidément avare de paroles.

Bonnie traversa la pièce et s'assit en rassemblant ses jupes autour de ses jambes avant de lever les yeux vers lui. Il prit place en face d'elle.

Comme il ne disait mot, elle montra du doigt le plateau qui se trouvait entre eux, sur la petite table.

— Voulez-vous que je serve le thé ?

— Je vous en prie, répondit-il en hochant la tête.

Elle s'exécuta en commençant par la tasse de Sir Stephen, qu'elle prépara selon son goût. Lorsqu'elle se fut servie à son tour, elle souffla sur le liquide pour le refroidir, avant d'en avaler une gorgée.

— J'ai demandé à Mrs Dabbs de nous faire apporter des biscuits, dit-il, brisant enfin le silence.

— Je préfère les éviter pour le moment, avoua-t-elle avec un petit sourire.

— Je le comprends aisément.

Comme il se taisait à nouveau, elle demanda :

— Vous souhaitiez me voir, monsieur ?

— Avez-vous apprécié votre sortie de cet après-midi ?

— Oui, beaucoup. Je suis contente qu'il n'ait pas plu. Les garçons et moi étions restés enfermés si longtemps !

— Moi-même, j'ai passé un excellent moment à jouer avec Henry et Arthur.

— Ils étaient ravis, eux aussi.

Le silence s'installa à nouveau. Ce n'était pas comme les autres fois où ils avaient pris le thé ensemble. Ces moments-là n'avaient pas été convenus à l'avance, ils n'étaient pas chargés d'attentes. Rien ne la troublait alors, ni le souvenir de ses lèvres contre les siennes, ni celui de ses bras qui l'emportaient dans l'escalier. Ni, enfin, le désir qu'il lui fasse la cour.

Elle posa sa tasse sur la table et regarda autour d'elle.

— Comment votre enquête progresse-t-elle ?

— Vous ne devriez pas vous en soucier. Je m'en charge.

— Sauf votre respect, monsieur, je m'en soucie depuis que vous m'avez appris que ces incidents ne devaient rien au hasard. Je m'en soucie depuis que mes maîtres ont péri sous mes yeux. Depuis que j'ai été victime d'une tentative d'empoisonnement.

Il hocha la tête une fois encore.

— Je ne veux pas que vous vous tourmentiez davantage à ce sujet. Occupez-vous des garçons, et laissez-moi poursuivre mes recherches.

Bonnie n'en croyait pas ses oreilles.

— Vous me confiez juste assez d'informations pour que je m'inquiète pour la sécurité des enfants et la mienne, mais vous me refusez celles qui pourraient m'être utiles ?

— Que voulez-vous dire ?

— Cet après-midi, vous m'avez montré la chronologie

que vous avez établie en m'enjoignant à la prudence, puisque le dernier incident remonte à plus d'une semaine.

— En effet.

— Alors, que dois-je faire exactement ? Goûter tout ce qui vient de la cuisine ? Vérifier qu'il n'y a pas de rasoirs cachés dans les vêtements ni entre les draps des enfants ? Patrouiller le domaine à la recherche de bandits ? Traverser les ponts, grimper aux arbres et sauter dans la rivière avant Henry et Arthur ?

Il ne répondit pas.

— Ce sont de petits garçons, Sir Stephen. Même lorsque aucune menace ne pèse sur eux, ils sont sujets aux accidents. Ou aux incidents, comme vous les nommez. Ils sont curieux et aventureux ; on ne peut les protéger en permanence ! Même dans les meilleures circonstances, il m'est difficile de garantir leur sécurité et leur bien-être. Et vous me dites que je dois renforcer ma vigilance contre un agresseur inconnu qui emploie des méthodes inconnues ? C'est demander l'impossible !

Il croisa les jambes et posa un bras sur le dossier du sofa. Il semblait embarrassé.

— Je ne dispose pas des informations que vous me demandez, Miss Hodges.

Se levant, Bonnie se mit à arpenter la pièce.

— Comment arrivez-vous à vivre avec cette incertitude, ce sentiment d'impuissance ?

Il se leva à son tour.

— Pour être franc, c'est la première fois que je me trouve confronté à une telle situation.

Il se dirigea vers le guéridon, leur servit à tous deux un verre de scotch, puis lui en tendit un.

— C'est la deuxième fois que vous me faites boire de l'alcool, lui fit-elle remarquer avec un faible sourire.

— Dans les deux cas, la situation l'exigeait.

L'intensité de son regard la fit frémir. Elle avala une gorgée d'alcool pour cacher son trouble et s'approcha du feu.

— Vous avez froid ?

Elle secoua la tête.

— Non, tout va bien.

Sans prêter attention à sa réponse, il s'agenouilla et ajouta quelques bûches dans l'âtre, avant de les tisonner pour attiser les flammes. Les bûches s'embrasèrent en crépitant et le feu s'éleva, puissant. Bonnie sentit aussitôt sa chaleur l'envelopper.

Se redressant, Sir Stephen saisit le verre qu'il avait posé sur le rebord de la cheminée et contempla le feu tout en buvant. Sa pomme d'Adam dansait chaque fois qu'il avalait une gorgée d'alcool. La lueur des flammes qui lui caressait la peau lui donnait un rougeoiement chaud, accentuant sa jeunesse et sa vitalité. Bonnie eut envie d'appuyer sa joue contre la sienne pour laisser son odeur lui enfiévrer les sens.

Cessant de le regarder, elle retourna s'asseoir sur le sofa. Elle n'avait pas le droit de nourrir de telles pensées ; tout le lui interdisait. Alors, pourquoi ne pouvait-elle pas s'en empêcher ?

À nouveau, le silence se fit dans la pièce. Sir Stephen ne semblait pas désireux de le briser ; il ne souhaitait manifestement pas lui révéler quoi que ce soit de son enquête. Quant à elle, elle ne savait que dire. Lui confier ses rêveries sensuelles était impensable.

Posant son verre encore à demi plein sur la petite table, elle lissa ses jupes sur ses genoux. Son esprit vagabondait entre l'enquête et l'homme qui se tenait près de la cheminée ; elle semblait incapable de penser à autre chose.

Les yeux fixés sur le feu, Stephen songeait à la femme assise derrière lui. Il s'était imaginé toutes sortes de choses, en l'invitant à prendre le thé. Il se voyait assis près d'elle, tous deux plongés dans une de ces conversations qu'ont un homme et une femme, lorsqu'ils se trouvent en tête à tête...

À quoi songeait-il ? Il n'avait pas la moindre expérience de ce genre de situation : courtiser une femme n'avait rien de naturel pour lui. C'était précisément pour cette raison qu'il limitait ses relations avec le beau sexe à des professionnelles, qui s'intéressaient plus à la couleur de son argent qu'à la douceur de ses paroles.

Mais il lui fallait agir, faute de quoi elle quitterait la pièce, persuadée d'avoir affaire à un individu aussi stupide que taciturne.

Il se retourna pour la regarder. Elle paraissait mal à l'aise. Elle ne pouvait prendre congé sans sa permission, puisqu'il l'avait convoquée. Où donc était le séducteur qui avait pris possession de lui dans l'après-midi même ?

— Hum. Vous n'avez plus froid ?

— Non, je vous remercie.

— J'aime les feux de cheminée, le soir.

Nom d'une pipe, était-ce tout ce qu'il trouvait à dire ?

— Oui, leur chaleur est réconfortante à l'arrivée des mauvais jours.

Au moins était-ce une amorce de conversation.

— Vos parents passaient-ils leurs soirées assis auprès du feu ?

Elle ne répondit pas immédiatement.

— Parfois. Pas souvent.

— Les miens ne le faisaient jamais.

Elle se leva.

— Si vous n'avez pas besoin de moi, monsieur…

— Vous dites-vous parfois que vous auriez aimé avoir une vie différente ? lâcha-t-il soudain.

Elle leva sur lui des yeux étonnés.

— Je vous demande pardon ?

Désormais, il ne pouvait plus reculer. Peu importe s'il se ridiculisait, il était prêt à tout pour qu'elle reste.

— Si vous en aviez la possibilité, que changeriez-vous dans votre vie ?

— Je ne comprends pas. Pourquoi voudrais-je changer quoi que ce soit ?

— Ce n'est pas nécessairement la question de le vouloir. Mais imaginez que cela soit possible.

— Quel est le but de cette conversation, monsieur ? Est-ce encore l'un de vos petits jeux ? Essayez-vous de savoir si je suis heureuse à Darrowgate ?

— Non ! s'écria-t-il. Non, répéta-t-il plus calmement. Ce n'est qu'une conversation. Voulez-vous que je commence ?

— Eh bien, soit.

Dans un mouvement hésitant, elle se rassit sur le sofa.

— Si je devais changer quelque chose, ce serait… mes pieds.

Elle laissa échapper un rire incrédule.

— Vos pieds ?

— Oui, poursuivit Stephen en souriant. Ils sont trop grands, et sans grâce. Je suis sûr que s'ils mesuraient deux ou trois centimètres de moins, je ferais un bien meilleur joueur de cricket, et mes chaussures me coûteraient moins cher !

— Je n'ai pas remarqué que vous manquiez de grâce, monsieur, répondit-elle en souriant.

— Vous dites cela pour me faire plaisir.

Elle sembla réfléchir un instant.

— Si je devais changer quelque chose, déclara-t-elle alors, ce serait ma crainte des chevaux. Mes déplacements seraient plus aisés si je n'avais pas besoin d'une voiture et d'un cocher.

— Il serait facile de remédier à ce problème. Pourquoi les craignez-vous ?

— Je n'ai pas appris à monter, étant enfant. Ma mère avait une calèche et un cocher ; monter à cheval aurait représenté une dépense inutile.

— Votre mère est-elle veuve ?

— Y a-t-il autre chose que vous changeriez ? demanda-t-elle sans lui répondre.

— Mon écriture : elle est atroce. Mes professeurs ont eu beau bander les jointures de mes doigts jusqu'au sang, rien n'y a fait.

— Cela, je l'avais remarqué. Mais si vous ne parvenez pas à écrire correctement à votre âge, j'ai bien peur qu'il n'y ait plus d'espoir, commenta-t-elle en le gratifiant d'un nouveau sourire.

Il afficha un air faussement vexé.

— Aïe !

— Je changerais mes cheveux, si je le pouvais.

— Vraiment ?

Hochant la tête, elle tapota sa coiffure.

— Oui. Quand ils sont détachés, c'est le désordre le plus complet ! J'ai bien du mal à les maintenir coiffés. Si vous saviez combien d'heures j'ai passées devant le miroir à chercher des moyens de les discipliner !

La bouche sèche, il imagina sa chevelure châtaine répandue sur le blanc immaculé de ses oreillers. Il n'aurait qu'à tendre la main pour les toucher, pour enrouler les doigts dans leurs boucles soyeuses après une nuit d'amour passionné.

— À votre tour ! dit-elle, et sa voix l'arracha à ses visions érotiques.

Pour gagner du temps et cacher sa distraction, il s'éclaircit la voix.

— Eh bien, si je pouvais changer autre chose encore, ce serait mon mariage.

— Votre mariage ? s'exclama-t-elle en le dévisageant.

— Oui. Ou plutôt, mon absence de mariage. Je suis célibataire.

— Oh.

Se trompait-il, ou était-ce du soulagement qu'il lisait sur son visage ?

— Je n'ai jamais été marié, ajouta-t-il pour être parfaitement clair.

Elle posa sur lui son doux regard, et il continua à parler sans pouvoir s'arrêter.

— Je n'ai rien contre le mariage en soi, seulement, je préfère attendre le moment opportun. Je ne me marierai que si je suis capable de subvenir aux besoins de mon épouse. Selon moi, il serait injuste d'imposer à une dame une situation financière incertaine, fragile. Un tel sacrifice ne saurait constituer la base d'une union solide. Or, je veux une union solide. Se contenter de moins serait un manque de respect envers mon épouse comme envers moi-même.

Par tous les saints, d'où lui venait ce flot de paroles ? Il était sincère, mais pourquoi lui confiait-il tout cela ?

Il se dirigea à grands pas vers le guéridon et se servit un nouveau verre de scotch, qu'il avala d'une traite. Le liquide, qui lui brûlait la gorge, parviendrait peut-être à lui faire oublier qu'il était en train de se couvrir de ridicule.

— Cette attitude vous honore, observa Miss Hodges dans son dos. Il est rare d'entendre de telles paroles de la part d'un homme.

— Ne nous sous-estimez pas, répondit-il en se retournant pour lui faire face. Nombreux sont ceux qui pensent comme moi. Je ne sais pourquoi on s'attend toujours à ce que la gent masculine dénigre le mariage. Pour ma part, je suis convaincu que ma vie changera considérablement, lorsque je prendrai femme.

Pourquoi était-il allé si loin ? Au point où il en était, cependant, il décida de risquer le tout pour le tout.

— Par exemple, si nous étions mariés, je ne serais pas planté ici.

— Non ?

— Non. Je serais assis à côté de vous, comme ceci.

Joignant le geste à la parole, il s'installa à côté d'elle, pas assez près pour la toucher, mais suffisamment pour sentir sa chaleur.

— Je pourrais même m'asseoir comme ceci, ajouta-t-il en posant son bras sur le dossier du sofa, lui effleurant ainsi les épaules de sa manche.

Bonnie était totalement déconcertée. Sir Stephen était si proche d'elle qu'elle sentait son eau de Cologne au bois de santal, et que ses épaules frissonnèrent au contact de son bras.

— Vraiment ?

— Oui. J'imagine que nous passerions de nombreuses soirées ainsi, mon épouse et moi.

— Et que feriez-vous ?

Elle avait la gorge si serrée qu'elle fut surprise d'entendre un son sortir de sa bouche.

— Ce que bon nous semblerait : nous pourrions discuter, lire, jouer aux cartes. Je pourrais finir mon travail pendant que vous feriez du tricot, de la broderie ou je ne sais quoi d'autre. Peu importe, pourvu que nous soyons ensemble.

Cet homme était décidément surprenant !

— Je ne vous aurais pas cru romantique.

— Je ne me qualifierais pas de romantique, objecta-t-il, la fixant, mais plutôt de réaliste. Les relations se détériorent dès lors qu'elles ne sont pas entretenues. Échanger des vœux ne suffit pas : il ne faut pas négliger ce que l'on s'est donné du mal à obtenir.

Intéressant...

— Je crois que ces soirées me plairaient, dit-elle doucement. Si j'étais votre épouse, bien entendu.

Un petit sourire se dessina sur les lèvres de Sir Stephen.

— Vraiment ?

Elle acquiesça.

— Si vous étiez mon épouse, verriez-vous une objection à ce que je fasse ceci ? demanda-t-il en se serrant contre elle.

Bonté divine !

Elle secoua la tête.

— Et ceci ? ajouta-t-il en prenant sa main dans la sienne.

Elle ferma les yeux. Comme ses doigts étaient chauds ! La caresse de son pouce sur le dos de sa main était à la fois réconfortante et grisante. À nouveau, elle secoua la tête.

— Et ceci ?

Lorsqu'il lui lâcha la main, elle faillit protester, mais déjà, il posait les doigts sur sa joue pour incliner son visage vers lui. Soulevant légèrement les paupières, elle le vit s'approcher doucement. Alors, elle pencha la tête pour accueillir sa bouche.

Même si ses lèvres lui étaient familières, à présent, elles avaient encore beaucoup à lui apprendre. Pressées contre les siennes, fermes et confiantes, elles la rassuraient autant qu'elles l'excitaient. Elle le laissa mener la danse, suivant ses lents mouvements, se délectant de son souffle chaud sur sa peau. De petites ondes de plaisir tourbillonnèrent dans sa gorge, avant de se nicher dans sa poitrine. Sous sa robe, elle sentit ses seins se gonfler et leur pointe durcir.

Elle eut un petit sursaut lorsqu'elle sentit la langue de Sir Stephen lui caresser les lèvres. Intéressant… Il recommença. Très intéressant… Lorsqu'il le fit une troisième fois, elle ouvrit la bouche, et sa langue alla à la rencontre de la sienne. Le gémissement de plaisir que cette initiative suscita en lui la fit tressaillir. La main qu'il avait posée sur sa joue s'aventura dans sa chevelure, où il plongea les doigts, malmenant sa coiffure. Posant une main sur ton torse, elle caressa le revers de son gilet.

Alors, il glissa la langue dans sa bouche et toucha la sienne. Lorsqu'elle l'imita, il poussa un nouveau gémissement qui l'emplit d'un sentiment de puissance extraordinaire.

— Bonnie, ma jolie Bonnie, murmura-t-il, avant de lui mordiller l'oreille.

L'une de ses mains descendit sur sa poitrine, et ses doigts caressèrent son sein, en effleurèrent la pointe durcie. Elle frissonna. Aucun homme ne l'avait jamais touchée ainsi et elle savait déjà qu'elle n'oublierait jamais ces sensations. Elle sentit soudain un frémissement entre ses cuisses.

— Jolie Bonnie, murmura-t-il encore, laissez-moi vous emmener dans ma chambre.

À ces mots, elle ouvrit les yeux. Comme le retour à la

réalité était douloureux ! Sir Stephen ne parut pas remarquer sa réaction.

— Si j'étais votre mari, continua-t-il, nous partagerions la même chambre.

Des deux mains, elle le repoussa, la tête baissée, souffrant déjà de cet éloignement. Sa peau voulait encore sentir la sienne.

S'armant de courage, elle s'arracha à son étreinte. Il lui fallait reprendre ses esprits. Elle se leva, vacillante, et arrangea sa coiffure de façon à se donner une apparence respectable. Il se leva à son tour et ajusta sa redingote, tandis qu'elle se dirigeait vers la porte.

— Vous êtes mon employeur, monsieur, et rien de plus. Nous ferions mieux de ne pas l'oublier.

Sur ces mots, elle referma la porte derrière elle.

Chapitre 16

Ma très chère Claire,

Je comprends enfin ma mère. Enfin, je sais pourquoi elle a pu renoncer à sa position de gouvernante pour devenir la maîtresse d'un aristocrate.

Oh ! Claire, je n'ai jamais connu pareille tentation ! D'autres hommes ont essayé de me séduire, mais cette fois, c'est différent. Sir Stephen est différent. J'ai beau me dire que c'est mal, que je n'ai rien à attendre de cette relation, mes sens me trahissent dès que je me trouve près de lui. Je cesse de réfléchir et, soudain, me voilà esclave de mon corps et du plaisir que cet homme peut lui donner.

Bonnie arrêta d'écrire et regarda fixement la feuille de papier. Comment mettre des mots sur les sentiments qui l'assaillaient ? Comment expliquer à son amie ce qui lui arrivait, alors qu'elle n'était pas sûre de le comprendre elle-même ?

Pendant plusieurs minutes, elle resta immobile devant sa missive. Enfin, elle la froissa et la jeta dans le feu, avant de sortir une feuille vierge du secrétaire.

Ma très chère Louisa,

J'espère que tu me pardonneras la brièveté de cette lettre, mais je voulais t'avertir de mon arrivée prochaine à Ridgestone. Je te donnerai plus de détails dès que possible.

Stephen leva la tête en entendant les voix des garçons dans l'escalier, suivies de celle, plus feutrée, de leur gouvernante. Une nouvelle fois, il était resté plusieurs jours sans la voir, et cela lui avait semblé une éternité.

Les derniers mots qu'elle avait prononcés dans le bureau l'avaient ébranlé. Était-il en train de profiter du pouvoir qu'il avait sur elle ? Cette pensée le dégoûtait. Si c'était vrai, cela faisait de lui le plus vil des hommes. Un être pire que son père.

Il fut ramené au présent par Renard, qui toussotait pour attirer son attention.

Il le considéra d'un air interrogateur.

— Monsieur, je voulais vous assurer de ma discrétion.

— Votre discrétion ?

— L'autre jour, j'ai pris soin de ranger les tasses et les verres que vous aviez laissés sur la table, avant qu'une bonne ou un valet de pied ne puissent les voir.

Stephen se contenta de lever les sourcils.

— Je ne crois pas que d'autres que moi aient remarqué quoi que ce soit, poursuivit l'intendant. Et je vais continuer à faire de mon mieux pour qu'il en soit ainsi. La liaison que vous entretenez avec Miss Hodges ne concerne personne.

— Miss Hodges ? répéta Stephen, fort surpris. Qui vous dit qu'il s'agit d'elle ?

— Monsieur, répondit Renard en souriant, il pourrait difficilement s'agir de quelqu'un d'autre. Une bonne aurait été incapable de garder le secret, et Miss Hodges est une femme attirante. J'ai beau être fiancé, je demeure un homme. Je sais apprécier les belles choses qui s'offrent à ma vue.

Stephen serra si fort la plume qu'il tenait à la main qu'il crut qu'elle allait se briser.

— Mr Renard, vous prenez bien des libertés ! Vous parlez d'une de mes employées, et je ne saurais tolérer un tel manque de respect.

L'homme s'empressa de hocher la tête.

— Bien sûr, monsieur. Je vous présente mes excuses. Je ne pensais pas à mal.

Stephen le suivit des yeux tandis qu'il regagnait son siège pour reprendre son travail. Lui-même retourna à ses livres et aux notes qu'il prenait discrètement.

Ces quelques mots échangés le laissaient avec une certitude. Deux, à vrai dire. C'était d'ailleurs ennuyeux d'avoir résolu ces deux questions en même temps, car cela signifiait qu'il ne pouvait s'occuper de l'une sans avoir réglé l'autre.

La première concernait Miss Hodges : Bonnie, sa jolie Bonnie, était davantage qu'une passade pour lui. Cela, il ne pouvait plus le nier.

Il l'aimait. C'était aussi simple que cela. Et il était terriblement agacé de ne pouvoir lui déclarer ses sentiments avant d'en avoir terminé avec la seconde affaire qui le tourmentait.

Son enquête avait progressé, et il disposait maintenant d'une accumulation de faits tendant à indiquer que le coupable qu'il recherchait n'était autre que Renard. D'après les livres de comptes, la situation de George avait commencé à se dégrader quelques mois après l'arrivée de ce dernier. Des chiffres semblaient faussés : ainsi, les coûts indiqués pour l'achat de graines et d'outils agricoles correspondaient à dix pour cent de plus, environ, que leur prix réel. Son propre conseiller lui avait écrit d'Édimbourg pour le lui confirmer. Quant aux mauvais placements évoqués par Renard, d'autres lettres d'Édimbourg lui avaient révélé que les entreprises en question étaient fictives. Tous les indices les concernant conduisaient à une même compagnie dont le propriétaire était un certain Simon Rees. Sylvester Renard, Simon Rees : les initiales étaient les mêmes.

Enfin, une enquête sur le passé de Rees avait permis de découvrir que son grand-père avait été valet à Darrowgate cinquante ans plus tôt, avant d'en être chassé pour vol. Simon Rees, lui, avait étudié l'architecture, la chimie et l'agriculture à l'université de Glasgow, avant d'arrêter son choix sur les mathématiques. Une fois son diplôme en poche, il s'était tout simplement volatilisé.

Mais à la même époque, Sylvester Renard faisait son entrée chez le vicomte Darrow.

Tout était clair : les deux hommes n'en faisaient qu'un, Rees ayant toutes les prédispositions pour devenir l'intendant du manoir… et l'auteur des crimes qui avaient frappé la famille Darrow.

Stephen l'observa, assidûment penché sur son bureau, avec cet air si… normal. Il avait toujours pensé que les individus de son espèce possédaient des caractéristiques qui trahissaient leur esprit malfaisant : un regard fuyant, des poings noueux à force de distribuer des coups… Bref, une particularité qui, lorsque l'on croisait leur route, laissait une impression de malaise. Or Renard, ou Rees, peu importait son nom, semblait parfaitement normal. Le seul trait véritablement gênant chez lui était sa tendance à dépasser les bornes, lorsqu'il voulait faire la conversation.

Pourtant, Stephen était convaincu de sa culpabilité. Mais

il ne voulait pas se contenter de présomptions pour l'accuser : il lui fallait des preuves solides, irréfutables.

Et il lui fallait les obtenir au plus vite. Avant que le scélérat ne prenne une autre vie.

Chapitre 17

Quelques coups frappés doucement à la porte interrompirent le doux songe de Bonnie. Sir Stephen et elle passaient ensemble l'une de ces soirées qu'il avait décrites, à cette exception près qu'ils étaient tous les deux nus. Malheureusement, dans son rêve, elle ne voyait que son visage ; le reste de son corps demeurait flou. Même dans son imagination débridée, il y avait des vides qu'elle ne pouvait combler.

Les coups retentirent à nouveau, l'arrachant un peu plus au sommeil. Elle se retourna dans son lit en s'efforçant de les ignorer, mais ils ne cessèrent pas.

— Miss Hodges ?

C'était la voix de Sir Stephen.

— Bonnie ?

Elle se redressa d'un bond. Était-ce son rêve qui l'avait fait apparaître ?

— Un instant ! lança-t-elle d'une voix encore endormie, avant de sortir de son lit.

Elle enfila sa robe de chambre et alla lui ouvrir, plissant les yeux pour ne pas être aveuglée par la lueur de la bougie qu'il tenait à la main.

— Sir Stephen ? Que se passe-t-il ? Est-il arrivé quelque chose aux garçons ?

— Ils vont bien, ne vous inquiétez pas. Je suis navré de vous déranger si tard, mais il fallait que je vous parle.

— Qu'y a-t-il ?

Il jeta un regard dans le couloir.

— Puis-je entrer ?

— Oui, répondit-elle après une hésitation.

Comme elle s'écartait pour le laisser passer, il referma la porte derrière lui. Puis il posa la bougie sur la table de toilette, et se retourna pour lui faire face.

Pendant un long moment, il la dévisagea sans mot dire. Allait-il se décider à briser le silence ?

— Vous vouliez me parler ? demanda-t-elle finalement, resserrant nerveusement les pans de sa robe de chambre sur sa poitrine.

— Oui, répondit-il en promenant son regard sur elle. Je vous demande pardon ; vous dormiez ?

— C'est généralement ce qu'on fait la nuit, dans le noir, lui fit-elle observer en souriant.

Avait-il rougi ?

— J'ai de nouvelles informations concernant l'enquête, annonça-t-il après s'être éclairci la gorge.

— Oh ! Voulez-vous que je m'habille et que je vous retrouve dans le bureau ? J'en ai pour une minute.

— Non, je ne veux pas vous importuner davantage. Nous pouvons parler ici.

Stephen prit une profonde inspiration avant de poursuivre.

— Je crois avoir découvert qui est l'auteur des incidents.

— Qui est-ce ?

— Mr Renard.

— Mr Renard ? répéta-t-elle, l'air stupéfait.

— Oui.

— Pourquoi ? Je veux dire, comment ? Comment en êtes-vous venu à cette conclusion ?

— Plusieurs indices m'ont mis sur la voie. Tout d'abord, je suis convaincu qu'il s'appelle en réalité Simon Rees.

— Je ne comprends pas…

— Dites-vous simplement qu'il est désormais démasqué, et qu'il va être appréhendé.

Il avança d'un pas dans sa direction.

— Nous serons tous en sécurité dans un jour ou deux.

— Comment avez-vous découvert la vérité ?

— En examinant les livres de comptes et en faisant appel à certaines personnes que je connais. Mais c'est en fouillant sa sacoche que j'ai mis la main sur des preuves tangibles. J'y ai trouvé un journal où il a consigné tous ses crimes passés, ainsi que ceux qu'il projetait de commettre.

— Je suis désolée, mais je ne comprends toujours pas ! dit-elle d'une voix tremblante, se détournant de lui.

Il la considéra avec étonnement.

— Je viens de vous l'expliquer ! Il a tout noté sur un journal.

— Non, ce n'est pas cela. Ce que je ne comprends pas, c'est qu'il ait pu vivre si longtemps parmi nous, sans que personne ne se doute de rien ! Pour l'amour du ciel, cet homme est un assassin !

Elle semblait très agitée. Les bras croisés sur la poitrine, elle entreprit de faire les cent pas dans la chambre. Il eût fallu être idiot pour ne pas percevoir sa détresse.

— Je ne voulais pas vous alarmer, lui dit-il doucement.

— Comment voulez-vous que je ne le sois pas ? s'écria-t-elle. Je n'appréciais peut-être pas cet homme, mais j'avais suffisamment confiance en lui pour ne pas le soupçonner de meurtre !

Elle était en train de céder à la panique ; il devait la rassurer.

— Bonnie, jolie Bonnie, calmez-vous ! Respirez profondément.

— Me calmer ? Il y a un assassin dans le manoir, un homme qui a failli me tuer, et vous me demandez de me calmer ?

Il l'arrêta dans ses allées et venues en la saisissant par les bras.

— Qu'allons-nous faire ? lui demanda-t-elle avec des yeux effarés.

— J'ai la situation en main, Bonnie. Vous n'avez aucune inquiétude à avoir : j'ai un plan.

— Un plan ? répéta-t-elle, ses yeux dans les siens.

— Oui, répondit-il en soutenant son regard. Et je veillerai à votre sécurité et à celle des garçons. Je vais m'occuper de vous.

— Vous allez vous occuper de nous ?

Ses yeux noisette étaient immenses.

— Oui.

Submergée par l'émotion, Bonnie ne put se retenir. Il était si résolu, si sincère ! Lui seul avait le pouvoir de chasser sa peur. Se hissant sur la pointe des pieds, elle prit son visage dans ses mains et posa ses lèvres sur les siennes. Après un léger sursaut de surprise, il la saisit par les épaules et l'attira à lui.

Sans hésiter, elle enfouit alors la langue dans sa bouche, brûlant de connaître à nouveau cette saveur. Il répondit à son baiser avec la même fougue.

Bientôt, sa langue experte dansa voluptueusement avec

la sienne, au point de lui donner le tournis. Délaissant ses épaules, ses mains vigoureuses lui enlacèrent la taille, tout en la serrant plus fort. Elle passa alors les bras autour de son cou, trouvant merveilleux d'être tout contre lui.

— Bonnie, murmura-t-il contre ses lèvres, ma jolie Bonnie…

Ses paroles furent interrompues par un nouveau baiser. Quand il se mit à sucer sa lèvre inférieure, elle laissa échapper un gémissement de plaisir, et glissa les mains sous sa redingote afin de la lui ôter. Comme il relâchait son étreinte pour laisser le vêtement tomber à terre, elle en profita pour déboutonner son gilet d'une main fébrile. Lui dénoua la ceinture de sa robe de chambre, qui rejoignit rapidement la redingote sur le sol.

Il l'enlaça de nouveau, tout en la soulevant dans ses bras, sa bouche contre la sienne. Puis il franchit les quelques pas qui les séparaient du lit.

Là, il la reposa à terre, et recula légèrement pour retirer son col et sa cravate. Bonnie sentait son émoi grandir chaque fois qu'un nouveau morceau de sa peau se dévoilait sous ses yeux.

Après avoir ôté ses chaussures et ses chaussettes, il sortit sa chemise de son pantalon, mais ne la retira pas. Il posa les mains sur sa nuque, laissant ses pouces courir le long de son cou, avant de se pencher pour prendre sa bouche, avec plus de douceur, cette fois. Refermant les doigts sur ses poignets, elle s'abandonna avec délice à sa force rassurante.

D'une main, il délaça le ruban de sa chemise de nuit. Elle sentit l'air frais de la nuit sur sa peau, mais n'eut pas le temps de frissonner : déjà ses doigts glissaient sous l'étoffe, et il caressait son sein. Interrompant leur baiser, elle posa la tête sur son torse, savourant la chaleur de sa paume rugueuse sur sa gorge.

De ses lèvres, Stephen effleura sa tempe, avant de s'écarter d'elle. Elle voulut protester, mais se tut lorsqu'il fit glisser sa chemise de nuit le long de son corps, pour la jeter sur les autres vêtements entassés dans l'angle de la pièce.

C'était une expérience nouvelle pour elle que d'être nue devant un homme, entièrement exposée à son regard. Une lueur dans ses yeux sombres lui fit comprendre qu'il aimait ce qu'il voyait. Se passant la langue sur les lèvres, il s'attarda sur ses seins, puis ses hanches, avant de s'arrêter sur les boucles qui recouvraient sa féminité. Souriant devant son air avide, elle se tourna légèrement pour qu'il puisse en voir davantage.

Il gardait les yeux fixés sur son corps. Riant, cette fois, elle leva les bras au-dessus de la tête et tourna sur elle-même, heureuse du désir évident qu'elle lui inspirait.

— Oh ! Bonnie, dit-il d'une voix rocailleuse. Vous êtes la plus belle de toutes les femmes !

— Et vous, un charmeur, le taquina-t-elle en avançant un pied, les mains posées sur les hanches.

— Non, je ne suis qu'un simple et honnête homme, répondit-il en plantant son regard dans le sien.

Elle cessa alors ses pitreries. Les paroles de Stephen résonnaient dans sa poitrine, réconfortantes.

Lorsqu'il s'approcha d'elle, elle sentit sa chemise caresser sa peau nue. Il la prit par la taille pour la guider vers le lit, où il l'étendit sur le dos. S'agenouillant près d'elle, il posa les mains sur ses cuisses pour les écarter, la livrant tout entière à la merci de son regard.

Elle fixa le plafond, le cœur battant. Qu'allait-il faire, à présent ?

Elle sursauta lorsqu'il posa délicatement sa large main sur son ventre. Avec un petit rire, il promena ses doigts autour de son nombril. Instinctivement, elle souleva les hanches, brûlant de le sentir entre ses jambes.

Mais il la fit attendre encore. Ses doigts remontèrent le long de ses côtes pour caresser ses seins, effleurant leurs pointes jusqu'à ce qu'elles durcissent au point de lui faire mal. Tout absorbée qu'elle était par les sensations que lui procuraient ses mains, elle fut étonnée de sentir quelque chose sur son sexe. Elle en eut un mouvement de surprise, mais le bras dont il l'entourait la maintint fermement dos au matelas.

Baissant les yeux, elle découvrit son visage enfoui dans sa toison. Juste ciel, c'était sa langue qu'elle sentait ! Après l'avoir léchée doucement, il posa les lèvres sur sa chair et la suça. Elle se sentit chavirer et battit des paupières, tandis qu'un torrent impétueux l'emportait, lui arrachant un soupir étranglé.

Stephen continuait à la couvrir d'attentions, une main jouant avec son sein, sa bouche et son pouce la caressant intimement. Les plaintes sourdes qu'il exhalait étaient autant de vibrations qui la transportaient.

Sans le vouloir, elle ondulait contre sa bouche. Elle sentit soudain en elle une tension presque douloureuse.

— Sir Stephen ! lâcha-t-elle, haletante, en le regardant.

Il s'écarta légèrement d'elle sans cesser de la toucher.

— Appelez-moi Stephen, dit-il, avant de reposer les lèvres sur son sexe.

Cette fois, il glissa ses doigts en elle. Elle se cambra, tandis qu'il allait et venait, ébahie par tant de sensations nouvelles.

Bientôt, elle perdit tout contrôle. Les muscles contractés autour de ses doigts, elle cria en laissant son corps céder au plaisir intense qui la submergeait. Stephen la caressa jusqu'au dernier soubresaut, jusqu'à ce qu'elle soit complètement épuisée.

Puis il s'écarta d'elle en effleurant délicatement son sexe. Elle baissa les yeux vers lui, pantelante.

— Allongez-vous complètement, lui dit-il d'un ton grave, tout en se levant.

Malgré sa soudaine fatigue, elle réussit à lui obéir. Une fois étendue, la tête sur l'oreiller, elle vit qu'il ôtait le reste de ses vêtements. La lueur de la bougie se reflétait sur sa peau luisante de sueur.

Elle découvrit alors la manifestation, plus qu'évidente, de son désir, contempla avec étonnement cette puissante érection tendue vers elle. Mon Dieu, qu'il était beau !

Il s'allongea à ses côtés, écartant une mèche de cheveux de son front. Elle caressa sa lèvre inférieure tandis qu'il se hissait au-dessus d'elle, lui écartant doucement les jambes pour s'enfouir entre ses cuisses. Elle passa les doigts dans sa chevelure avant de l'attirer hardiment à elle pour prendre sa bouche.

Stephen glissa une main sous sa tête pour mieux la soutenir, et, de l'autre, lui caressa la joue. Puis il pressa son bassin contre ses hanches. Son corps se contracta ; ses instincts primaires lui dictaient de la posséder tout de suite, de la faire sienne. Couvrant alors sa bouche de la sienne, il l'embrassa sans retenue et, d'un coup brutal, entra en elle.

Leur baiser étouffa son cri. Comme elle se tendait instinctivement sous la douleur, il resta immobile pour lui laisser le temps de s'habituer à lui. Levant la tête, il essuya de son pouce une larme de son visage.

— Eh bien, dit-elle d'une petite voix, je m'attendais à cela, et en même temps… je ne m'y attendais pas.

— Je suis désolé, ma jolie.

— Je le sais.

Seigneur, que c'était bon de se sentir enveloppé dans sa chaleur ! Il l'embrassa tendrement avant de commencer à se mouvoir en elle. Il s'arrêta lorsqu'il entendit son souffle court, lui laissant à nouveau le temps de s'accoutumer, avant de recommencer. Chaque fois, la réaction de Bonnie se faisait un peu moins vive. Enfin, il l'entendit gémir de plaisir.

— Pliez les genoux, lui dit-il alors.

Elle fit ce qu'il lui demandait, et il put entrer plus profondément en elle. Elle sembla comprendre immédiatement l'avantage de cette position. Les pieds enfoncés dans le matelas, elle soulevait les hanches pour épouser ses lents mouvements. Entremêlant leurs souffles, front contre front, ils emplirent bientôt la petite pièce de leurs soupirs de volupté.

Comme il accélérait peu à peu ses va-et-vient, elle laissa glisser ses mains sur son dos pour les poser sur ses fesses. Cette caresse eut raison de ses résistances : il retint un cri tandis que son corps entier se raidissait soudain.

— Oh ! Bonnie ! souffla-t-il.

Il se cabra plusieurs fois encore, avant de s'abandonner complètement à l'extase. Enfin, il se laissa aller contre l'épaule de son amante, enivré par le contentement absolu de ses sens. Dieu tout-puissant ! Il n'avait pas de mots…

Pendant plusieurs minutes, il fut incapable de bouger. Quand il parvint à relever la tête, il regarda sa bien-aimée et lui adressa un sourire qu'elle lui rendit aussitôt. Il déposa un tendre baiser sur ses lèvres avant de se dégager de son étreinte.

*
* *

Bonnie retint son souffle tandis que Stephen se retirait d'elle, la douleur se faisant soudain aiguë. Sans un mot, il se leva et se dirigea vers la table de toilette. Elle l'entendit s'asperger d'eau et observa son ombre, tandis qu'il se lavait de leur acte d'amour. Après avoir rincé et essoré le linge, il revint vers elle et le posa entre ses cuisses.

Elle grimaça en sentant l'étoffe froide sur elle, mais en éprouva rapidement du soulagement. Stephen la lava en silence, avec des gestes doux. Mais pourquoi se taisait-il ? Lorsqu'il eut terminé, il jeta le linge sur la table de toilette et tira les couvertures sur elle, en prenant soin de lui couvrir les épaules.

Il ne la rejoignit pas tout de suite, cependant. À l'aide de la bougie, il ranima les flammes du brasero, qui s'était éteint sans qu'ils y prêtent attention. Il ajouta ensuite du charbon et, peu à peu, Bonnie sentit la chaleur revenir dans la chambre glacée.

Stephen reposa alors la bougie sur la table de toilette et la souffla avant de retourner au lit. Soulevant les couvertures, il se glissa derrière elle et l'attira tout contre lui en l'embrassant délicatement dans le cou.

Peu après, elle sentit un léger ronflement faire vibrer sa poitrine, et, comblée, le rejoignit bientôt dans le sommeil.

Chapitre 18

Tandis qu'elle émergeait lentement de ses songes, Bonnie eut l'étrange impression que quelqu'un l'observait. Elle se retourna pour enfouir son visage dans le creux chaud et accueillant où reposait sa tête. Un parfum de bois de santal mêlé de sueur lui parvint, et elle soupira d'aise.

Mais la sensation qu'elle était observée ne se dissipait pas. Avec un nouveau soupir, elle souleva les paupières. Quatre prunelles étaient fixées sur elle.

Quatre ? Elle leva la tête et cligna des yeux.

Les quatre prunelles l'imitèrent.

Elle se tourna alors pour regarder où elle avait dormi. Ou plutôt, sur qui. Puis, dirigeant à nouveau son attention sur les prunelles qui la dévisageaient toujours, elle toussota aussi discrètement que possible.

— Henry, Arthur, allez dans la nurserie, s'il vous plaît.

L'aîné des garçons se pencha vers elle.

— Miss Hodges, oncle Stephen est dans votre lit.

— Cela ne m'a pas échappé, Henry.

— Maman ! chuchota Arthur.

— Allez dans la nurserie, répéta-t-elle. Je vous y rejoindrai dans un petit moment.

Devant son ton sans réplique, les deux enfants sortirent en rechignant.

Bonnie se mordit la lèvre inférieure en contemplant le profil endormi de Sir Stephen. Dans le sommeil, il perdait un peu de sa retenue, avec ses cheveux ébouriffés et son visage détendu. Elle remarqua de fines rides autour de sa bouche, laissées là par de nombreux rires et sourires qu'elle ne lui avait pas encore vus.

Retenant son souffle, elle s'écarta de lui, puis se glissa hors du lit pour se diriger sur la pointe des pieds jusqu'à l'armoire. Tout en lui jetant un regard par-dessus son épaule, elle passa une chemise et un jupon, puis choisit une robe, qu'elle étendit sur la chaise.

S'approchant de la table de toilette, elle se servit du chandelier pour briser la fine couche de glace qui recouvrait la cuvette.

— Hum ?

Elle se retourna ; Sir Stephen était assis dans son lit. Le regard encore ensommeillé, il lui tendait les bras.

— Bonnie, jolie Bonnie, venez près de moi !

— Vous devez partir, monsieur, répondit-elle en lui tournant le dos pour s'asperger le visage d'eau froide.

— Bientôt. Venez !

— Il est plus tard que vous ne le pensez. Vous devez vraiment vous hâter.

Après avoir enfilé sa robe, elle se brossa vigoureusement ses cheveux.

Le lit grinça ; il se levait.

— Quel dommage de vous couvrir ainsi !

Il se glissa derrière elle et passa les bras autour de sa taille.

— Je vous préfère moins vêtue, ajouta-t-il en l'embrassant dans le cou.

Se dérobant à son étreinte, Bonnie reposa sa brosse sur la table de toilette, et entreprit de ramasser sa chevelure en un chignon convenable.

— Fait-il toujours aussi froid dans votre chambre, le matin ? demanda-t-il en prenant entre ses doigts une mèche rebelle. Je vous ferai porter du charbon neuf pour ce brasero. Et davantage que ce ridicule petit tas. Est-ce à Renard que l'on doit cette avarice ?

— Sir Stephen…

— Appelez-moi Stephen.

Bonnie s'assit sur la chaise pour lacer ses bottines.

— Vous devez vraiment partir. Les garçons sont dans la nurserie. Ils étaient ici quand je me suis réveillée, et ils nous ont vus.

— Je commence leur éducation un peu tôt ! observa-t-il en riant.

— Cela n'a rien d'amusant !

— Bonnie, ma jolie, êtes-vous inquiète ?

Elle se leva et finit d'ajuster sa toilette et sa coiffure.

— Je ne parlerais pas d'inquiétude, mais plutôt de regrets.

— De regrets ?

Pour la première fois, elle le regarda en face.

— Vous devez quitter cette chambre, Sir Stephen. Si les garçons sont réveillés, d'autres le sont aussi, et certains depuis plusieurs heures. Soyez prudent lorsque vous descendrez l'escalier.

Il la dévisagea, immobile. Après un long moment, il se dirigea vers ses vêtements, et enfila son pantalon.

— Vous… vous regrettez ce qui s'est passé ?

— Je regrette notre manque de discrétion, monsieur.

Il passa sa chemise et la rentra dans son pantalon.

— Vous êtes très diplomate, ma jolie.

Heurtée par son sarcasme, elle ne répondit pas.

Il boutonna son gilet et revêtit sa redingote.

— Ne vous faites pas de souci pour les garçons. Vous n'avez pas à leur donner d'explications, ajouta-t-il en fourrant ses chaussettes et sa cravate dans l'une de ses chaussures.

— Je n'ai pas besoin de charbon supplémentaire, monsieur. Je ne veux pas bénéficier d'un traitement de faveur.

— Je vois. Il ne s'est rien passé, c'est cela? dit-il en se dirigeant vers la porte, ses chaussures à la main.

— Sir Stephen…

— N'ayez aucune inquiétude, Miss Hodges. Je vous promets de faire de gros efforts de discrétion.

La porte se referma sur lui.

Debout devant la fenêtre du bureau, Stephen se perdait dans la contemplation du paysage. D'épais nuages gris semblaient annoncer la neige, et le vent agitait les branches des arbres. Il sentait son souffle froid à travers la vitre.

Sur ses ordres, un valet de pied était allé quérir le juge et le chef de la gendarmerie. D'autres domestiques avaient reçu leurs instructions. Il disposait de toutes les preuves nécessaires. Tout était prêt.

Tout, sauf Miss Hodges et les garçons.

Il avait fait porter à la jeune femme un message auquel elle n'avait pas répondu. Il l'avait également convoquée par l'intermédiaire d'un valet, mais elle n'était pas venue.

Elle l'évitait.

À dire vrai, cela l'arrangeait. Lui non plus ne voulait pas la voir.

Il la laissait donc tranquille. Le fait de savoir qu'elle était sortie avec les garçons, malgré le mauvais temps, lui apportait un maigre réconfort. Si leur promenade durait suffisamment longtemps, Renard ne serait plus là à leur retour.

On frappa doucement à la porte.

— Entrez ! dit-il.

Une bonne fit son apparition, portant un plateau chargé du nécessaire pour le thé. Après l'avoir déposé sur la petite table qui se trouvait entre les sofas, elle exécuta une révérence et quitta la pièce.

— La barbe ! s'exclama alors Stephen en s'approchant.

— Monsieur ? s'enquit Renard en levant les yeux de son travail.

— Mrs Dabbs a fait mettre deux tasses sur le plateau, expliqua-t-il, en s'installant sur l'un des sofas.

— Eh bien, je..., commença l'intendant, hésitant. Est-ce gênant ?

— Non, répondit Stephen en secouant la tête. J'imagine qu'elle a agi par sentimentalité. En voulez-vous une tasse ? Je n'aimerais pas la vexer en lui renvoyant une théière à moitié pleine.

— Je vous déconseille en effet de vous attirer ses foudres.

Stephen lui adressa un regard compatissant.

— Je suis certain qu'elle cherchait à bien faire, reprit Renard en se levant pour s'asseoir en face de lui. Elle ne voulait pas vous contrarier.

— Rien ne tourmente un homme aussi sûrement que ses difficultés avec le beau sexe !

— En effet.

Renard lui prépara une tasse, selon ses préférences, puis une seconde pour lui-même, et déposa deux biscuits sur une assiette.

— Les biscuits de Mrs Dabbs... de Betty, si vous me

permettez de l'appeler ainsi, sont les meilleurs qu'il m'ait été donné de goûter. Je vous les recommande, monsieur.

Sur ces mots, il en avala une généreuse bouchée.

— Depuis l'incident avec Miss Hodges, je préfère me montrer prudent.

— Oh ! vous n'avez aucune crainte à avoir, reprit l'intendant en contemplant le biscuit qu'il tenait à la main. Betty est d'une vigilance à faire rougir les gardes du roi !

— Êtes-vous bien certain que c'est la diligence de Mrs Dabbs qui vous permet de manger ces biscuits en toute confiance ?

— Que voulez-vous dire ?

— Vous avez étudié la chimie, n'est-ce pas ? demanda Stephen en contemplant sa tasse de thé.

— Monsieur ?

— La chimie, répéta-t-il en levant les yeux pour les planter dans ceux de Renard. À l'université de Glasgow.

L'intendant s'appuya contre le dossier du sofa et croisa les jambes. Tirant de sa poche une montre à gousset, il l'ouvrit et la regarda en souriant.

— Vous avez au moins eu la courtoisie de ne pas retarder ce moment.

— Je vous demande pardon ? demanda Stephen, fort surpris de sa réaction.

Un vertige le fit soudain cligner des yeux. Pourquoi la tête lui tournait-elle ainsi ?

Renard prit le temps de boire une gorgée de thé avant de répondre.

— J'ai décroché une bourse d'études au mérite pour aller à Glasgow. Après cela, j'ai changé d'identité et obtenu un poste d'influence au sein de la vicomté qui avait détruit ma famille. Des années durant, j'ai détourné des fonds, sans éveiller le moindre soupçon.

Alors seulement, il rencontra son regard.

— Pensiez-vous réellement que vous pouviez mener votre enquête à mon insu ?

— Je… euh…

Tout se brouillait dans son esprit.

— Vous n'avez même pas remarqué que j'ai versé du laudanum dans votre thé ! s'exclama Renard sans le quitter des yeux.

— Du laudanum ? répéta Stephen, la gorge pâteuse.

— C'est cela, répondit l'intendant en posant sa tasse sur la table, avant de se lever et d'ajuster sa redingote. Je ne vous veux aucun mal, mais j'ai besoin de temps pour partir sans être poursuivi.

Stephen sentit sa tête tomber en arrière et ses membres se relâcher.

— Attention, dit Renard en prenant la tasse à demi-pleine de sa main engourdie, vous risquez de tacher le sofa !

Puis il retourna à son bureau et glissa plusieurs documents dans sa sacoche.

— Votre erreur a été de me sous-estimer. C'est d'ailleurs le secret de ma réussite. Les gens ne m'accordent aucune attention, ce qui me permet de mener à bien mes petites affaires, sans que personne n'en sache rien.

Stephen essaya de se lever, mais ne parvint qu'à tomber du sofa. Renard l'enjamba en sortant de la pièce.

— Je vous conseille de laisser le laudanum faire son œuvre. J'ai légèrement forcé la dose, il est vrai, mais ce ne sera pas mortel.

La porte se referma.

Avec un grognement, Stephen parvint à rouler sur le

ventre. Seigneur, il avait l'impression qu'un rocher le clouait au sol ! Au prix d'un immense effort, il porta la main à sa bouche pour s'enfoncer les doigts dans la gorge. Grimaçant, il répéta la manœuvre, jusqu'à ce qu'il sente son estomac se vider, et retrouva enfin quelque peu la maîtrise de son corps.

Le front en sueur, il rampa jusqu'à la porte et, au bout de deux tentatives, parvint à l'ouvrir.

— Burdis ! appela-t-il.

Le majordome accourut. En le découvrant étendu à terre, ce dernier se précipita vers lui, accompagné d'un valet de pied.

— Renard ! Où est-il allé ?

— Il vient de partir, monsieur.

— Emmenez-moi jusqu'à la porte !

Les deux hommes l'y traînèrent. Stephen vit alors l'intendant qui se dirigeait vers l'écurie.

— Renard !

Le scélérat se retourna et, le voyant, se hâta d'y entrer.

Chapitre 19

Bonnie tenait Arthur par la main. Le petit garçon commençait à traîner les pieds.

— Qu'il fait froid, Miss Hodges !

— Je le sais, Henry. J'ai froid, moi aussi.

— Je suis fatigué, maman !

— Nous sommes presque arrivés au manoir, Arthur. Et souvenez-vous : je ne suis pas votre maman.

— Pourquoi sommes-nous allés à pied jusqu'à la ville ? gémit Henry. Nous aurions eu plus chaud en voiture. D'autant que nous n'avons rien fait, là-bas !

Bonnie sentait son exaspération monter.

— Henry, je ne tolérerai pas vos pleurnicheries.

— Mais, Miss…

— Henry ! J'avais décidé que nous irions à pied, et ne suis pas responsable du temps qu'il fait. Du reste, nous sommes presque arrivés. Nous ne pouvons rien faire d'autre que continuer à marcher.

Sortir de la maison avait été une nécessité. Elle ne pouvait pas arpenter les couloirs du manoir sans sentir des regards dans son dos. Et même s'il n'y avait personne quand elle se retournait, elle savait qu'elle ne se trompait pas.

En outre, contrairement à ce que pensait Henry, leur

promenade jusqu'à la ville n'avait pas été sans utilité pour elle. Elle avait discrètement étudié et gardé en mémoire les heures de passage de la malle-poste qui faisait halte à Ridgestone.

Il était temps pour elle de rejoindre enfin le club des gouvernantes.

Soudain, Arthur lui lâcha la main et s'assit par terre.

— Maman, je ne veux plus marcher !

— Arthur, nous devons continuer. Ce n'est pas en restant assis sur le sol froid que vous allez vous réchauffer !

— J'ai froid ! répéta Henry.

Son frère se mit à pleurer.

— Henry, nous sommes presque arrivés. Arthur, levez-vous !

Elle se pencha vers le bambin pour le prendre dans ses bras, mais il se laissa tomber sur le dos et roula sur lui-même.

— Vous avez déjà dit ça tout à l'heure ! protesta Henry. Et maintenant, on n'avance plus à cause de ce bébé !

— Ne parlez pas ainsi de votre petit frère ! Et vous, Arthur, cessez de pleurer et levez-vous !

— Miss Hodges…

— Henry, il suffit ! Vos jérémiades ne rendent pas service à Arthur !

—… Pourquoi Mr Renard va-t-il si vite ?

— Comment ?

Levant les yeux, elle vit l'intendant s'élancer à toute allure dans leur direction. Couché sur sa monture, il avançait à bride abattue.

Bonté divine ! Sir Stephen avait dû lui annoncer qu'il était démasqué, et il avait réussi à s'enfuir ! Pourquoi ne l'avait-il pas prévenue ?

— Henry, courez jusqu'au bosquet. Trouvez l'endroit le plus touffu et cachez-vous-y, lui indiqua-t-elle avec calme.

— Pourquoi ?

— Faites ce que je vous dis !

L'enfant tourna les talons et lui obéit. Elle s'accroupit alors pour prendre Arthur dans ses bras, mais le garçonnet, qui protestait toujours, lui résista.

— Venez, Arthur, nous devons nous dépêcher !

— Non !

— Je vais vous porter, mon petit. Vous n'aurez plus à marcher.

— Non !

Elle l'attrapa sous les aisselles et le prit dans ses bras. Il se débattit, mais elle tint bon, et se mit à courir sans prêter attention à ses cris.

Le martèlement des sabots se faisait de plus en plus lourd. Risquant un regard derrière elle, elle vit Renard qui se rapprochait. Il venait de modifier sa trajectoire pour se diriger droit sur eux.

— Non, maman ! Maman, maman ! hurlait Arthur.

— Chut, souffla-t-elle pour tenter de le calmer.

La poitrine atrocement oppressée à force de courir en jupes, l'enfant dans ses bras, elle n'entendait plus que ses cris et le bruit des sabots. Même les battements de son cœur affolé ne parvenaient pas à les couvrir.

Lorsqu'elle chercha Henry des yeux, elle constata avec soulagement qu'il avait disparu entre les arbres.

Mais déjà le cavalier et sa monture apparaissaient à ses côtés. Elle fit un écart pour les éviter.

C'est alors qu'Arthur lui fut brusquement arraché. En un instant, il avait disparu de son giron. La violence du geste, ainsi que la proximité de l'animal qui galopait, la jetèrent au sol. En levant la tête, elle vit le garçonnet emprisonné sous le bras de Renard. Le choc l'avait réduit au silence.

— Non ! hurla-t-elle.

Elle se releva tant bien que mal pour leur courir après, tandis que l'intendant installait Arthur devant lui, sur la selle.

— Miss Hodges ?

Le visage épouvanté de Henry surgit entre deux troncs.

— Courez jusqu'au manoir ! lui cria-t-elle. Allez chercher votre oncle Stephen !

Où pouvait-il bien être ?

Elle parvint au sommet de la colline quelques minutes après l'intendant, et le vit qui s'approchait du nouveau pont de pierre. De là où elle se trouvait, elle aperçut également, de l'autre côté de la rivière, une diligence qui se dirigeait elle aussi vers le pont.

La voiture commença à le traverser au même moment que le fuyard. Comme elle en occupait presque toute la largeur, Renard ne pouvait passer. Arrêtant sa monture, il se mit à tourner en rond. À leur tour, les chevaux qui tiraient la diligence firent halte en hennissant. Renard cria, faisant de grands gestes en direction du cocher.

À cet instant, Bonnie entendit un autre bruit de galop derrière elle. Tournant la tête, elle découvrit Sir Stephen, monté à cru sur Emperor. Lorsqu'il la dépassa, elle eut seulement le temps de remarquer l'intensité de son regard.

Renard le vit aussi, et invectiva le cocher de plus belle. Celui-ci, avec l'aide du valet de pied qui partageait son siège et d'un officier, s'efforçait de calmer les chevaux. D'autres hommes sortaient de la voiture.

Lorsqu'il fut évident que cette dernière ne reculerait pas, Renard fit demi-tour pour repartir par où il était venu. Mais Sir Stephen lui barrait déjà la route.

Bonnie continua à courir. Il fallait qu'elle parvienne jusqu'à Arthur. Lorsqu'elle arriva au pont, Sir Stephen avait mis pied à terre, laissant sa monture au milieu du passage, pour empêcher Renard de fuir.

— Lâchez l'enfant ! ordonna-t-il à ce dernier.

— Maman ! cria Arthur quand il vit Bonnie.

Elle s'apprêtait à courir vers lui, mais Sir Stephen la saisit par la taille et la tira en arrière.

— Je n'irai pas à Newgate ! déclara Renard d'une voix calme.

— Vous avez assassiné un pair du royaume. Vous n'échapperez pas à la prison !

— Vous vous trompez : tout est possible tant que j'ai cette carte en main ! répondit Renard en secouant Arthur, qui se remit aussitôt à hurler.

— Non, je vous en prie ! cria Bonnie. Ce n'est qu'un enfant !

— Je ne suis pas un monstre, Montgomery, poursuivit l'intendant. Laissez-moi partir librement et emmener avec moi la gouvernante, afin qu'elle prenne soin du garçon. Lorsque je serai installé sur le continent, je veillerai à ce qu'ils reviennent ici, sains et saufs. Je peux me permettre cette petite dépense ! s'esclaffa-t-il.

— Oui, je pars avec eux ! dit Bonnie fiévreusement.

L'idée d'abandonner Arthur aux mains de cet homme lui était intolérable.

— C'est hors de question ! trancha Sir Stephen.

— Réfléchissez : c'est un échange équitable, insista Renard.

— Ce n'est pas à lui que vous devez vous adresser !

Bonnie reconnut la voix de Lord Sinclair, le juge. Il faisait partie des occupants de la voiture.

— Pourtant, soyez sûr que je suis du même avis que Sir Stephen ! ajouta-t-il.

— Et moi donc ! renchérit un autre homme, en qui Bonnie reconnut Mr Baldwin, le chef de la gendarmerie.

— Vous êtes à un contre trois, Renard, dit Stephen en s'avançant lentement vers lui.

— Je ne m'avoue pas vaincu pour autant, répondit celui-ci, tout en faisant reculer sa monture.

— Relâchez Arthur, je vous en prie ! implora Bonnie. Il ne vous a fait aucun mal !

— Là n'est pas la question, jeune fille, rétorqua l'homme d'un ton condescendant.

— Bonnie, restez en dehors de cela, lui intima Stephen qui continuait à avancer sans détacher son regard de Renard.

— Je vous en supplie ! répéta-t-elle.

— Voyons, nous pouvons trouver un compromis satisfaisant, entre gentlemen, proposa Renard, qui reculait toujours.

— Combien de fois faut-il vous le dire ? répondit Stephen d'une voix ferme. Nous n'avons pas la moindre intention de vous laisser partir !

Le cheval du fuyard heurta le garde-fou du pont. Renard regarda par-dessus son épaule, une soudaine lueur de panique dans l'œil. Puis, se tournant à nouveau vers les trois hommes, il empoigna Arthur et le souleva, le maintenant suspendu au-dessus de la rivière et des rochers en contrebas.

Le cri de Bonnie s'étouffa dans sa gorge. Stephen s'arrêta, mais le juge et le chef de la gendarmerie esquissèrent plusieurs pas en direction de Renard.

— Je le ferai, dit posément celui-ci. Si vous vous attaquez à moi, il tombera. Vous n'êtes pas en position de négo…

Il n'eut pas le temps de terminer sa phrase. Un coup sec déchira l'air et il rejeta brusquement la tête en arrière, un gros trou rouge au milieu du front. Bonnie le vit tomber de sa selle, les bras écartés. Tandis que son cheval se cabrait, il poursuivit sa chute et disparut de l'autre côté du pont, emportant Arthur avec lui.

Chapitre 20

Bonnie laissa échapper un cri strident, tandis que Sir Stephen bondissait à leur suite. Était-il tombé, lui aussi ? Non. Tandis qu'elle se précipitait vers lui, elle vit sa main accrochée au garde-fou. Lord Sinclair et Mr Baldwin accouraient également.

Elle fut la première à parvenir jusqu'à lui. Elle se pencha par-dessus la barrière, et le saisit par les épaules.

— Hissez-moi ! dit-il d'une voix tendue.

Elle s'aperçut alors que ses doigts, qui retenaient Arthur par le poignet, étaient en train de devenir blancs. L'enfant se balançait lentement dans le vide, levant vers son sauveteur des yeux emplis d'effroi.

Bonnie passa les mains sous ses bras et tira de toutes ses forces. Il ne bougea pas d'un pouce. Elle fit une nouvelle tentative, sans plus de succès. Elle allait perdre espoir lorsque quelqu'un l'écarta brutalement. C'était Lord Sinclair. Prenant sa place, il parvint à hisser Sir Stephen jusqu'à lui.

Lorsque Arthur fut sain et sauf sur le pont, Bonnie s'élança vers lui et le serra dans ses bras.

— Maman ! hurla-t-il.

— Oui, mon petit, maman est là, lui dit-elle d'une voix

douce, en le berçant et en lui frottant le dos. Il n'y a plus de danger. Tout va bien, maintenant.

Puis elle se tourna vers Sir Stephen, qui s'était appuyé contre le garde-fou, la poitrine haletante. À travers ses larmes de soulagement, elle lui adressa un regard plein de reconnaissance.

— Que diable s'est-il passé ? demanda-t-il.

Le chef de la gendarmerie fit signe à son officier d'approcher. Le jeune homme, un tromblon encore fumant à la main et un air coupable sur le visage, esquissa quelques pas dans sa direction.

— Je vous demande pardon, milord, s'excusa-t-il. Je ne sais pas ce qui m'a pris ! Je voulais seulement l'empêcher de faire du mal au petit…

— Je me charge de lui, déclara Lord Baldwin.

Sir Stephen hocha la tête, puis ferma les yeux, la nuque appuyée contre la barrière.

— Est-ce que Mr Renard est… Est-il…

Bonnie ne parvint pas à terminer sa phrase.

Lord Sinclair regarda par-dessus le garde-fou.

— Fort heureusement, oui, répondit-il avec une grimace.

Comme Arthur se calmait peu à peu, elle décida qu'il était temps de l'éloigner de ce lieu funeste.

— Monsieur, demanda-t-elle à Lord Sinclair, auriez-vous l'obligeance de nous prêter votre voiture, pour que nous puissions retourner au manoir ?

— Hum, bien entendu, bien entendu, répondit le vieil homme. D'ailleurs, nous devrions tous nous y retrouver. Il va falloir recueillir les dépositions, et tout ce qui s'ensuit.

— Je vous remercie.

Bonnie monta dans la diligence, Arthur toujours dans ses bras. Lord Sinclair et Mr Baldwin la rejoignirent, et l'attelage se mit en marche. Tandis que la voiture s'éloignait en cahotant, elle regarda par la fenêtre ; Sir Stephen se tenait debout, immobile, à côté d'Emperor.

Stephen se redressa lorsque Bonnie sortit du bureau. Lord Sinclair avait tenu à recueillir séparément les dépositions de chacun et il avait attendu dans le couloir, le dos appuyé contre le mur. Elle avait le teint pâle et semblait épuisée.

— Comment vous sentez-vous ?

— Je suis soulagée que tout soit terminé.

— Et les garçons ?

— J'ai donné du laudanum à Arthur pour le calmer. Il s'est endormi avant que je descende. Quant à Henry, je l'ai laissé entre les mains d'une bonne.

— Bien.

Un épais silence s'installa entre eux. Stephen la dévisageait ; elle se tordait les mains nerveusement en évitant son regard. Enfin, avec un effort visible, elle prit la parole.

— Sir Stephen, je voulais… Je veux dire, vous… Je vous remercie d'avoir sauvé la vie d'Arthur.

— Vous n'avez pas à me remercier.

— Je ne suis pas d'accord.

— Si cela vous apaise, j'accepte vos remerciements.

Elle hocha la tête.

— Je dois retourner auprès des garçons.

Il s'écarta et elle passa devant lui en serrant ses jupes autour d'elle. Il s'apprêtait à retourner dans le bureau lorsqu'il la vit s'arrêter au pied de l'escalier.

— Sir Stephen ?

Il la regarda, l'air interrogateur.

— Je suis heureuse que vous soyez sain et sauf, vous aussi, dit-elle avant de disparaître.

— Entrez ! dit Stephen comme on frappait à la porte du bureau.

Plusieurs jours s'étaient écoulés depuis l'arrestation de Renard, et, à Darrowgate, la situation s'améliorait déjà.

Henry et Arthur pénétrèrent dans la pièce, suivis de Bonnie. Son regard se fixa aussitôt sur elle. Comme à son habitude, elle était vêtue avec une grande simplicité et ses cheveux étaient relevés en chignon. Son visage était encore d'une pâleur inquiétante.

Que n'aurait-il pas donné pour pouvoir la serrer dans ses bras !

Arthur grimpa sans hésiter sur ses genoux, tandis que son frère, une balle dans les mains, venait se poster à côté du bureau.

— Bonjour, les garçons ! dit-il avec un sourire en coin.

— Bonjour, oncle Stephen ! répondit Arthur.

— Nous sommes venus vous inviter à jouer avec nous au cricket, déclara Henry.

Stephen jeta un coup d'œil vers la fenêtre. Il pleuvait à verse.

— Le temps ne semble guère jouer en notre faveur.

— Oh ! mais Miss Hodges nous autorise à jouer dans la salle de bal, quand il fait trop mauvais pour sortir, expliqua Henry. Mon père disait toujours que les garçons ont besoin de jouer, et qu'il n'y a rien d'irréparable dans une salle de bal. Nous utilisons des plantes en pot ou des chaises comme guichets.

— Une nouvelle preuve de la grande sagesse de votre père !

commenta Stephen en ébouriffant les cheveux d'Arthur. Je propose que vous jouiez tous deux contre moi. C'est d'accord ?

— Oui ! s'écrièrent les enfants en se précipitant vers la porte.

Stephen se leva et tourna son regard vers Bonnie.

— Jouerez-vous avec nous ?

— Si vous me le permettez, monsieur, j'aimerais avoir un peu de temps à moi.

— Bien sûr. Puis-je vous aider en quoi que ce soit ?

— Non, je vous remercie.

— Dépêchez-vous, oncle Stephen ! cria Henry en passant la tête à la porte.

— Le devoir m'appelle ! dit-il à Bonnie, avec une moue ironique.

Heureuse de la complicité qui semblait désormais lier Sir Stephen aux enfants, Bonnie le précéda hors du bureau. Dès qu'ils le virent arriver dans le couloir, les garçons accoururent à sa rencontre. Arthur lui prit la main pour l'attirer vers la salle de bal, tandis que Henry lui parlait avec animation d'une nouvelle technique de lancer qu'il voulait apprendre.

Elle les regarda s'éloigner avec un petit sourire triste. L'heure était venue.

Chapitre 21

Lorsque Stephen souleva péniblement les paupières, la lumière matinale le fit cligner des yeux. Il se gratta le torse en bâillant et s'étira lentement avant de s'asseoir. C'est alors qu'il se trouva nez à nez avec un petit garçon en chemise de nuit qui se tenait debout, au pied du lit.

— Henry ? dit-il avec la voix rocailleuse d'un homme tout juste tiré du sommeil.

L'enfant se tenait bien droit, les mains jointes derrière le dos, fulminant comme un vrai lord en colère du haut de ses huit ans.

— Qu'avez-vous fait ? demanda-t-il en le foudroyant du regard.

Stephen tenta de rassembler ses idées.

— Que dis-tu ?

— Vous deviez vous arranger pour qu'elle reste ! s'écria Henry d'un ton accusateur, le visage rouge de fureur.

— Qui donc ?

— Je vous avais dit que je ne voulais pas que Miss Hodges s'en aille. Vous deviez veiller à ce qu'elle reste !

Stephen se frotta le visage de ses mains.

— Miss Hodges est partie ? Où ?

— Je n'en sais rien ! Elle n'était pas dans la nurserie

quand je me suis réveillé, alors je suis allé dans sa chambre. Je l'ai trouvée vide.

Stephen se leva d'un bond en rejetant les couvertures. Il enfila à la hâte une chemise et un pantalon, avant de quitter la pièce pour se diriger à grands pas vers la nurserie.

— Vous avez intérêt à la faire revenir, Sir Stephen ! cria Henry dans son dos. Vous deviez vous arranger pour qu'elle reste. Ramenez-la !

Pourquoi diable le sort s'acharnait-il sur lui ?

— Bonnie ? Bonnie ?

— Hum ?

— Tu n'as pas écouté un traître mot de la conversation, n'est-ce pas ?

— Je suis désolée, répondit Bonnie avec un sourire contrit. Je ne dors pas très bien, depuis mon arrivée. Ce doit être le lit : je ne suis pas accoutumée à un tel luxe !

— Il m'a fallu plusieurs jours pour m'habituer à dormir sur un matelas bien entretenu, moi aussi, dit Sara en souriant. Mais à présent, je ne pourrais plus m'en passer.

Elle tourna un visage radieux vers Claire et Jacob et ajouta :

— Il y a des avantages à vivre sous le même toit que le fils d'un duc !

— Ravi de vous être utile ! déclara l'intéressé en levant sa tasse de thé vers elle.

Claire serra doucement la main de son époux, tout en lui adressant un sourire complice. Bonnie les regardait, souffrant de surprendre entre les jeunes mariés cette familiarité si naturelle. Elle ne put s'empêcher de penser aux soirées qu'elle avait passées avec Sir Stephen, dans la cuisine ou le bureau. Et à cette unique nuit…

— Il n'y a pas que la fatigue. Tu as aussi perdu du poids, fit observer Louisa.

— Louisa ! la gronda Sara.

— Eh bien, n'ai-je pas raison ?

— Là n'est pas la question !

— Oh ! tais-toi donc, Sara ! dit Louisa en tournant à nouveau son œil critique vers Bonnie. Ne sert-on plus de repas, à Darrowgate ?

— Les derniers mois ont été éprouvants. J'imagine que j'ai perdu l'appétit, durant cette période.

— Ma pauvre chérie ! s'exclama Claire. Je ne sais pas comment tu as fait pour supporter ces épreuves !

— Je suis heureuse que tout soit terminé, répondit Bonnie en esquissant un faible sourire.

Sauf la nuit, lorsqu'elle sentait encore sur ses lèvres la bouche d'un certain homme, et qu'elle était hantée par un parfum de bois de santal.

— Mais je dois avouer que Henry et Arthur me manquent terriblement. Je suis tout de même restée là-bas trois ans !

— C'est un grand changement, convint Sara.

— Un excellent changement, corrigea Louisa. Maintenant que tous les membres du club des gouvernantes sont réunis, nous pouvons proposer un enseignement complet. Notre indépendance et notre réussite sont désormais garanties !

— Je m'en réjouis, affirma Bonnie.

Oui, elle se réjouissait de commencer une nouvelle vie, partagée entre ses élèves et ses amies.

Une vie sans Sir Stephen, sans son regard intense ni ses longs silences qui le rendaient si attachant.

Soudain, le majordome entra en signalant sa présence par un léger toussotement.

— Excusez-moi, Mrs Knightly.

— Oui, Greaves ? dit Claire en se tournant vers lui.

— Vous avez un visiteur, madame.

Claire lut la carte qu'il lui tendait et leva des yeux étonnés.

— Faites-le entrer, je vous prie.

Le majordome salua et sortit.

— Qui est-ce, ma chère ? demanda Jacob.

Elle n'eut pas le temps de lui répondre. Un claquement de bottes sur le parquet de bois attira l'attention de toute l'assemblée, puis Greaves réapparut à la porte.

— Sir Stephen Montgomery ! annonça-t-il.

Bonnie se leva d'un bond. Que faisait-il à Ridgestone ? Fort heureusement, tout le monde se leva également pour accueillir le visiteur, si bien que personne ne remarqua sa réaction.

— Bienvenue à Ridgestone, Sir Stephen, dit Claire en tendant une main vers lui.

Il la prit en s'inclinant.

— Je vous sais gré de me recevoir, Mrs Knightly.

Claire fit les présentations. Lorsqu'elle croisa le regard de celui qui avait été son amant, Bonnie ressentit au plus profond de son être un choc d'une telle violence qu'elle en resta comme paralysée.

— Puis-je vous offrir du thé, Sir Stephen ? demanda Claire, après avoir fait le tour de l'assistance.

— Non, je vous remercie.

— En quoi puis-je vous être utile ? Vous demeurez trop loin d'ici pour que nous puissions vous offrir nos services.

— Pardonnez ma brusquerie, Mrs Knightly, mais j'aimerais pouvoir m'entretenir avec Miss Hodges seul à seule.

— Pourquoi donc ? demanda Louisa.

— Voyons, cela ne nous concerne pas, déclara Sara qui s'apprêtait déjà à quitter la pièce.

Mais Louisa la retint par la main.

— Il peut parler devant nous toutes. Les membres du club des gouvernantes n'ont pas de secrets les unes pour les autres.

— Miss Hodges nous a quittés dans des circonstances difficiles, expliqua alors Sir Stephen en se tournant vers Louisa. J'aimerais en parler avec elle.

— Vous pouvez me laisser. Tout va bien, Louisa, dit Bonnie à voix basse.

Claire, Mr Knightly et Sara quittèrent la pièce. Louisa leur emboîta le pas avec mauvaise grâce, non sans avoir lancé au visiteur des regards menaçants.

Bonnie resta debout, les mains jointes devant elle, le regard fixé sur la cravate de Sir Stephen.

Ce dernier se tourna vers elle, son chapeau entre les mains. Il la regarda un long moment, en silence, comme à son habitude.

Elle se refusait à parler la première. Elle n'était plus à son service. Il n'avait aucun pouvoir sur elle.

Du moins essayait-elle de s'en convaincre.

Il s'éclaircit la voix et prit la parole.

— Comment vous portez-vous ?

— Bien, je vous remercie.

— Vous êtes partie sans un mot. Nous étions très inquiets.

— J'ai pensé que cela valait mieux, répondit-elle en regardant ses mains. Je voulais éviter aux garçons des adieux pénibles.

— Vous avez rompu votre contrat.

Elle leva les yeux vers lui, stupéfaite.

— Je vous demande pardon ?

— Votre contrat indique que vous ne pouvez abandonner votre place sans en avoir préalablement averti votre employeur.

En outre, vous devez nous accorder un délai suffisant pour vous trouver une remplaçante. Or, vous n'avez pas respecté ces conditions.

Bonnie sentit une colère noire monter en elle.

— Est-ce pour cela que vous êtes venu ? Pour me ramener de force à Darrowgate, ou me jeter en prison ?

— Non, répondit-il avec calme. Jamais je ne songerais à vous forcer. Je suis venu vous demander de revenir de votre plein gré.

— C'est impossible, fit-elle en secouant la tête. J'ai été très heureuse d'être la gouvernante de Henry et Arthur, mais je ne peux pas revenir.

Et pourtant, comme elle en avait envie !

— Je… je ne vous demande pas d'être leur gouvernante, Bonnie. Je vous… je vous demande d'être ma femme.

Elle le fixa, muette d'étonnement. Il n'avait pas dit cela, elle devait avoir rêvé !

— Pouvez-vous…

Elle s'en étranglait d'émotion.

— Pourriez-vous répéter ce que vous venez de dire, je vous prie ?

— Je… je veux que vous soyez ma femme.

— C'est bien ce que je croyais avoir entendu, dit-elle d'une voix vacillante.

Seigneur, elle ne sentait plus ses jambes ! Elle s'assit sur le sofa.

— Les garçons ont besoin d'une mère, reprit-il d'une voix plus assurée. Je n'ai pas la naïveté de croire que nous pourrons jamais remplacer leurs parents, mais nous ferons de notre mieux. Vous avez déjà établi des relations solides avec eux, et ils vous adorent. Depuis votre départ, ils sont inconsolables.

Bonnie retrouva sa voix.

— C'est un grand honneur que vous me faites, Sir Stephen, mais je ne puis accepter.

L'espace de quelques battements de cœur, il demeura silencieux.

— Puis-je vous demander pourquoi ? demanda-t-il enfin.

— Nous ne sommes pas compatibles.

— Il me semble que nous avons déjà établi le contraire. Nous nous apprécions, jusque dans l'intimité.

Elle rougit, mais ne capitula pas pour autant.

— Je suis une gouvernante, et vous, un pair du royaume.

Il accueillit cet argument sans ciller.

— Un bien modeste pair, qui ne possède aucun domaine. Nous n'évoluerons pas dans les sphères de la haute noblesse, celles qui seraient susceptibles de condamner une telle union. La différence entre nous n'est donc pas si grande.

— Vous ressentez de la culpabilité à cause de ce qui s'est passé entre nous, voilà tout. Et vous tenez à vous comporter en honnête homme.

— Si c'était vrai, j'aurais épousé la première femme que j'ai troussée.

La crudité de son langage la fit rougir davantage.

— Je vous ai dit non. N'est-ce pas suffisant ?

— Non…

Il s'assit en face d'elle, jambes croisées.

— Je n'ai pas encore entendu de votre bouche une raison valable de ne pas m'épouser.

Bonnie se mordit la lèvre inférieure. Elle allait devoir lui avouer la vérité. C'était le seul moyen de le faire revenir sur sa proposition. Pour se donner du courage, elle prit une profonde inspiration.

— Nous ne pouvons pas nous marier, parce que je suis une bâtarde.

Il resta silencieux et elle fut soudain affolée d'entendre ces paroles sortir de sa propre bouche. Elle ne pouvait pas les retirer, mais elle pouvait les expliquer.

— Ma mère était gouvernante, comme moi. Elle est devenue la maîtresse de son employeur. Toute ma vie durant, j'ai souffert de cette illégitimité. D'aussi loin que je me souvienne, ma mère et moi avons subi le jugement des autres. Pour cette raison, je n'en ai jamais parlé à personne, pas même à mes amies. Ma mère m'a toujours dit de me méfier des hommes. Ce qui s'est passé entre nous était une erreur, mais ne vous oblige en rien à m'épouser.

— Je vous comprends. J'ai moi-même souffert de l'illégitimité de mon père, dit-il alors.

— Je vous demande pardon ?

— J'ai souffert de l'illégitimité de mon père, répéta-t-il.

— Mais… il était baron. Il a hérité d'un titre.

— Oui.

— Je ne comprends pas.

— Ce n'est pas sa naissance qui a été illégitime, mais sa conduite. Il a épousé ma mère pour son argent et s'est évertué à dilapider sa fortune dès les premières années de leur mariage. Il a tout perdu au jeu et dans des entreprises plus insensées les unes que les autres. Ma mère devait rogner sur tout pour nous faire vivre. Chaque semaine, mon père lui parlait d'un nouveau projet censé le couvrir d'or, mais, bien entendu, il échouait invariablement.

« C'est pourquoi je qualifie sa conduite d'illégitime, car il n'a cessé de rompre ses promesses et de fuir devant ses responsabilités, réduisant son épouse et son fils à une pauvreté que nous nous efforcions de dissimuler. Pour finir, il a choisi de se suicider, plutôt que d'affronter ses derniers créditeurs. Ma mère est morte des suites d'une fièvre quelques mois plus tard, parce que nous n'avions pas les moyens de faire venir un médecin. J'ai passé ces trois dernières années à redresser la situation catastrophique dans laquelle mon père avait laissé ses affaires, raison pour laquelle je n'ai pu rendre visite à George. »

Il la regarda droit dans les yeux avant de poursuivre.

— Il y a deux sortes d'illégitimité en ce monde, Bonnie. Je préfère la vôtre.

Par exemple! Elle était loin de s'attendre à un tel discours, comme à l'étrange chaleur qui l'envahissait. Dans sa bouche, le mot d'illégitimité devenait une qualité, un honneur!

— Malgré tout, je ne peux…

— J'ai entendu vos arguments, la coupa-t-il. Me permettrez-vous de vous exposer les miens?

— Bien sûr.

Il vint s'asseoir à côté d'elle, posant un bras derrière elle, sur le dossier du sofa. Elle résista à l'envie de se blottir contre lui, comme elle l'avait fait dans le bureau de Darrowgate.

— Je suis un homme simple, Bonnie. Personne ne m'a jamais enseigné les subtilités des relations avec le beau sexe. Je ne puis me comporter comme dans les romans d'amour, ni vous dire des mots doux. J'essaierai de changer, si vous le souhaitez, mais je crains de ne pas être doué pour cela.

« Je peux néanmoins vous offrir un foyer, veiller à ce que vous ayez toujours de quoi manger, des vêtements sur le dos et du charbon pour l'hiver, et j'en ferai autant pour nos enfants. Je peux vous donner mon respect, ma fidélité et ma dévotion. Les vœux du mariage sont sacrés pour moi, et je ne négligerai jamais ma femme.

« Je ne sais quel aura le poids de mes paroles, mais je vous aime, Bonnie. Je ne suis pas entièrement certain de ce que cela signifie, mais je ne puis m'expliquer autrement le désarroi dans lequel m'a laissé votre départ. Je n'ai pas les mots pour vous dire ce que j'ai ressenti. Je vous veux, Bonnie, ma jolie Bonnie. Je vous veux dans ma vie, pour toujours et à tout moment. Mon âme souffre trop sans vous ! »

Il s'écarta légèrement d'elle et ôta son bras du dossier.

— C'est là tout ce que j'ai à vous offrir. Si vous ne pouvez l'accepter, si votre réponse reste inchangée, alors je partirai et ne vous importunerai plus.

Doux Jésus, voilà que cette chaleur déferlait à nouveau en elle ! Non, ce n'était pas une chaleur, mais une véritable fièvre qui s'emparait de son corps. Elle sentait des picotements sur sa peau, comme s'il y avait tatoué ses paroles. Mais elle devait se dominer.

— Voilà un bien long discours, pour quelqu'un qui n'a pas de conversation !

— Il se peut que je me mure dans un long silence lorsque j'aurai quitté cette pièce, ne serait-ce que pour le repos de mes cordes vocales.

— Quand vous avez dit que vous m'aimiez, le pensiez-vous vraiment ? demanda-t-elle, en plongeant ses yeux dans les siens.

— Oui.

— Eh bien, c'est le seul argument que je ne puis réfuter, car je vous aime aussi, Sir Stephen.

— Vraiment ?

— Comme je vous comprends lorsque vous dites que votre âme souffre ! poursuivit-elle en hochant la tête. Je suis au désespoir depuis que j'ai quitté Darrowgate.

Il tendit une main vers elle pour la poser sur sa joue.

— Je… je ne vous ai pas menti, Bonnie. Ma… ma jolie Bonnie, je… je vous aime, et je veux vous épouser.

Elle sourit en appuyant son visage contre sa paume.

— Vous êtes encore plus convaincant lorsque vous bégayez !

— Cela… cela veut-il dire que vous acceptez ?

Lorsqu'elle fit oui de la tête, elle vit, pour la première fois, un grand sourire se dessiner sur son visage.

— Vous… vous venez de rendre trois hommes très heureux.

— Trois ?

— N'oubliez pas Henry et Arthur ! Ils m'ont donné l'ordre de vous ramener. Ils n'imaginent même pas que c'est pour moi que je vous veux.

— Sir Stephen…

— Stephen, ma jolie, appelez-moi Stephen, dit-il en lui caressant la joue de son pouce.

— Stephen, puis-je vous demander quelque chose ?

— Tout ce que vous voudrez.

— Embrassez-moi.

— Bien sûr. J'en ai envie depuis que je suis entré dans cette pièce.

Et sans plus attendre, il se pencha vers elle.

— Jacob Knightly, vous êtes incorrigible !

— Chut, j'écoute ! répondit celui-ci en posant un doigt sur ses lèvres, avant de coller à nouveau une oreille contre la porte.

— Je vois bien que vous écoutez ! fit remarquer Claire avec une nuance d'exaspération dans la voix. N'ont-ils pas droit à un peu d'intimité ?

Jacob la foudroya du regard.

— Ne me dites pas que vous n'êtes pas curieuse !

— Non, mais je suis suffisamment respectueuse d'autrui pour contenir ma curiosité jusqu'à ce qu'ils soient prêts à nous faire part de la nouvelle, si nouvelle il y a.

— Eh bien, je crois qu'ils nous en feront part très bientôt, déclara Jacob en s'éloignant de la porte. Votre amie Bonnie vient d'accepter la demande en mariage de Sir Stephen.

— Vraiment ? s'écria Claire en se précipitant pour appuyer à son tour une oreille contre la porte. Mais je n'entends rien !

Jacob lui prit la main pour l'entraîner dans le couloir.

— C'est bien pour cela que je sais qu'elle a accepté.

— Que voulez-vous… Oh ! s'écria-t-elle en comprenant soudain ce qu'il suggérait. Je vois ! Eh bien, j'espère qu'ils prendront soin de fermer les rideaux. C'est tout de même très embarrassant !

Le rire de Jacob résonna longtemps dans le couloir, tandis qu'ils s'éloignaient, main dans la main.

Vous avez aimé ce roman ?
Ne manquez pas la suite de la série
« Le club des gouvernantes »
à paraître en juillet dans votre collection Victoria !

Retrouvez en mars,
dans votre collection

Victoria

Sabrina Jeffries
Le secret de Lady Emma

Série : La trilogie des lords - tome 2

Emily n'avait aucune idée du danger qui l'attendait quand le comte de Nesfield est venu la chercher dans le Derbyshire pour lui demander un service : se faire passer pour sa nièce Emma, dans le but d'enquêter sur les prétendants de sa fille. Fille de pasteur, Emily se voit ainsi promue au rang de jeune lady et fréquente la bonne société de Londres pour récolter des informations. Mais son plan vacille lorsqu'elle croise l'irrésistible Lord Blackmore, qui lui a volé un baiser quelques semaines plus tôt lors d'un bal masqué. Menacée par ses soupçons, elle doit lutter pour garder son identité secrète. Car, si elle échoue, le comte ruinera sa réputation...

Margaret Moore
Passion au donjon

Série : Frères d'armes - tome 5

Depuis l'exécution de son père pour trahison, Lady Béatrice vit chez sa cousine Constance et son époux, Lord Merrick. Sans titre ni fortune depuis la disgrâce royale, elle pense n'avoir aucune chance de se marier et rêve seulement de vivre une grande passion. C'est ainsi qu'elle s'éprend d'un ami de Lord Merrick, Sir Ranulf, un valeureux chevalier que précède une réputation de séducteur impénitent. Subjuguée par son charisme et sa carrure virile, touchée par la faille secrète qu'elle devine sous son apparente froideur, Béatrice décide de s'offrir à lui...

La romance historique n'a jamais été aussi moderne.

HARLEQUIN
www.harlequin.fr

Composé et édité par HarperCollins France.

Achevé d'imprimer en décembre 2017.

CPi
BLACK PRINT

Barcelone

Dépôt légal : janvier 2018.

Pour limiter l'empreinte environnementale de ses livres, HarperCollins France s'engage à n'utiliser que du papier fabriqué à partir de bois provenant de forêts gérées durablement et de manière responsable.

Imprimé en Espagne.